岁月深处有一支歌

——感动中学生的100个兄弟姐妹

◎总 主 编：刘海涛
◎主　　编：滕　刚

九州出版社 JIUZHOUPRESS | 全国百佳图书出版单位

图书在版编目(CIP)数据

岁月深处有一支歌：感动中学生的100个兄弟姐妹 /滕刚主编. -北京：九州出版社, 2006. 6(2021.7 重印)

(“读·品·悟”感动亲情系列. 第2辑/刘海涛主编)

ISBN 978-7-80195-486-2

Ⅰ. 岁… Ⅱ.滕… Ⅲ. 散文—作品集—世界

Ⅳ. I16

中国版本图书馆CIP数据核字(2006)第058696号

岁月深处有一支歌:感动中学生的100个兄弟姐妹

作　　者　刘海涛(总主编)　滕　刚(主编)

出版发行　九州出版社

地　　址　北京市西城区阜外大街甲35号(100037)

发行电话　(010)68992190/2/3/5/6

网　　址　www.jiuzhoupress.com

电子信箱　jiuzhou@jiuzhoupress.com

印　　刷　北京一鑫印务有限责任公司

开　　本　787毫米×960毫米　16开

印　　张　12

字　　数　340千字

版　　次　2006年6月第1版

印　　次　2021年7月第3次印刷

书　　号　ISBN 978-7-80195-486-2

定　　价　32.00元

目录

这辈子最爱的人

另一种爱

妹妹的“情书”

写间房子给哥哥

理解的幸福

感动系列

这辈子最爱的人

岁月深处有一支歌

曾想用华丽的文字来展示手足之间那道用爱筑成的风光，然而我却被现实中的手足情深所震撼，再华丽的文字都显得苍白无力，也难以承载这平淡而深沉的亲情的舐添。

在日常生活中，手足亲情其实无处不在的，正如许多人都可以体会到自己与亲人之间的感情，并且会发现亲情会随着距离的拉大和时间的推移而愈加浓厚，就像一坛愈久弥香的陈年老酒，时间越久越醇香。

这里讲述的不仅仅是故事，是唱响的一首首手足亲情的颂歌：我的兄弟姐妹，我这辈子最爱的人！

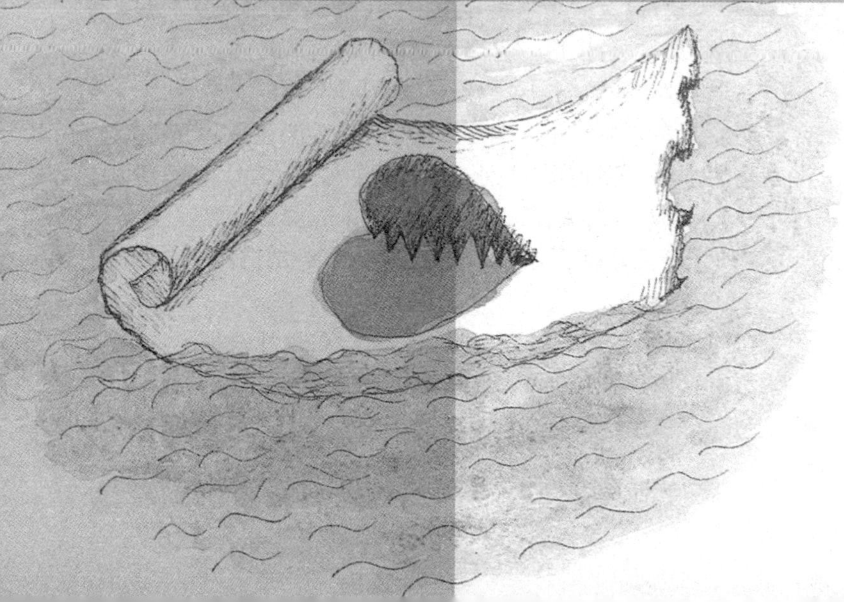

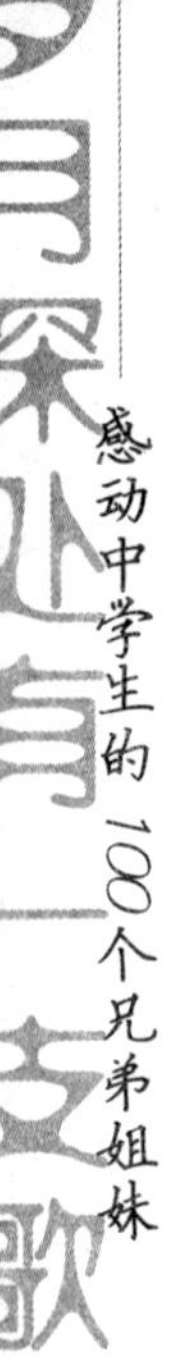

哥接着钱眼睛发红，手心儿发烫；赶忙把钱塞在惠兰手上。自个儿撇下惠兰，含着泪花儿走了。

邮票情缘

●文/罗文发

惠兰下岗，小船没了纤绳儿，惠兰发愁，怎么走呀？孩子上中学，他爸老病号，只怕船儿搁浅滩。

惠兰哥看在眼里，疼在心上，捧去一部邮集，颤颤地讲："惠兰，卖掉它，哥在这个时候不能不帮！"惠兰眼睛湿润了，这哪里成？这是哥的多年心血，这一部邮册收藏都有多年了，那些设计精妙的套套邮票，枚枚型张，是哥的宝贝心肝。

如今，哥硬是忍痛割爱地交由她，每本册子还标着时下的价。惠兰有些省悟，哥他是倾其所有呀！还不是为她走好人生这道转折关。人呵！平时的兴趣爱好，手艺特长，有时候会变成一根撑船的篙。没有了纤绳儿，撑篙也可顶流上。哥，你放心，邮集子我先放着，我可用我的手艺活试试看。

几天后，她摆开了饺子摊。雪白面粉用温水揉熟，案板上是她小小的舞台，手指儿伴着擀面杖，在上面跳起圆舞曲。新鲜的菜，上好的肉，悦耳的乐曲，耐听的歌。食客们尝着、喊着："老板，请，请上！"惠兰回着："好嘞！'翡翠饺子'又来一盘！"惠兰的生意上路了，惠兰的生意忙了，忙得应付不下来往的顾客。哥闻讯，舟车劳顿亲自来看；哥笑，哥喜，哥提议扩大经营，开家《翡翠饺子店》！惠兰支吾着：眼下本钱还不够呢？哥说话了：我就知道邮集子在你那里睡觉！惠兰讲：不敢随便卖呢。"快，拿来！现在正是用它的时候！"哥催促。"别，哥！"哥生气了。惠兰无奈，请人看着饺子摊，只好领哥回家。哥拿上邮集，二话不说，直奔邮市；惠兰一路追着，一番讨价还价，卖出两万多块。哥接着钱眼睛发红，手心儿发烫；赶忙把钱塞在惠兰手上。自个儿撇下惠兰，含着泪花儿走了。

惠兰知道再也不能辜负哥的心意了，挂着泪珠，带着愧疚，用那钱租了门面，购置了必需的用具，写上招牌，饺子店开业了。从此后，惠兰越发用心经营，货真价实，雇来的打工妹服务态度又好，生意日见一日红火了。遗憾的是，哥再没来过，打电话约他来看看，他总推说有事。惠兰的心里呵镜子一般。

一年多后的一天，惠兰一听到哥病倒了，赶忙去看望。一进房门，跪下就哭，哥呀！是妹害了你，害得你得了愁思病！妹是知道你放不下那份邮缘的！惠兰从包里托出个绿布包裹儿，打开送上。哥惊起，哥眼睛放亮，哥有些不相信："惠兰，它怎么……怎么又跑回来了？"

惠兰答："我赚了钱，就去邮市多花了几个，把它赎回来了；好在人家也是位收藏者，没有卖掉。"

哥听了，翻身下床，一把扶起惠兰，口半张开，半晌无话，最后一声号啕："好妹妹呀，好妹妹！"珠泪纵横地抚摸起自己的"心肝宝贝"。

邮票、亲情

赏析／陈保密

读完这篇文章，我虽然没有泪流满脸，但早已热泪盈眶。我为惠兰哥对心爱邮票的愁思而感动，更为惠兰两兄妹那份在困难中互相扶持的亲情而震撼。

其实，惠兰哥十分珍爱他的那套邮票，为它付出了大量的心血。他收藏了邮票多年，并且一枚枚地精心设计。他太迷恋邮票了，邮票几乎成了他生命的全部，并且当他为了妹妹而失去了邮票时，马上愁思成病，日日夜夜梦到他那心肝宝贝。这种对珍藏的呵护、在失去时的病倒、失而复得的泪珠纵横，是因为心中的那份情缘，只有有情，才会有如此的表现！

惠兰哥对于邮票的挚爱让我震撼，他和妹妹之间的亲情更令我敬佩。文中的邮票是亲情的载体。邮票虽然是他的心肝宝贝，但还是比不过浓浓的亲情。哥最终还是为了亲情而卖了自己的挚爱。邮票情缘背后蕴藏的是一种互相关心、互相帮助、共同渡过难关的人类最珍贵的亲情。

惠兰在困难中艰难地生活着。哥为了妹忍痛割爱，付出了自己的挚爱——邮票。他做到了，却失去了挚爱。当妹妹得知哥是因为失去挚爱而病倒后，就用钱赎回了那份哥心爱的邮票。亲情的力量是无限的，它是那两兄妹走出困境的阳光。

亲情，像春天的甘霖滋润着小草那样美好，以熔化钢铁的力量使我们恢复生活的信念，鼓舞我们去坚强地面对生活，创造生活，人生遇到困难时也感到并不可怕。

也许一枚枚的邮票并不显眼，但是它却成为一种珍贵的亲情载体，血缘的桥梁。

一份邮票，装载的是难以忘怀的亲情。

第二天，指导员在全连军人大会上作了一个专题讲话。他从我这条六个补丁的秋裤讲到我母亲去世，不少同学为我困难的家境流下了同情的泪水。

一条旧秋裤

文/杨玉辰

人老多忘事。然而，发生在三十多年前的一则“穷”故事，却无论如何也使我难以忘怀。

那是我在天津上大学的第一年。宜人的秋天刚刚使人们从夏日的熬煎中挣脱出来，严酷的冬天就迫不及待地降临到海河两岸，加之连续十几天的寒流侵扰，风雪夹击，使我生平第一次尝到了寒冷的滋味。

我的家乡是河北平原的一个穷村庄。当时虽父母健在，但只凭一个劳动日才值两角八分钱的农业工分，是很难供我上大学的，连我去大学报到时所需的几十块钱学费都是母亲东挪西借凑起来的。那年冬天到来时，我只穿着一身家母缝制的棉衣，连一件内衬的衣裤都没有，寒风一吹，直透骨髓。几经考虑之后，我还是把我的真实处境写信告诉了我那惟一识字的哥哥。

一周之后，我收到一个小小的包裹，打开一看，是一条旧秋裤。这是哥哥六年前结婚时买的。记得那年冬天，家乡闹粮荒，给哥哥说媒时，女方只向哥哥要了一口袋红薯干就算订了亲。离结婚还有三天时，母亲问哥哥买点什么，哥哥几经思考后，提出买一件秋裤穿。秋衣秋裤当时在家乡是一种奢侈品，穷人家是买不起的。秋裤买回后，哥哥像宝贝一样爱惜它，除了结婚和年节穿穿，平时总是锁在嫂子的衣柜中舍不得穿。尽管如此，我收到这条秋裤时不仅颜色尽褪，而且已用不同颜色的布打了三个补丁，看得出，补丁补得很精巧，是嫂子的“杰作”。从此，我也算有了一件贴身穿的内裤了，别看它只薄薄的一层，穿在身上，直觉股股暖流涌动，外面再套上裤腰一打三折的棉裤，再也不怕严冬的寒流了。就这样，这条破秋裤伴着我在天津度过了四个严冬。大学毕业时，这条秋裤又增添了三个补丁，但我却一直舍不得扔掉它，因为它寄托着我兄长的一片深情。

一九六八年底，我被分配到某野战军农场十一连(学生连)接受“再教育”，当我第一次领到工资的时候，我首先想到的就是给病中的母亲买点营养品，给哥哥买一条新秋裤，算是对家中这些年对我关怀的报答。就在这时，哥哥给我来了一封信，说就在我刚刚离开天津时，母亲去世了。哥哥还特别转达了母亲临终的嘱咐：从现在到明年底，领到的工资千万不可乱花，省下钱来偿还为母亲治病和办丧事借下的钱。那天晚上，我独自一人跑到连队南面的水渠边大哭了一场，第二天就把全部工资寄回家里，为哥哥买秋裤的打算也就搁浅了。

转年开春的一个晴天，连长让我们把存放在潮湿的小仓库的衣物拿出来晾一晾。我的几件衣服虽晾在最不显眼处，还是被班里的同学发现了。我的那件打了六个补丁的秋裤被城市出生的小孙用竹竿挑得高高的，让大家“欣赏”。我急得泪水在眼圈儿里打转转，越是制止这恶作剧，小孙越是觉得开心。后来还是指导员为我解了围，并向我了解了我家发生的一切。

第二天，指导员在全连军人大会上作了一个专题讲话。他从我这条六个补丁的秋裤讲到我母亲去世，不少同学为我困难的家境流下了同情的泪水。一周后，哥哥连续几天收到部队学生连的未署名的汇款，三十五十不等，总共二百八十多元。我从哥哥的来信中得知此事后，连忙去问指导员该怎么办。指导员动情地说：“这是咱连的一片心意，告诉你哥哥，不管是谁寄的，先收下！除了接济家里，还还欠账，也让他为自己买一条新秋裤穿！”说到这里，指导员的眼睛湿润了。

四年前，哥哥因患肺病过早地离开了人世。虽然他去世时家境已面貌大变，我也为治他的病尽了当弟弟应尽的责任，但我常常为没能给他买一条新秋裤而抱憾。

亲情的暖流

赏析／彭棉杰

我们总被血浓于水的亲情感动，特别是穷困之下的亲情。那纯纯的温情总是令人泪湿青衫。

在文章中，作者围绕一条旧秋裤讲述了一连串让人感动的故事。首先，“我”在寒流中收到了哥哥六年前结婚时买的、现在已经褪了色并且有了三个补丁的秋裤，这裤子，蕴藏着哥哥对我的关怀和爱；其次，那条旧秋裤支撑着我在艰难的岁月中完成了学业，“旧秋裤”是“我”进步的动力，“我”对哥哥的感激进一步升华；最后，在野战连因旧秋裤被人戏弄和同学为我捐款，其中的兄弟情、友情得到了最大的表现。一条旧秋裤,是一种动力,更是一份浓浓的情!

也曾记得这样一个平平淡淡的故事。故事展示的是一张两兄弟的照片和一个发黄的烟头。这两兄弟,同时考上大学,但只能其中的一个去上。这个时候,哥哥却"变坏"了吸上了烟,并用烟头点燃了通知书,在弟弟离家时留下一圈又一圈的烟雾,和一个"苍老"的背影。多少年后,乡下的哥哥和城中的弟弟紧紧相拥,不同的身影停留在照片中。还有那个烟头——哥哥从小就惧怕的东西。

不同的故事,演绎的是同样的情,"哥哥"那亲切的称呼就在我们身边。哥哥带来的不是一条旧秋裤,而是一股亲情的暖流。

亲情,在打满补丁的旧秋裤上感动着每一个人。我也有心爱之物,但比起这条"旧秋裤",只能在心中默默地说一句:"再暖的被子,也没有这哥哥舍不得穿的旧秋裤温暖,因为这已经不是普通的裤子!"

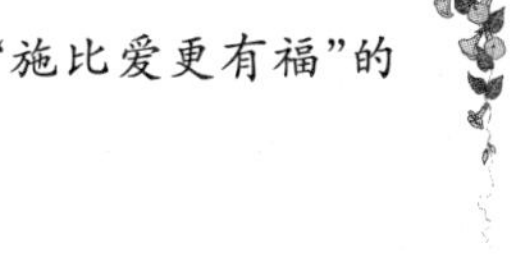

就在那个圣诞夜，保罗才真正体会到耶稣所说的“施比爱更有福”的道理。

兄弟情深

●文/［美］丹·克拉克　李威　译

圣诞节快到了，保罗的哥哥送给保罗一辆崭新的轿车。圣诞节那天，当保罗离开办公室来到停车场时，一个男孩正绕着那辆闪闪发亮的新车，仔细地端详着，小心地抚摸着，不停地赞叹着。看到保罗走过来，他十分羡慕地问道：“先生，这是您的车吗？”

保罗微微地点点头，自豪地说：“这是我哥哥送给我的圣诞礼物。”

男孩惊讶地睁大了眼睛，看着保罗，半信半疑地说：“您是说这是您哥哥送给您的圣诞礼物，没花您一分钱？”

看到那男孩羡慕的眼神，保罗骄傲地点了点头。

“天啊，我真希望也能……”

听到男孩这么一说，保罗以为他也希望能有一个像自己哥哥那样的兄长。但是那个男孩接下来说的话却完全出乎保罗的意料。

“我真希望自己也是一个能送车给弟弟的哥哥。”男孩不无遗憾地说。

保罗吃惊地看着那男孩，脱口而出问道：“你想不想坐我的车去兜兜风？”

“哦，是真的吗，先生？”他有些不相信自己的耳朵，“要是那样的话，可真是太好了。我太想坐坐您的新车了！”

保罗驾驶着车开了一小段路之后，那男孩子转过头来，眼睛闪闪发亮，恳切地问保罗：“先生，您能不能把车子开到我家门前？”

保罗微微笑了笑。他知道那男孩子想干什么。他一定是想要向邻居炫耀炫耀，让大家都知道他坐了一辆崭新的大轿车回家。但是这次保罗又猜错了。

“先生，您能不能把车子停在那两个台阶的前面？”男孩恳求道。

保罗在台阶前面停好车，那男孩飞快地跑上了阶梯。不一会儿，保罗听到他回来的声音，但动作似乎有些缓慢和笨重。

正在犹疑之间，保罗看到那男孩扶着一个跛脚的小孩缓慢地走了出来。保罗立刻就明白了，“他应该就是那男孩的弟弟吧！”

这时，那男孩已经来到了车前，他紧紧地抱着他那跛脚的弟弟，指着保罗的新车，兴奋地说：“你看，这就是我刚才在楼上对你说的那辆新车。这是保罗他哥哥送给他的圣诞礼物哦！将来我也会送给你一辆像这样的车。到那时候，你就能自己开着车去看那些在圣诞节时挂在窗口上的漂亮饰品了，就像以前我对你说过的那样。”

面对此情此景，保罗的心里陡然涌起一股暖流，他感到眼眶湿润了。他走下车子，帮那男孩把跛脚弟弟抱到车子的前座。那男孩子高兴极了，飞快地爬上了车子，坐在弟弟的身旁。他满怀感激地看着保罗，激动地说：“谢谢您，先生！”

保罗看着他们，还是微微笑了笑，说：“小心，坐好！”然后，他发动了汽车。就这样，他们三人开始了一次令人难忘的假日兜风。

就在那个圣诞夜，保罗才真正体会到耶稣所说的“施比爱更有福”的道理。

付出是幸福

赏析／许劲松

圣诞节这天，每个人都希望收到一份好礼物。小男孩却希望自己能送给弟弟一辆车，做一回派送好礼物的“圣诞老人”，送弟弟一份好礼物，给弟弟一份快乐。

小男孩的承诺，不是随口说说的童言，而是对弟弟的一种最纯洁最无私的爱。

这样，小男孩的弟弟是幸福的，因为他有一个愿意为自己付出的哥哥，可以收获兄弟纯洁的爱；小男孩也是幸福的，因为他从小就懂得了付出，可以给予弟弟亲情和呵护。或许，小男孩还不知道什么是幸福，但身处亲情阳光沐浴下的小男孩无疑是幸福的。这种被爱相伴的给予者和接受者都是天底下最幸福的人。

但在现代人的普遍心理和观念中，幸福不是给予，而是收获，认为得到最好便是幸福。这已经成为了现代人普遍的生活信条，带有很强的功利性。其实，一个人的幸福不在于他得到了多少，而在于他付出了多少。这是不折不扣的真理。还记得将苹果种子撒满全美国的老头吗？他辛苦地绕美国一圈，看似什么也没有得到，但其实他已经得到了内心最大的幸福，他将自己无私的爱和希望的种子撒向最光秃的山头和最偏僻的村野，当山野苹果花烂漫时，那飘香的喜悦，正是老头儿最幸福的笑脸。

更记得一位哲人曾经说过：当一个人的付出没有得到等价的金钱回报时，他必将会获得同等的精神愉悦。我想，用自己发自内心的真爱换取的精神愉悦，那才是幸福！所以，当别人需要你的帮助时，千万不要吝啬你的双手，因为，将自己的双手递给别人，也是一种幸福。

付出吧！幸福将相伴你一生！

姐姐费力地掏出一个用洗得很干净的手帕包着的黑面馍，笑着递给我，“弟弟，你吃吧，这是姐姐为你省下的。”

岁月深处有一支歌

●文/马均海

我十岁那年的春天，树上能吃的叶子捋光了，田地里充饥的野菜几乎挖尽了，榆树被剥光了皮。正处于发育成长的我，就像久旱无雨的禾苗。所幸的是，我每天都能吃上一个黑面馍。这个用杂粮或麸糠做成的黑面馍，是姐姐为我挣来的。

姐姐大我四岁，因家贫未能上学，小小的年纪就已经是生产队的一名劳动力了。为了战胜自然灾害，确保粮食连年丰收，政府号召大修水利。我们村只有四十多户人家，被抽调到水利工地上的就有六十名，我姐姐就是其中之一。

每天放学后，我就来到村外的田野上，沿着弯弯的小路往南走，一边挖野菜，一边等姐姐回来。每当姐姐出现在小路上时，我就飞快地迎上去。这时，姐姐就放下铁锨，从衣兜里掏出一个用手帕包裹着的黑面馍，然后揭开手帕递给我。“饿坏了吧弟弟，快吃吧。”看着我狼吞虎咽的样子，姐姐抚摩着我的头，脸上就露出了舒心的笑容。

有一天下午，刮着南风，天气很暖和。春暖更使饥饿的人感到困倦。我已经挖了好多野菜了，还不见姐姐回来。往常，太阳刚落山的时候，姐姐总会出现在我的视野里。可是，今天的太阳已经落山了，小路上仍然看不见姐姐的身影。我的心有点慌乱起来，就顺着那条蜿蜒小路往前走……走到树林子边时，我停下了脚步。这时，黄昏已经降临，林子很深，我不敢进去。正当我感到有点害怕的时候，林子里走出一个人，我一眼就认出了是后村的双良叔，双良叔还背着一个人。双良叔背着的正是我姐姐。我不知出了什么事，心里害怕极了。双良叔说，三儿，快回去，告诉你妈，想办法弄点儿糖来，红糖白糖都行。

双良叔把姐姐背回我家时，早已累得上气不接下气了。我母亲见状，简直吓坏了，慌忙接过姐姐，小心地放在了床上。母亲忙搬来把椅子，让双良叔坐下。双良叔用我递过去的毛巾擦了把汗，喘着气说，不要害怕，没事的，这孩子是饿昏了，灌点儿糖水就会过来的。这时我才想起双良叔是名乡村医生，母亲为姐姐灌了半小碗糖水。姐姐睁开了眼睛。我一直站在床前，在昏暗的油灯下，我看见姐姐的眼神很茫然,大概姐姐还不知道发生了什么事吧。姐姐完全清醒过来的时候,翻了一下身子,见是我站在床前,就用柔弱的双手去拉我的手。姐姐没有说话,只是用爱怜的目光看着我。过了一会儿,姐姐好像想起了什么,就用右手往衣兜里掏摸。姐姐费力地掏出一个用洗得很干净的手帕包着的黑面馍,笑着递给我,"弟弟,你吃吧,这是姐姐为你省下的。"

我"哇"的一声哭了起来。

岁月如流水,转瞬之间,许多日子过去了。当我的女儿长到我那时的年龄时,有一天晚上,我把这个尘封在记忆深处的故事讲给她听。女儿听完后,睁着大大的双眼,呆呆地注视我良久:"爸爸,你讲的这些都是真的吗?"我说是真的。从那以后,女儿不再浪费粮食了,也不怎么挑食了。我忽然发现,女儿好像长大了许多。

平凡的爱

赏析/黄利鹏

姐姐对弟弟的爱,平凡,没有惊天动地;姐姐对弟弟的爱,感人。在那困难的日子里,姐姐的爱就如一首能滋润心灵的歌,飘荡在弟弟的心头,激励弟弟走过那段难熬岁月。那一首悠扬的歌,如今还在心头久久荡漾。

十四岁的女孩子,应该是晚上睡觉能抱着软软的枕头,能得到爸爸妈妈无微不至的疼爱,甚至会欺负弟弟的撒娇年纪。然而,文中十四岁的姐姐已经是生产队的一名劳动力了。在那个青黄不接、吃了上顿没了下顿的年月,这位坚强的姐姐毅然挑起了家里的重担,并用乐观的态度鼓励着最爱的小弟,宁愿饿着肚子在工地上挥汗如雨地劳作,也要为读书的小弟留一个面馍。姐姐以平凡的行动为这个家默默地付出平凡的爱。这爱,为弟弟支起了一片蔚蓝,撑起一片感人的天空。

然而,无论姐姐多么坚强,十四岁的她毕竟还是个孩子。在高强度的劳作下,她终于病倒了。病倒的她只能喝半小碗的糖水,仅仅半小碗而已!后来她醒过来了,眼睛是茫然的,根本不知道发生了什么事。而当她明白了一切后,首先想起的还是站在床边的小弟,用瘦弱乏力的双手拉着小弟的手,用爱怜的目光看着小弟。此时的她,是一个需要呵护疼爱的孩子,是一个在命运面前被压倒了的孩子,那个坚强的大姐暂时消失了。但是,当她又费力地拿出了用洗得很干净的手帕包着的、宁愿自己饿昏了也要留给小弟的黑面馍时,这小小的用杂粮和麸糠做成的黑面馍,凝结了她对这个家的爱。纵然平凡,也是伟大,姐姐的形象再次高大。

这艰难岁月里的平凡的爱,爱得深沉、爱得伟大,是一首感人的动听的歌!

每次见到哥，总有种温暖涌上我的心头。

等

●文/曾冠华

我是娘路边捡的。

娘只生一个孩子，比我长七八岁，我唤他哥。咱就一家三口过日子。

小时候，哥背着我四处跑。哥的头发极短，耳朵特长。我总爱用小手拨哥的大耳朵。哥不讨厌我，让我逗着玩儿，笑一个够。哥被我拨得痒了，头摇得就像拨浪鼓。

哥万事总护着我，从不容人欺负我。

我开始读书，哥便辍学。这年春节，全村孩子只有我有新衫子穿。那是一件十分漂亮的红碎花上衣，用哥挣的钱买的。

我上初中，哥到了结婚的年龄。隔壁阿婶给他介绍对象，哥说不急。那时，娘有病，我又读书，家里缺钱。

读高中我住县城，得花更多的钱。我打退堂鼓要辍学，哥急了说："好不容易才考上，咋不读？"

我灵机一动说："挣工分，帮哥娶嫂。"

沉吟片刻，哥说："你知道不？哥谁都不喜欢！妹听话，聪明，能读书，哥就爱妹一个人。"

哥是厚道人，能说出此番话，不容易！按捺着猛跳的心，低声对哥说："妹还小呢。"

"只要妹继续读书，哥等。"

面对着哥，我感受到了一种真诚，觉得自己很幸福。良久，我红着脸垂头答应哥："嗯。"

高中三年，寒暑三秋，哥凭一双大脚行几十里山路，不断来来回回给我送钱送米送柴。每次见到哥，总有种温暖涌上我的心头。由此，我更加发奋读书。

我是以优异的成绩被大学录取的。

在京城深造，哥把一点一滴的汗水凝成一张张汇票，填满娘的声声叮嘱，铺就一层层阶梯，让我拾级而上，踏进更高的学业的殿堂。本来，我还能考取公费出国留学的，但我想到哥，不忍心他苦等，一完成硕士研究生的学业，便鸟儿恋巢般地飞回了家园。

哥说："妹，正等你呢！吃，哥的喜糖。"

哥和村上的李寡妇成亲了！

"哥，何苦呢？妹不是回来了么？"

"寒窗苦读熬出来，妹不容易啊！哥为有你这般了不起的妹而感到自豪。哥满足了。"

"没哥，哪会有妹的今天呢？"

"长兄为父，这是责任。如果捆住妹，哥当初就不会送妹读书！妹今天已长大成人，且知书达礼，应理解哥才是。哥虽是粗人一个，但也懂得人生。哥与你手足情深，是兄妹情，是亲情；哥与你嫂自由恋爱结婚，这是爱情。现在，妹能自立了，哥也成家了，省了娘的心。哥等的就是今天啊！"

"哥——"

爱在等待

赏析／刘余梅

一个快乐而难忘的童年，一句简单而真挚的话，让妹妹充满动力和希望，不断地实现人生的目标。那颗加速跳动的心，是一种莫名的幸福。她知道，在遥远的地方，有一份爱一直在等待着她。

厚道而平凡的哥哥，许下了一个最不平凡的诺言——妹，哥等你。本来，哥哥疼爱妹妹，是天经地义的事。但是，如果哥哥疼爱的是一个和自己完全没有血缘关系的妹妹，就不可思议了。文中的哥哥，为了这份没有血缘的爱，为了娘路边捡来的妹妹的前途和幸福，付出了自己的青春，甚至是自己的一生。这份爱，刻着岁月的痕迹，浓于血！

哥的承诺，哥的爱，只是简单而朴素的语言。但对妹妹来说，却是一个希望和憧憬，是一份等待着的爱。心中埋着的爱，就像公主等王子的到来，甘愿七年不说不笑，一直在编织，编织希望，编织幸福，编织美好的未来……如果哥哥与妹妹的故事是一个美丽的童话,那么结局就是他们幸福地在一起生活。但,这不是童话,而是生活。哥没有等妹,而是和李寡妇结婚了。

这样的结局,似乎让一直编织梦想的妹难以理解和伤心。但是,哥的那一席话"长兄为父,这是责任。如果捆住妹,哥当初就不会送妹读书!妹今天已长大成人,且知书达礼,应理解哥才是。哥虽是粗人一个,但也懂得人生。哥与你手足情深,是兄妹情,是亲情;哥与你嫂自由恋爱结婚,这是爱情。现在,妹能自立了,哥也成家了,省了娘的心。哥等的就是今天啊"让妹妹再也没有生气的理由。这时的哥,不是童话中的白马王子,却比白马王子更高贵,更值得我们尊重!

妹和哥没有童话式的结局,但童话中的爱依然存在。哥对妹的爱,没有因为哥结婚了而减少,相反,在妹的心中,爱依然在等待,等待着哥哥为自己营造的真正的爱。

丈夫感动得热泪盈眶，我也哭着说，弟啊，你没文化都是姐给你耽误了。他拉过我的手说，都过去了，还提它干啥！

这辈子最爱的人

●文/常　草

我的家在一个偏僻的山村，父母都是面朝黄土背朝天的农民。我有一个小我三岁的弟弟。有一次我为了买女孩子们都有的花手绢，偷偷拿了父亲抽屉里五毛钱。父亲当天就发现钱少了，就让我们跪在墙边，拿着一根竹竿，让我们承认到底是谁偷的。我被当时的情景吓傻了，低着头不敢说话。父亲见我们都不承认，说，那两个一起挨打。说完就扬起手里的竹竿，忽然弟弟抓住父亲的手大声说："爸，是我偷的，不是姐干的，你打我吧！"父亲手里的竹竿无情地落在弟弟的背上、肩上，父亲气得喘不过气来，打完了坐在炕上骂道："你现在就知道偷家里的，将来长大了还了得？我打死你这个不争气的。"当天晚上，我和母亲搂着满身是伤痕的弟弟，弟弟一滴眼泪都没掉。半夜里，我突然号啕大哭，弟弟用小手捂住我的嘴说，姐，你别哭，反正我也挨完打了。

我一直在恨自己当初没有勇气承认，事过多年，弟弟为了我挡竹竿的样子我仍然记忆犹新。那一年，弟弟八岁，我十一岁。

弟弟中学毕业那年，考上了县里的重点高中，同时我也接到了省城大学的录取通知书。那天晚上，父亲蹲在院子里一袋一袋地抽着旱烟，嘴里还叨咕着，俩娃都这么争气，真争气。母亲偷偷抹着眼泪说争气有啥用啊，拿啥供啊！弟弟走到父亲面前说，爸，我不想念了，反正也念够了。父亲一巴掌打在弟弟的脸上，说，你咋就这么没出息？我就是砸锅卖铁也要把你们姐俩供出来。说完转身出去挨家借钱。我抚摸着弟弟红肿的脸说，你得念下去，男娃不念书就一辈子走不出这穷山沟了。弟弟看着我，点点头。当时我已经决定放弃上学的机会了。

没想到第二天天还没亮，弟弟就偷偷带着几件破衣服和几个干馒头走了，在我枕边留下一个纸条：姐，你别愁了，考上大学不容易，我出去打工供你读书。

我握着那张字条，趴在炕上，失声痛哭。那一年，弟弟十七岁，我二十岁。

我用父亲满村子借的钱和弟弟在工地里搬水泥挣的钱终于读到了大三。一天我正在寝室里看书，同学跑进来喊我，梅子，有个老乡在找你。怎么会有老乡找我呢？我走出去，远远地看见弟弟，穿着满身是水泥和沙子的工作服等我。我说，你咋和我同学说你是我老乡啊？

他笑着说，你看我穿的这样，说是你弟，你同学还不笑话你？

我鼻子一酸，眼泪就落了下来。我给弟弟拍打身上的尘土，哽咽着说你本来就是我弟，这辈子不管穿成啥样，我都不怕别人笑话。

他从兜里小心翼翼地掏出一个用手绢包着的蝴蝶发夹，在我头上比量着，说我看城里的姑娘都戴这个，就给你也买一个。我再也没有忍住，在大街上就抱着弟弟哭起来。那一年，弟弟二十岁，我二十三岁。

我第一次领男朋友回家，看到家里掉了多少年的玻璃安上了，屋子里也收拾得一尘不染。男朋友走了以后我向母亲撒娇，我说妈，咋把家收拾得这么干净啊？母亲老了，笑起来脸上像一朵菊花，说这是你弟提早回来收拾的，你看他手上的口子没？是安玻璃时划的。

我走进弟弟的小屋里，看到弟弟日渐消瘦的脸，心里很难过。他还是笑着说，你第一次带朋友回家，还是城里的大学生，不能让人家笑话咱家。

我给他的伤口上药，问他，疼不？

他说，不疼。我在工地上，石头把脚砸得肿得穿不了鞋，还干活儿呢……说到一半就把嘴闭上不说了。

我把脸转过去，哭了出来。那一年，弟弟二十三岁，我二十六岁。

我结婚以后，住在城里，几次和丈夫要把父母接来一起住，他们都不肯，说离开那村子就不知道干啥了。弟弟也不同意，说姐，你就全心照顾姐夫的爸妈吧，咱爸妈有我呢。

丈夫升为厂里的厂长，我和他商量把弟弟调上来管理修理部，没想到弟弟不肯，执意做了一个修理工。

一次弟弟登梯子修理电线，让电击了住进医院。我和丈夫去看他。我抚摸着他打着石膏的腿埋怨他，早让你当干部你不干，现在摔成这样，要是不当工人能让你去干那活儿吗？

他一脸严肃地说，你咋不为我姐夫着想呢？他刚上任，我又没文化，直接就当官，给他造成啥影响啊！

丈夫感动得热泪盈眶，我也哭着说，弟啊，你没文化都是姐给你耽误了。他拉过我的手说，都过去了，还提它干啥！

那一年，弟弟二十六岁，我二十九岁。

弟弟三十岁那年，才和一个本分的农村姑娘结了婚。在婚礼上，主持人问他，你最敬爱的人是谁，他想都没想就回答，我姐。

弟弟讲起了一个我都记不得的故事：我刚上小学的时候，学校在邻村，每天我和我姐都得走上一个小时才到家。有一天，我的手套丢了一只，我姐就把她的给我一只，她自己就戴一只手套走了那么远的路。回家以后，我姐的那只手冻得都拿不起筷子了。从那时候，我就发誓我这辈子一定要对我姐好。

台下一片掌声，宾客们都把目光转向我。

我说，我这一辈子最感谢的人是我弟。在我最应该高兴的时刻，我却止不住泪流满面。

爱，让世人感动

赏析／陈伍莹

爱最能感动人！在《这辈子最爱的人》这篇文章中，弟弟对姐姐那种深深的爱感动了我，读毕忍不住流下了泪水。

《这辈子最爱的人》这篇文章，是姐姐讲述自己与弟弟在三个不同年龄段发生的一些事情，通过简单的事例表现弟弟对自己的付出和强烈的爱。这份姐弟的爱持续了大半辈子，让人为之动情。文中讲述的事，有人说是几件很平凡的事，但我认为这并非凡事。年仅八岁的弟弟为了不让姐姐受到伤害勇敢地站出来替姐姐受罚；为了能让姐姐上学，自己外出打工并供姐姐上完大学；为了姐姐的脸面说自己是姐姐的老乡等等，这些难道都是平凡的事？难道这一切还不足以让人感动？

读完了文章最后，我明白了姐弟之间的淳朴亲情、淳朴的爱。爱是互动的。弟弟能够在小时候便许下了终身为姐着想的诺言，而且为了诺言坚持一生，仅仅是因为有一次姐给了他一只手套，是姐姐对弟弟的爱让弟弟有所感动的。

在家里，我也是弟弟，却远远比不上文中的弟弟。弟弟对姐姐的爱极大地触动了我这位也为人弟的一颗柔弱的心灵，是弟弟的形象撼动了我的心灵，洗涤了我的灵魂。我在感动之余也有一些惭愧，惭愧我整天围着姐姐撒娇，只求姐姐对自己好，却不懂得如何去关心姐姐、爱姐姐。

爱，是一种能撼动无数心灵的情愫。只有用心去感悟，才能感动别人，才能理解爱的意义与爱的伟大。只有心中有爱，才能感动别人，感动世界，才能让世界充满缤纷的色彩。

十几年前那个跟在卡车后面跑的孩子，其实应该是我。

弟弟的爱

●文/老　轻

每当我坐在全市最豪华的写字楼里，看看街道上忙忙碌碌的人们，都会有种特别的感觉。谁能想到，不过才十几年，我就从一个山沟里背着干粮上学的孩子，变成这家独资公司的白领，开着新买的“赛欧”，西装革履地出入高级场所。而这一切，其实都缘于一场灾难。

我十三岁那年，一场大水毁了老家整个山村，等我被人从树上救下来后才知道，全家只剩下我和同父异母的弟弟两个人。父母和家里那座破房子，早被洪水不知冲到了什么地方。

我感到了前所未有的绝望。以前虽然家里穷，但是我学习好，完全有可能到大山外面去上学，然后飞出这个穷地方。可现在一切都破灭了。而我那个同父异母的弟弟，从小就粗野鲁莽，不爱学习，却因为后母的偏心能得到更多疼爱。我一直不喜欢他。

不久，乡干部带来一个中年人，说是父亲的一个远房弟弟，我们的叔叔。我感觉一下子有了希望，叔叔一定会把我们带出去。谁知，叔叔却说自己家没有多大的能力领养我们兄弟俩，只能带一个走。我心里刚燃起的希望一下又破灭了。弟弟长得又高又壮，假如让叔叔挑选，八成不会选我。可第二天，叔叔却给弟弟留下一点儿钱，要带着我走。弟弟哭着跟我们走到村口，我也哭了，可自私的心让我不敢回头去看，我害怕叔叔会改变主意。

卡车开动了，透过灰蒙蒙的后窗，我看到弟弟跟在后面边哭边跑。卡车越开越快，他的身影也越来越小，最后终于看不见了。

跟着叔叔到了省城，日子过得并不好。虽然他家没有孩子，可是婶子经常在家里指桑骂槐。不只是我，叔叔也一样整天被她骂。不管怎样，我都一直忍着，只要能让我上学。

我终于顺利地考上了北京一所重点大学，因为成绩优秀，还没毕业就被现在的独资公司抢先聘用。很快，我在市中心按揭贷款买了一套大房子，那时婶子已经去世，我把叔叔接了过来。

就在我对生活充满希望的时候，弟弟突然出现了。当我看着眼前这个穿着黑棉袄、满脸胡子，已经完全成了农民的弟弟时，心里忽然涌起很多愧疚。虽然这么多年我没怎么想起过他，可看到现在两人的差距，我还是觉得对不起他。

弟弟住下了。

他吃饭时蹲在地上，说话扯着大嗓门，并把我刚装修的家搞得一塌糊涂。最糟糕的一次，我喜欢的一个女同事来家做客，他居然盯着人家看半天，还一个劲儿傻笑，吓得那女孩夺路而逃。第二天，全公司都知道我有一个山里来的兄弟。而那个女孩再也不肯答应我的约会，她说她无法想像怎么能和有这样一个弟弟的人交往。

我意识到，自己已无法再习惯有一个弟弟，更别说是这样一个弟弟。于是我问叔叔，弟弟打算什么时候走。可叔叔却告诉我弟弟这次来不准备走了。我忽然想起，叔叔家以前的老房子现在正是开发商眼热的地带，听说可以卖很大一笔钱。难道叔叔要把旧房子分给弟弟？我准备和弟弟好好谈谈。

谁知还没等我开口，弟弟说话了："哥，俺这次来，是叔让俺来的。说要分给俺一套房子。"我心里"咯噔"一下，果然让我猜对了。弟弟继续说："俺没想着要那房子，本来俺也不想来，可心里想着你，这十来年，俺从没忘了你，心里想着咱哥儿俩怕是再也不能像从前那样了。"说着，满脸胡子的弟弟居然有些哽咽："俺也看出来了，你不喜欢俺……俺过两天就走啦。"

弟弟的话一点儿都没让我感动。我只是想，假如他留下，家里还会这样乱下去，我还要给他找工作，娶媳妇，而且，叔叔的旧房子还要分一半给他……于是我没接弟弟的话茬儿，心里想着只要他离开，我宁肯给他一笔钱。可叔叔坚决不让弟弟走。我连反驳的理由都没有，叔叔什么都给了我，比起弟弟，我的命运已经好太多。

由于叔叔的挽留，弟弟终究没有回去。不过他不再像开始那样和我说话了，谁都能看出来我对他的抵触。每当看到他蹲在地上吃饭，在花园里晒太阳抓虱子的样子，我就生出一种厌恶的感觉。

我决定再和弟弟谈。同样，没等我开口，弟弟却说道："哥你不用说，俺就要走了。这阵子也麻烦你了，现在天冷了，俺……"没等他说完，我马上接着说："没问题，给，这是两千元钱，你拿上，回家买几吨煤，花完了再找哥要。"弟弟说什么都不接，我以为他嫌少，又添了一千元，可他依然不接。我越发相信他是为了那旧房子，于是拉下脸说："你怎么这样！哥挣钱也不容易，就算你嫌少，我也得慢慢给你才是。"

弟弟的脸一下涨得通红，不认识一样看着我："你说啥呢哥，俺不是嫌少，俺是嫌你把俺当外人。"我随口说："你不就是想着那套旧房子吗！我知道你这次来是想分拆迁费，告诉你，那钱没你的份！"

弟弟瞪大了双眼看着我，满是风霜的脸上一片愕然。听到争吵声，叔叔走过来，用哆嗦的手指着我："你，你简直是混蛋，你怎么能这样说你兄弟！你不该这样啊，你们是哥儿俩，他在老家已经够苦的了，这么多年一次都没找过咱们，你不觉得有愧吗？"

我自知理亏，只好硬着头皮说："这是各人的命运，我也不想这样。"

叔叔再次气得喊道："各人的命运？我告诉你，当年我去找你们的时候，根本没想带你回来，是你兄弟说你身体差，吃不了苦，非让我带你走不可。现在你居然这样对待他！"

我呆在那里，一下想起多年前弟弟在车后面跟着跑的情景。叔叔指着我的鼻子继续骂："这么多年，我一直想把你兄弟接来，可他不干，说怕连累你。告诉你，那套旧房子就该是他的，你想都别想！"

自己的私心被戳穿，我从后悔变得恼羞成怒，也喊道："我是你的养子，那房子就该是我的！"叔叔挣脱弟弟的拉扯继续喊："他是我亲侄子，比你亲！"

我吃惊地愣在那里。叔叔继续说："你根本不是你爹亲生的，你是他第一个老婆带来的！论到天上我也不该把你兄弟扔在老家，你和我们家没一点儿血缘关系！"

房间里死一般地静。我只觉得血液全部涌到头上，小时候婶子骂我的话在耳边回响起来：领回个白眼狼，不知道什么时候养大就跑了！

叔叔渐渐平静下来。弟弟蹲在一边抽着烟说："哥，俺也是后来才知道你不是俺亲哥，可俺一直当你是亲哥。"他站起来对叔叔说："算了，俺还是走吧，俺哥有文化能挣钱，以后全靠他给你养老啊。"说完，他从腰里拿出一个布包："这些年俺赶大车拉石头挣了钱，俺不缺钱，这一万块钱给叔吧，俺哥起早熬夜的，挣钱也不容易。"弟弟说。

我流着泪扑过去，一把搂住了弟弟……

我终于没能留住弟弟。我送他上了长途车。车开了，我跟在后面跑着，看到弟弟在里面向我挥手。车开得越来越快，我却不想停下来。我知道，十几年前那个跟在卡车后面跑的孩子，其实应该是我。

没有血缘的亲情

赏析／赖铭湛

亲情是世界上最真实、最伟大的感情。亲情中的爱更是最真挚，最令人感动不已的情愫。但是，这一段没有血缘的亲情，没有血缘的爱，同样真实、伟大，真挚，令人感动。

两个在大山里经历水灾的“兄弟”，面临只有一个能跟随叔叔进城的机会。“弟弟”把这千载难逢的机会让给了“哥哥”，自己留下来耕种家中的几亩耕地。他边哭边跟着载着哥哥的汽车跑时所演绎的基于亲情的爱，却深深地震撼着我的心。

当弟弟从山里来到城市，来到哥哥的家时，在事业上小有成就的哥哥出于愧疚开始还热情招待他，可当他发现弟弟的农民本性时，他就开始嫌弃了，甚至认为弟弟的到来是为了抢房子！并且多次想让弟弟走。细心的弟弟察觉后，极其宽容地包容了哥哥的一切自私想法，甚至想到离开城市回农村来消除哥哥的难堪。弟弟对哥哥无私的爱并没有因为金钱而变质，相反却越显伟大，伟大得让人落泪。

事实的真相终于如明月般冲破乌云的笼罩。弟弟无私，让出了本该属于自己的、能改变命运、取得荣华富贵的机会；弟弟伟大，在真相大白后，对命运没有任何的苛责，依旧把这毫无血缘关系的哥哥当成亲哥哥，并不惜让出房子，让出金钱。弟弟怀着的是一颗火热的，时刻为哥哥着想的心！在实际生活中，不知有多少亲兄弟为了家产继承权而争得头破血流，反目成仇。他们之间的兄弟情在物欲横流的世界面前，是多么的不堪一击！但“弟弟的爱”，却感动了多少对真情存有疑惑的人！

没有血缘的亲情，同样精彩，同样感动，同样催人泪下！

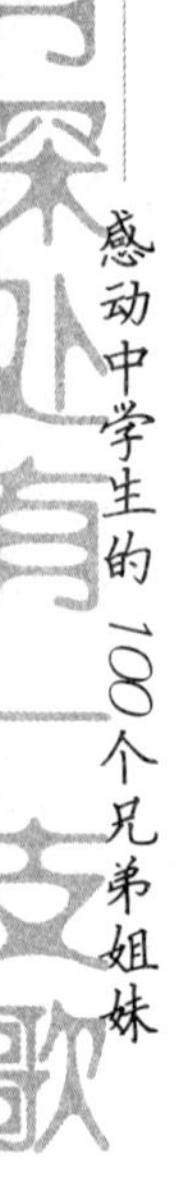

我和弟的赤脚在大路上响起清脆的声音。我看见千万的小黄花儿和小草们在太阳下蓬勃地活着。

蒲公英

●文/赵 伟

弟默默地跟在我的身后。

大路的两边长着许多小黄花儿，在烈日下鲜艳地开着。小小的草们也都独自默默地活着。

我说："弟，你回吧。"

弟还是默默地跟在我的身后。

弟的影子和我的影子撒落在那路边的黄花儿和小草上——

哥，这花儿结什么果？

不结果，花凋了上面长出一朵蒲公英。

哥，什么是蒲公英？

弟，你看，这就是——我使劲一吹，手中的蒲公英被吹成许许多多的小伞，在空中飘飘摇摇地飞扬。弟在风中笑着追那些小伞跑呀跑呀。风中传来一个声音：冬——带弟回来吃饭了……弟停下来，说："哥，妈妈在喊我们了。"

一晃，过了四年。

我说："弟，你回吧。"

弟依然默默地跟在我的身后。

河滩上的水声嚯嚯响着，比三年前更加显耳。父亲常穿一双草鞋，踩在沙滩的水中撒网捕鱼。父亲说他跟爷爷学踩在滩上打鱼时，这滩水就一直这样响着。三年前，跟在我背后送我的有父亲，有母亲。路没有变，水声没有变，如今跟在我身后的只有弟，十四岁的弟。我说。"弟，你回吧。"

弟停下来。我说："你有什么话，你就跟我说。"

弟沉默了许久，轻轻说："哥……妈妈这一年害病，没人给我做鞋……你……回部队去……把你穿剩下的胶鞋……给我……寄一双……"

我跪在弟的面前抱着弟，我说："弟……"那大路、阳光、小黄花儿和小草们，在我眼里漂浮起来，蒲公英被风吹散，许多小伞在空中飘飘摇摇飞向山湾坟园里妈妈的新坟上。

我脱下我脚下的胶鞋，给弟穿上。弟把胶鞋又脱下拿在手里，他说等到了冬天才穿。

我说："弟，你回吧？"

弟说："哥，我回了。"

我和弟的赤脚在大路上响起清脆的声音。我看见千万的小黄花儿和小草们在太阳下蓬勃地活着。

淡淡蒲公英，沉沉兄弟情

赏析／吕 毅

这是一篇记叙兄弟情的文章，以淡雅的蒲公英为线索，勾画了一幅感人至深的情感画卷。全文多角度直接或间接地对兄弟情谊进行描写、渲染，使文章字里行间都洋溢着兄弟间浓烈的真情。

文章中最能体现兄弟浓情的，是作者对三年前那段回忆的插入。年幼无知的弟弟欢快地追着吹散的蒲公英，身后的哥哥带着淡淡的微笑看着弟弟。这一切是多么的美好！

在引入一段回忆后，作者笔锋一转，回到现实中离别时的淡淡伤感基调中。正是这一扬一抑，使得温馨更加沁人心脾，伤感愈加催人泪下。那带着灰色的氛围，任何的对话、举动，一阵阵地收紧了读者的心。弟弟怕哥哥负担太重，哪怕对一双旧鞋的请求，也变得支支吾吾；哥哥因为爱惜弟弟，而在弟弟面前深情地一跪，为了让弟弟穿上鞋不惜自己赤脚赶路；弟弟又为了减轻哥哥的担子不忍轻易磨损鞋子……细微处情感激荡得如汹涌海涛般一浪高于一浪。那原本平淡的字眼，也发挥了神奇的效应，感人至深。

于文中的情感渲染，最精彩的是人情与环境的完美结合。蒲公英的小黄花与其周围的小草，已被作者赋予了非常的意味。在太阳的照耀下，小草围绕着那朵朵小黄花在周围摇曳，仿佛细心地呵护着那一簇花蕊；而那淡雅的小黄花，在阳光下显得愈加鲜艳、美丽，映得身边的小草也带上了淡淡的光辉。小黄花与小草相互依持，即使对抗无尽的风吹日晒，但仍然"蓬勃地活着"。"弟弟的影子和我的影子散落在那路边的黄花儿和小草上……”“我”是小草，用自己本还稚嫩的双臂呵护着弟弟，为他遮风挡雨；弟弟是小黄花，以他那颗纯真的心感动着“我”激励着“我”。失去了父母的两兄弟，却在大路上踏出清脆、蓬勃的生机。

淡淡的蒲公英，在作者眼中飘了起来，飞了出去，而那沉沉的兄弟情谊，也随着蒲公英飞向蔚蓝的天空。

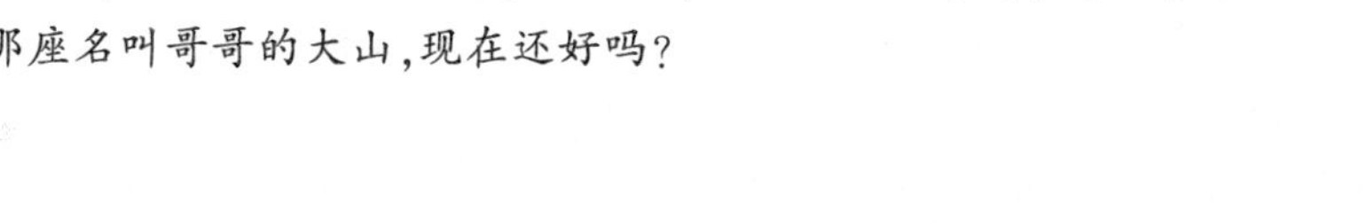
今天，当我坐在明亮的高中教室里，写下这些文字时，我只想问候一声：那座名叫哥哥的大山，现在还好吗？

我的哥哥是一座山

●文/连 锋

一、糖

很少有人知道我有个哥哥。

七岁那年，我第一次见到了我的哥哥。那时他正傻呵呵地坐在家门口，头发又长又乱，手里拿着一个黑糊糊的馒头左一口右一口地乱啃，馒头屑掉了一地。他冲我笑，脏兮兮的脸上顿时开出两朵黑糊糊的花。

哥哥生下来就是一个迟钝的孩子，三四岁才会蹒跚着走路，五六岁才会含糊着说话。哥哥七岁那年我出生了，根据当时的政策，每户人家最多只能要两个孩子(我还有个姐姐)，为了保住我，父亲狠下心把哥哥送到了几十里外的姑姑家。

听母亲说，哥哥被送到姑姑家的那一年，每次送他过去，到了傍晚他又会傻呵呵地出现在家门口，打他骂他都没用。为了防止他再跑回来，父亲和姑父甚至用绳子把他绑了起来，他就大声地叫喊：我要回家看我弟弟！过了一段时间，哥哥就忘了回家的路，只能在村口徘徊，还是念叨着：我要回家看我弟弟，我要回家看我弟弟。

那一年，姑父因一场车祸去世。父母亲就商量着把哥哥接回家，哥哥起先死活不肯回来，后来一听是回家看弟弟，马上就来了精神。

我向哥哥走过去，按照父母的意思怯生生地叫了声表哥。哥哥惊喜地看着我，拉起我的手含糊地说：弟弟，我带你去玩。

我跟在哥哥后面，来到了一座山前。山很高，哥哥拉着我的手大声地叫喊起来：弟弟……弟弟……然后我就听到了山的重重回音，听到了满世界都是哥哥的呼唤。

哥哥说,弟弟你也喊我一声吧。我于是小声地喊了声表哥,声音低得我自己都听不到。哥哥很失望地说,你喊我哥哥吧,我给你糖吃。于是从口袋里掏出一把糖。我认得这些糖是父亲为了哄哥哥回来,一大早在村口的小卖部买的,父亲一个都舍不得给我吃。

我环顾四下无人,小声地叫了声哥哥,于是哥哥口袋里所有的糖都归了我所有。

后来我又用这个方法从哥哥手中拿到了许多好吃的,哥哥只有一个条件,那就是要我在山脚下大声地喊他一声哥哥。

二、火

记得我十岁那年冬天,天特别冷,我们一家人围坐在火炉边烤火,我拿着一本语文课本背书,哥哥则时不时看着我傻呵呵地笑。后来邻居家有点事情需要帮忙,父母便过去了,临走时交代我照看好哥哥,我头也不抬地嗯了一声,继续背我的课文。

夜越来越深,父母还是没有回来,我背着书就靠在椅子上沉沉地睡着了。等我被父母叫醒,我才知道自己闯了祸。原来我手中的语文课本在我睡着之后掉到了火炉里,哥哥伸手去抓,但炉火太烫,哥哥试探着伸手进去,最后把课本抓出来的时候,一双手已经烧得不成样子了。哥哥见我醒来,还傻呵呵地说:弟弟,书,书……

三、雨

我十三岁那年考上了县城中学,临走那天,哥哥执意要送我。

我们又走到了那座山前。哥哥突然停下来,像小时候那样从口袋里掏出一袋东西,然后可怜巴巴地对我说,弟弟,你再叫我一次哥哥吧。

我生气地扭头便走,哥哥跟在后面说,叫一声,就一声。可我什么也不想听他说了,夺过他肩上的背包拔腿就跑。就在汽车开动的瞬间,我从窗外看到哥哥气喘吁吁地追过来,把一个塑料袋从窗口递给我。

袋子里都是一些好吃的,其中有一个红鸡蛋我认得是一个多星期前哥哥生日时母亲特意给他煮的,可他舍不得吃,留到现在已经发臭不能吃了。

为了节省来回的路费,我一个学期才回一次家,每个月的生活费都是父亲送过来的。初三那年,一次父亲来看我,哥哥傻呵呵地跟在父亲后面,逢人便笑,惹得很多学生跟在他后面叫白痴。我远远看见哥哥,恨不得找个地洞钻进去。父亲向我解释哥哥老是闹着要看弟弟,不得已才答应让他来的。

中考过后我回家,奇怪的是哥哥并没有像以往那样在家门口等着我。母亲说也不知道怎么回事,最近一段时间哥哥的行动老是古古怪怪的。这个时候天空中正飘着淅沥的雨,我撑了把伞便出去找哥哥,我对母亲说我知道哥哥在哪里。

果然,哥哥正衣衫单薄地坐在那座山前,旁边明明放着一把雨伞却不打,雨淋得他浑身都湿透了。我跑过去拉起哥哥,我说你干什么啊哥哥,这样会生病的。哥哥说他没事,他说城里的天气和我们这里是不一样的,我们这里下雨城里就会晴天,这里晴天城里就会下雨,反正刚好相反,如果我生病了弟弟就不用感冒了。

四、山

然而我很快就得到了中考落榜的消息,我开始一蹶不振。最后在父母和姐姐的软硬兼施下,我答应到补习班复习一年。但上补习班还需要交一大笔费用,家里太穷,为了给我凑钱,父亲决定到一个煤矿去挖煤,父亲试探着问哥哥去不去,从未做过家务活的哥哥说他也要去。我也想去,可他们要我在家里安心复习。

很快到了开学那一天,父亲说他很快就回来,可是我一直等到中午都没见他们回来,而去县城的汽车过了中午就没有了,我于是告诉母亲说我先去学校报个到,等父亲拿到钱之后再送到学校给我。

我于是一个人上路了,在走到那座山前的时候,父亲气喘吁吁地追了上来,把一沓钱递到我手里,我问他哥哥呢,父亲说,你哥哥他说什么都要多挖一点儿煤,怎么也不肯出来……

哥哥……

第一次,我发了疯一般地对着大山大声地喊了出来,山峦回答我千万声的哥哥,哥哥,哥哥……

而我的哥哥真的远去了。

今天,当我坐在明亮的高中教室里,写下这些文字时,我只想问候一声:那座名叫哥哥的大山,现在还好吗?

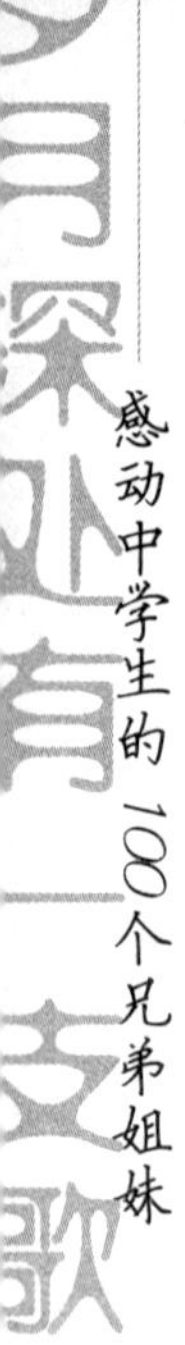

比山还重的爱

赏析／林志健

因为感动，所以关怀；因为关怀，所以感动。因为有爱，所以一切都是美好的。

作者以时间推移为线索，把文章分为“糖”、“火”、“雨”、“山”四个章节，每个章节叙述了“我”与“哥哥”的感人故事，表现了兄弟之间的深厚感情，令人动容。

文章中对“哥哥”的情况描写不多，只是说他“是个迟钝的孩子”，但后来却通过对事情的叙述很好地塑造出一个“哥哥”的形象，例如为了得到弟弟的一声“哥哥”，甘愿把所有好的给“弟弟”，甚至是不顾危险替“弟弟”火中捞书，替弟弟“生病”等等，都是很好地把哥哥的感情、内心世界展示在读者面前，使读者对这位“哥哥”暗生崇敬之情的同时，被“哥哥”这一份执着的“兄弟情”所感动！

细腻感情的真挚表现，与情怀的细节描写是分不开的。文中的细节描写如：在火中取书，双手被烧得不成样子之后“傻呵呵地说：弟弟，书、书……”，还有哥哥的语言如“如果我生病了弟弟就不用感冒了”等等都是以反映“弟弟”这个词在哥哥心目中的份量，“哥哥”为了这“弟弟”甚至自愿付出生命。这一切，都是淳厚兄弟情的见证，是爱的完全表现。

其实，最值得人们去细细品味的还是文章中所透出的浓浓的“情”。哥哥是弱智儿，在他的意识里存在的东西不多，也许这位弟弟就占了其中绝大部分的份量，这份情从弟弟出生之时就已开始，一直延续到他生命的最后。然而不懂事的弟弟刚开始却并未懂得这份情，未了解到哥哥的苦楚，甚至连叫“哥哥”都倍感为难，也许他并未知道，这一声“哥哥”带给单纯的哥哥的多大的生存希望，他的这一声哥是哥哥生存下去的曙光。

然而，等到弟弟真正明白后一切却已成为了遗憾，这“兄”与“弟”之情永远定格了。文章的感情也在此时得到全面的迸发，在带给读者深深的遗憾的同时，也带给了读者最深的感动。

一件白衬衫，是一段与贫穷抗争的历史；一个月牙印，是一世浓浓兄弟情的见证。这一衣一印影响了我的一生，使我懂得了亲情，学会了发愤。

白衬衫 月牙印

●文/方冠晴

事情起源于县里举行的一次中学生广播体操比赛。

那一年我十二岁，在家乡中学念初一。哥哥十四岁，与我同校，念初二。学校为了能在比赛中拿奖，在全校学生中进行了严格筛选，最终组建成一支三十人的体操队，我和哥哥都很荣幸地成为校体操队队员。于是，一连串的强化训练，直到农忙假临近时方宣告结束。

放秋季农忙假的前一天，校长召集体操队全体队员开会，他讲了三点：一、农忙假一结束，我们就要去县城参加比赛；二、假期中希望全体队员不忘练习，争取比赛时拿好的成绩；三、队员服装颜色必须统一，一律穿黑裤子白衬衫，没有的，动员家里买。

前两点我和哥哥并不太在意，但第三点对于我和哥哥来说就成了难题。黑裤子我和哥都有，不新也不旧，是去年过年时家里给做的，但白衬衫却没有，那是可望而不可即的侈奢品。

当我将校长的讲话精神向母亲作了转述时，母亲长长叹了一口气，说："两件白衬衫起码得十块钱，要七八十斤谷对换，家里的粮本来就不够吃，我看你们就别参加什么体操队了，去跟校长说一声，叫他换两个人吧。"

哥哥听话地点点头，我可不依，搬出不下十条理由要买衬衫，母亲就是不答应。于是我又哭又闹，不达目的不罢休。父亲从田里收工回来，见我这样，给了我一巴掌，直骂我不懂事。衬衫没要到反而挨了骂，受了打，我气得晚饭也不吃，待在房间里生闷气。

晚上，母亲端一碗饭进来，劝我别生气，劝我吃饭，劝着劝着她就流了泪，说不是她不想给我买白衬衫，实在是家里太穷，没新衣服穿不会死人，但如果将口粮卖了去给我买衣服，家里会饿死人的。我可不管这些，直说，一天不买白衬衫我就一天不吃饭，将节省下来的粮食换钱买衬衫总可以吧。母亲无言以对，流着泪出去了。她又叫哥哥进来劝我吃饭，我的回答仍是那句话，哥哥就咬了咬牙，说："你吃饭吧，我一定让你有白衬衫穿，你相信哥哥。"别的事我可以相信哥哥，但这件事我不信他，衬衫不是说说话就能有。那顿晚饭，我没吃。

第二天早晨，不见了哥哥。吃早饭的时候，母亲问我哥哥到哪里去了，我说凭什么我要知道——我还在生闷气。母亲便满村子里寻。隔壁三叔说，我哥哥昨晚一个劲儿向他打听到渡河陶瓷厂挑缸卖的事——三叔过去做过这个生意，用谷到陶瓷厂换缸，然后挑着缸到较远的地方卖，可以赚点儿脚力钱。

母亲回家查看谷缸，果然里面的谷浅了一大截，料定是哥哥拿去换缸了。于是吃过早饭，父母惴惴不安地下田干活去了。

直到傍晚，父母收工回家时，还不见哥哥回来。父母亲真急了，我也沉不住气了，于是一家人出去找哥哥。到哪里去找呢？父母商量了好一阵子，后来就打着火把往渡河方向走。大概走出两里地，模模糊糊看见路旁蹲着一个人影。"是光儿吧？"母亲惊喜参半地大叫着奔过去，我们用火把一照，果然是哥哥。他蹲在地上，双手抱着膝，沮丧地将脑袋放在膝盖上面，见了我们，脸上的神色竟然有些慌乱。母亲一把抱住他，喜极而泣："孩子，你怎么不回家，你蹲在这里干什么？"问了半天，哥哥才吞吞吐吐地说："我想挑缸卖，赚点儿钱买衬衫。可是，可是，我不小心，摔了一跤，缸，缸摔碎了。"父母亲半天没吱声。后来父亲问："缸摔了就不回家了？你不怕将你妈急死？"哥哥哭着说："那缸是三十斤谷换的，三十斤谷被我弄没了，我，我不敢回家。"母亲将哥哥抱得更紧了，也哭了："傻孩子，你又不是故意的，没人怪你呀。"父亲上前将哥哥扶起来，用手在哥哥头顶上摩挲着。哥哥满面泪光地望着父亲，哽咽着说："爹，我今后一餐少吃一碗饭，我保证不会因为我连累大家挨饿。"母亲泣不成声，直说："傻孩子！傻孩子！"父亲也转过身去偷偷抹泪。

这天晚上哥哥真的就只吃一碗饭，无论父母怎么劝，他只是说"说饱了"，再不添饭，母亲先是流泪，后来就扇自己的嘴巴，一边打自己的脸一边说："你没用！你该打！你拖累孩子受苦！"哥哥奔过去跪在母亲面前，捉住她的手，说："妈，别这样，我吃，我吃饭。"于是哥哥又吃了一碗，和着泪。

接下来的几天，哥哥天天去挑缸，他私下对我说："衬衫看来是想不到了，但我要将那三十斤谷挣回来。"每天晚上回到家里，哥哥累得就像一摊泥，躺在床上一动也不动。每当这时，母亲就端盐水来为哥哥擦身体。哥哥的肩膀又红又肿，母亲用热毛巾为哥哥敷，一边敷一边流泪，总重复着一句话："受罪，孩子，明天别去了。"但第二天哥哥仍然去。母亲没办法，后来，她和父亲上工时将我和哥哥锁在屋里，但家里的大门是轴式门，哥哥从里面将门卸下来，照样去挑缸。

我也要跟哥哥去挑缸，也想挣点儿钱买白衬衫。但哥哥不带我去。他说，从家里到渡河陶瓷厂有十五里路，得挑三十斤的谷去；换了缸后，缸起码有六十斤重，挑着走村串户，不知要走多少路；买缸的人也是用谷换，回来的时候肩上仍是压着担子，你吃得消？一天少说也要走五六十里地，光走路就有你哭的。我真不敢去，但又不信哥哥的话是真的，于是偷偷去问三叔，三叔说："那是大人干的活，而且是有力气的男人干的活。就是我，挑了两天也得歇一天，吃不消啊！"我说："可我哥只有十四岁，他已经挑了四天。"三叔摇着头，叹息说："这孩子，遭罪呀！"

第五天，也是我们假期的最后一天，哥哥回来得很早，一瘸一拐的。我惊问："你的脚怎么了？"他笑呵呵地说："没事，走路时沙子钻到鞋里去了，将脚打了个泡。"他高兴地告诉我，那三十斤谷他全部挣回了。说着话他从装谷的袋子里掏出一件白衬衫，直在我面前抖动："怎么样？没用家里一分钱，没用家里一两谷。彻彻底底、完完全全是我挣来的。"我羡慕地盯着那件白衬衫，说不清是该高兴还是该妒忌。哥哥笑眯眯地说："试试看，看合不合身。"我有些不相信自己的耳朵："你是说——给我？""当然！"哥哥骄傲地说，"我答应过你。怎么样，我说话算数吧？""可你呢？""我已经跟老师说了，我不参加体操队了，老师已换上了别人。""这衬衫是为你买的。"是兴奋？是感激？是崇敬？我当时就流了泪。

晚上，我被母亲的抽泣惊醒。睁开眼，就见母亲正在盘问哥哥。原来哥哥腿上有一个洞和一个月牙形的血印。母亲是在为哥哥擦身体时发觉的。那洞还在往外渗着血。哥哥交代说，他今天卖缸时被一条狗咬了，那狗的主人便买下了那口缸，还给了一块五毛钱，让哥哥去治伤。"你怎么不告诉我？你怎么不到医院去？"母亲来了火，冲哥哥吼。哥哥低下头，半天，嗫嚅着说："本来那家人要带我去医院，但我寻思着，为弟弟买衬衫还差一块五毛钱，明天就要开学，再不挣足钱就来不及。所以，所以我开口向他要了一块五毛钱。"

我震惊了。母亲震惊了。也不知过了多久，母亲回过神来，背起哥哥就往医院跑。

谢天谢地，哥哥的伤口很快就痊愈了，而且并没有感染狂犬病毒。这是我一生由衷的庆幸。

自此之后，我有了一件白衬衫，而哥哥的腿上有了一个月牙印。无论是看到那件白衬衫还是看到那个月牙印，我就会想到哥哥挑缸的那段历史，并为之深深感动。

一件白衬衫，是一段与贫穷抗争的历史；一个月牙印，是一世浓浓兄弟情的见证。这一衣一印影响了我的一生，使我懂得了亲情，学会了发愤。

浓浓手足情

赏析／陈鹏斌

在城市里，一件白衬衫是甚微的消费，但对于靠着几亩农田糊口的农村家庭来说，却是一样可望而不可及的奢侈品。一次必备的体操比赛衬衫，在贫困抗争中，牵扯的是浓浓的手足深情。

感动的因素往往潜伏在平实的细节里。此文用质朴平实的笔触，以白衬衫为线索，叙述了一段兄弟之间的亲情故事，展示给读者的是一幅幅手足情深的画面。简简单单的爱，质朴而深情的亲情。语言通俗，饱含肺腑之言动人至极。

家里穷，父母亲从全家的生计出发，不答应用农忙收回的谷子去换衬衫，"我"的不懂事，更把整个家推到困窘的境地。哥哥的承诺，让"我"稍有欢欣，却重重地把赚钱的担子压在他瘦弱的肩上。哥哥偷米换缸，挑缸走卖，缸不小心被砸破，内疚不敢回家。为了弟弟能够穿上新的白衬衫，哥哥可谓是竭尽心力。哥哥天天去挑缸挣钱，最后还被买缸人的狗伤了小腿。他没有去医院，而是寻思着向买缸人索要一些钱，给弟弟买衬衫。哥哥的一举一动都心系着这个贫穷的家，心系着弟弟。

也许"哥哥"这个称呼在他的心里有着特殊的分量，因此尚是孩子的他早早地已为这个家有了很多操劳。文中的哥哥使我想到另一个曾感动全中国的哥哥——2005年感动中国人物之一的洪战辉。他们两人的身上有着一种毋庸置疑的共同点：共撑着困境中的家庭，勇敢、坚强，生活让他们过早的收获。

曾想用华丽的文字来展示兄弟之间那道用爱筑成的风光，然而它却给我一阵措手不及的震撼，文字显得才能苍白无力，再难以承载这平淡而深沉的亲情的舐添。

"白衬衫"，"月牙印"早已化作为感动的种子，深埋在我泣泪的心田，然后发芽，接着后长成葱葱郁郁的亲情大树，蔚然成荫……

感动系列

另一种爱

岁月深处有一支歌

世上什么东西最能触动人的心弦？什么东西最能令人的心灵震撼?什么东西最能催人泪下?是人间的亲情。这是人类最珍贵的东西。在亲情面前,再坚强的人也会变得柔弱,再懦弱的人也会变得坚强。

爱，是一种发自内心的关怀，有多种表现形式。当你真正理解它的本质,感动便从中油然而生。父爱、母爱如山如水一样地伟大与永恒,当人们在歌颂感悟这两种爱时,是否也应该关注到亲情中另一部分——兄弟姐妹间的爱呢？他们爱的形式也是多样的,同样令人黯然落泪。

另一种爱，将爱的另一种表现形式淋漓尽致地表露在我们面前,丝丝地温暖着我们的心灵。这种爱,是手足之间的爱,是一种载满宽容和希望,以及付上全身心的爱,深沉又柔婉。

兄弟真情，血浓于水。正是由于这份情，他们理解和包容对方。

废品里的秘密

●文/李燕翔

我参加工作离开农村后，在家务农的二弟默默地承担起了照顾二老的任务。为了弥补尽孝的亏欠，我要求承担二老的全部生活费用。尽管二弟生活过得清苦紧巴，仍坚持与我共同分担。为此，我心中常感不安。我劝父母不要再接收二弟的钱，母亲叹口气说："你的好心我们都懂，可你想过没有，你能照顾他钱物，能照顾他的脸面吗？"是呀，同为亲生儿子，在尽孝时落到后头，心里的滋味肯定是不好受的。

一天，二弟进城来赶上我收拾房间，一大堆废旧报纸无处存放准备扔掉，二弟连忙制止："送到废品站能卖钱呢。"在妻子的帮助下，他找来辆三轮车将废旧报纸驮走了。二弟回来后将卖报纸的五十块钱交给妻子，妻子假做怒状予以拒绝。争执半天他才涨红着脸将钱装了起来。我在一旁灵机一动凑上前说："单位旧报纸多着呢，改天弄回来你拉去卖吧，卖的钱归你。"二弟听了脸上堆起了灿烂的笑容。

从那以后，二弟每次进城来就将我积攒的废旧报纸、纸箱、饮料盒什么的拉到废品站变卖，每次都能卖几十块钱。时间一长，积攒废品的难度越来越大，数量越来越少。那天，妻子下班回家身后跟着一名蹬三轮车的民工，车上装了满满的一车废品。民工将废品卸完走后，妻子得意地说："怎么样，你的难题我给你解决了。"原来她见我为废品的事犯愁，便以高出收购价的价格从废品站买回了一三轮车废品。望着贤惠善良的妻子，我心底涌起一股热流。隔天二弟进城来了，见墙角码放着一大堆废品他兴奋得满脸通红，自言自语地嘟囔："这月的养老费不用再发愁了。"从那后，我们每月都从废品站买回一三轮车废品存放到家里，等着二弟来拉走卖钱，这种"曲线送钱"的方法持续了半年。

那天我又去废品站买废品，不料遭到了废品站业主的拒绝。无奈只好忍痛再次提高购买价格。一听这话业主火了："不卖就是不卖，你还有完没完。"晚上二弟来电话说明天来城里。放下电话，我急得团团转。第二天一早二弟来了，进门后没等我张口说话，他抢过话头："今天来是告诉你不要再替我积攒废品了，废品站已经停业了。”听到这话我心里宽敞了许多。妻子拿出我的一套旧衣服，悄悄地往口袋里塞了二百块钱，临走时塞到二弟怀里，虽然塞钱时她背对着二弟，但还是被二弟觉察到了。二弟迟疑了一下，最后含泪接过了那套旧衣服。

几天后，废品站的业主找上门来了。进屋后掏出二百块钱放到茶几上，我问他这是何意？他叹口气说：“前些天，你弟弟来我这里卖废品，我帮他卸车时发现废品打包带面熟，随口说了句‘这不是从我这里买走的废品吗’？他听了这话愣了半天……唉！我活了这么大岁数，还是头一次听到这种事。你们都是好人，我也要当君子。我算了一下账，半年来你们从我这里高价买废品多掏了二百块钱，这钱我得还给你们。”面对如此厚道的“商人”我还能说些什么呢？送走了客人回到屋里，见妻子捧着那二百块钱已泣不成声……我那爱脸面、太懂事的好兄弟呀。

人间有真情

赏析／谢耀德

世上什么东西最能触动人的心弦？什么东西最能令人的心灵震撼？什么东西最能催人泪下？是人间的真情！这是人类最珍贵的东西。在真情面前，再坚强的人也会变得柔弱，再懦弱的人也会变得坚强。

赡养父母，天经地义。生活再清贫，日子再苦，也要兄弟一起承担，尽同一份孝心。为筹备养老费，兄弟二人变废为宝。为了满足弟弟的需要，让他天天都过得开心，哥哥竟然用高价买回一车一车的废品，让弟弟去卖。也许这一切都是上天的安排，也许是人间的真情感动了上苍，一切都那么巧，哥哥买废品而弟弟卖废品，同是一个废品站业主。业主知道真相后，为这深似海的兄弟情所感动，他的心灵受到了巨大的震撼。

兄弟真情，血浓于水。正是由于这份情，他们理解和包容对方。也正是由于这份情，他们的心连在一起，不分彼此，团结互助，所有的困难灾难他们都一起承担。本来都不是强者的兄弟，但由于手牵手，心连心，成了永不倒的长城，在风雨的摧残中依然挺立。

他们所做的也不是惊天动地的壮举，但是他们的情谊比所有的事都真切，他们再一次证明了人间真情的存在，再一次让人看到了人间真情的温暖。

人间正是由于有了真情才会如此温暖，世界上的一切才会如此紧密相连。人间有真情，最温暖、最感人。

他们之间流露的真实情感交汇在一起，强烈而温柔地触动着我的心弦。

手足情

●文/[新加坡]尤 今

孩子们坐在厅里观赏由电视播映的武打片，我独自一人留在房里写信。

突然，厅里传来了一声粗暴的吆喝，接着，是女儿尖厉的哭声。

我冲到厅里一看，五岁的女儿用手按住左耳，哀哀痛哭；八岁的儿子则手足无措地站在一旁。

置身度外的老大，迅速向我报告了事情的始末。

原来老二看戏看得兴起，站起身来，呼喝一声，学剧中人飞出了一招“连环三脚”，不偏不倚，踢中了妹妹的耳朵。

我拉开女儿的双手一看，愤怒即刻好似一团火一样由心里烧了出来。她的耳壳后方，出现了一道一寸来长的裂痕。现在，正有丝丝血水渗出来。

我一面替她敷上消毒药水，一面大声斥责老二；丈夫更拿出了藤鞭，准备打他手心以示惩罚。然而，没有想到，涕泪滂沱的女儿却抽抽搭搭地开口为他求情：

“爸爸，不要，不要打他！”

“罪行”太深，不得不打。两边手心，各打了三下。他不敢呼痛，只是静静地搓着手，泪如雨下，而一双眼睛呢，却牢牢地看着妹妹的耳朵，眼睛里有着一层不能掩饰的悲伤。

把女儿抱上楼去，哄她入寝。老二悄悄尾随而来，站在床边，伸出鞭痕犹在的手，把一片胶布递给我。

嗳，他是真心真意地感到抱歉的哪！

当天夜里，全家人都已经入睡了，我在朦朦胧胧间，突然被搬动椅子、捻亮电灯的声音惊醒了。一跃而起，冲到女儿的房间，就在那儿，就在那一刻，我看到了叫我极为难忘的一幕。

我家老二，跪在老三床畔，正轻轻地拨开她的头发，低着头，细细地看着她耳后的伤痕。

一股热潮，蓦地泛上了我的双眼。

蕴藏的真情

赏析／陈 硕

小女孩抽抽搭搭，小男孩看着被自己打伤的妹妹，无法掩饰内心悲伤。是两个可爱的小孩子的闹剧吗？不，我分明看见了一段人世间最美好最天真无邪的亲情，是脱肉不离皮的血缘。他们之间流露的真实情感交汇在一起，强烈而温柔地触动着我的心弦。

也许他们还不懂得何为手足情，但他们不愿看到自己最亲的人受到丝毫伤害却是手足情最无邪的阐释。亲情，往往深深地蕴藏在心底，只有在危难关头，才会如波涛汹涌般流露出来。正如文中的两兄妹，彼此的伤害反而拉近了他们之间的距离，他们之间的情感也变得更加真挚、牢固。这让我想起了小时候和哥哥闹矛盾的情景，我老想爸爸狠狠地揍哥哥一顿，但当爸爸的巴掌和拳头落在哥哥身体上时，那疼痛的叫喊声却瞬间把我心中的一切委屈和幸灾乐祸都震荡得无影无踪，随后便是是无限的揪心，甚至是悔恨：为什么拳头不是落在自己身上？

人常说：患难见真情。是的，文章也印证了这点。但是，蕴藏于心底的手足情也并不一定只在患难时候才能表现出来。在日常生活中，亲情其实无处不在的，正如许多人都可以体会到自己与亲人之间的感情，并且会发现亲情会随着距离的拉大和时间的推移而愈加浓厚，就像一坛愈久弥香的陈年老酒，时间越久越醇香。

勤劳、坚强、善良而懂得爱，我不知道这样的三姐为什么总是收获苦涩的青果？

我丢失了三姐的新伞

●文/刘立稳

三姐离婚了，听到这个消息，我立刻登上了回乡的火车，心中埋藏多年的隐忧变成了现实？我一路忐忑不安。

冬天说来就来了。前两天，天空还高挂着秋阳，冷不丁就来了一股寒流。回到乡下，所有的光线、颜色、味道都凉飕飕的。三姐没有打伞，站在挟雨的风中，身子单薄得像片树叶。

坐在火塘前，三姐哭诉着这两年的遭遇，接二连三的洪灾，儿子因病夭折，丈夫绝情背叛……这样的不幸让三姐的每一个眼神都透着悲伤。我和三姐就是一根藤上的两片叶子，互相熟透了。不用吭声，她就知道我心里想什么，我默不作声地听着，希望这也是一种安慰。

沉默良久，三姐幽幽地说，我跟母亲是同一个命，都是淋着雨出嫁的，一辈子都离不开眼泪的……我的心尖尖不由一颤，郁闷多年的一些往事怎么也压抑不住，一齐涌上心头。

母亲一连生了三个女娃后，才终于盼来了我这个男孩儿，延续香火向来就是祖宗给村子里的女人定下的无形规矩，我的降临无疑是举家庆贺的事，但三姐的出生却伴着母亲的眼泪、父亲的沮丧。

老家的村子临街，不多的田地，过多的人口。记忆里，贫困就像村子里的不治之症，尽管父母日夜操劳，生活依然过得相当艰难。三姐没有读完小学，就跟两个姐姐下地劳动，同时，三姐还要负责照看我。因此，我的课余时间总是跟三姐在一起。

为了糊口，母亲常常到荷田去采莲，莲蓬成熟的季节，三姐就拉着我来到这片绿色汪洋之中。三姐虽只比我高出一头，却要挽着高高的裤腿下田采莲。

在一个烟雨濛濛的日子，我正躲在村口的屋檐底下避雨，就见三姐边哭边从荷田边飞奔而来，惨白的脸，恐惧的眼，那是一张面对死亡的脸，母亲那天没能走出荷田。沉下去时，只有三姐看着，疯子般地尖叫，经历着一个孩子完全无法承受的惊恐与无助，隔了十几年的迷濛烟雨，我依然清晰地记得三姐当时的脸。

莲花开开谢谢，失去母亲的我变得脆弱而倔强。父亲是个绝好的篾匠，但绝不是绝好的父亲。我每天都跑到荷田边静坐，茕茕孑立地守望。父亲从不过问我的行踪，只是沉默地侍弄着各种竹器。这时，三姐却异乎寻常地坚强起来，像长者一样想尽办法安抚我。我却像跟谁赌气似的，丝毫不理会她的苦心。好几个傍晚，我就那样低垂着眼帘，倔强地坐在街口，任凭三姐说什么，只是木然地看着那些从荷田里出来的脚步，灵敏的、迟疑的、决断的、欢快的，各种脚穿上各种鞋，黑的、灰的、土黄的、蓝底碎花的，每一个脚步我都细细地数……一旁的三姐先是劝，再是求，然后就是哭，往往折腾到深夜，我才肯跟着三姐回家。

当另外两个姐姐相继出嫁后，三姐代替了母亲出现在密密匝匝的荷田里。

家里变得越来越冷清，父亲常去周围村子干活儿，回来不是酗酒就是沉默。是那种受了重创后的自暴自弃，只有三姐，依然对我嘘寒问暖，很少当人落泪。

孩时的天空很多雨，像止不住泪的怨妇，即使到了九月，雨水也很少歇气。旁人下荷田的时候，三姐就戴着斗笠，披着蓑衣，像男人一样一声不吭地下田，从荷田里出来的三姐，像浸在水底的水藻，浑身带着湿透后的疲惫，采来的莲子，她又一袋袋背到集市上去卖，积攒下来的钱，三姐从不舍得花，往往在我开学的时候，她才从枕头底下掏出这些零零散散的票子给我交学费。

转眼我已小学毕业，长长的日子，完全是三姐支撑着过的。缺少父爱的我，意识里“三姐”就是母亲一样的字眼儿，柔和而温暖，无论是表情还是语调，三姐都像极了母亲。尤其是冬夜，我睁开眼睛，总看见屋子里漾着橘黄的光晕，渐渐地又漾出一个影子，似醒非醒之间，每次都差点儿喊一声“妈”，这时三姐总会及时改变气氛，开个玩笑，生怕我在深夜里触景伤情。

我开始自卑是在进入初中以后，贫困的家庭，落伍的衣着，时时困扰着年少的心灵。初一下学期的学费，我都交不上。大概从那个时候起，我开始怨恨三姐，怨她不能赚钱，甚至怪她除了采莲就没有别的本事。每次欠学费，我的怨恨就与日俱增，老跟她赌气。

那天早上，我正背着书包准备上学。三姐抬头看了看天，说：“带上雨伞，天很低啊。”我头也不抬就往外走，三姐挡住我，一脸惊诧。我心里却相当委屈，那把木柄黑布伞早已破旧不堪，伞顶还有块抢眼的补丁。同学们一路上打开的雨伞都如朵朵鲜花，惟独我这把伞像一个枯萎的蘑菇，寒碜而尴尬。我由此十分害怕下雨，害怕雨天里撑着这把自卑的雨伞上学。难道这一切三姐就没有注意？三姐越是不理解,我越是气愤。眼泪终于洪水决堤似的汹涌而出,“不要管我,你又不是我妈!”我就那样不可理喻地挣脱三姐的手,飞也似的冲出家门。

三姐并不明白我的心思,在接下来的日子里,更加小心谨慎地服侍着我,生怕一不小心又触痛我敏感脆弱的心,我依然像过去一样惧怕雨天,无数次被雨淋得湿透。

三姐不可能知道我的这种虚荣,多年来,她一直穿着大姐二姐留下的衣服。干着男人一样的活儿,她觉得我们天生命苦,苦就是生活,除了适应,没有别的辙儿。更何况,她还在这个贫困家庭扮演着母亲的角色,即使她知道我的心思,也会因为一把雨伞的价格犹豫很久。多年以后,读冰心的《往事》,“母亲啊,你是荷叶我是莲,心中的雨点来了,除了你,谁是我无遮拦天空下的荫蔽”,这句话陡然让我心中一动,只是在那个懵懂无知的年代,我除了索取,甚至连感激都不会。

然而,不久以后的事却让我开始怀疑三姐。

那天,我翻着家里的柜子,试图找到一件值钱的家什卖掉换把轻巧的雨伞,可就在柜子的底层,我发现了一把别致的花折伞,细细杆子上还焕发着金属的光泽。原来,三姐是个如此自私的人!这么漂亮的雨伞藏在箱底,是等着上街赶集时用吧,三姐肯定是卖掉了屋檐下那一袋晒干的莲子心,买下了这把伞。为什么不给我用呢?也许才买,还来不及给我?想来想去,我还是把雨伞放回了原处,等着她把雨伞给我!

又是一个下雨的早晨,我在屋檐下踌躇不前,三姐见后立刻去拿雨伞,我极力扮出若无其事的样子,看见三姐提着的依然是那把褪色的破旧布伞。我将伸出的手停在了半空,脸上的肌肉抽搐了几下,便一头扎进密密麻麻的雨点中,任凭她如何呼唤叫喊,我眼前一片模糊,是雨水也是眼泪。

这次,三姐肯定看懂了我的心思,她一定在屋檐下站立了很久,半晌才回过神来。

第二天,三姐一大早就戴着斗笠出门了,像有重重心事。我没有在意这些,迅速从柜子底下找出那把花折伞,早饭都没吃,便匆匆出了门,这天并没有下雨,但我有一种报复的快感,甚至还兴奋地唱起了刚学会的新歌。

那天始终没有下一滴雨,我有点儿莫名的失望。放学时,路过镇里的经销店,里面挤满了买零食的学生,饿了一整天的我,破例买了五毛钱的牛皮糖。然后十分幸福地坐在水泥柜台旁有滋有味地咀嚼,来来往往的学生把小屋挤得非常热闹,时时有羡慕的眼光投向我,我旁若无人地嚼完这块糖时,商店里的学生基本都散了。我站起来,一拍书包,惊出一身冷汗,挂在书包上的那把花折伞丢了!一定是被人偷走了,我放声大哭起来:“谁拿走了我的伞……我的伞!”然而,谁也没有在意一把雨伞带给我的慌乱与害怕。

丢了伞后的三姐沉默了好几天，没有任何前奏，一个礼拜后的周末就是三姐出嫁的日子，是父亲做的主，容不得三姐推却。

三姐出嫁那天，没有嫁妆，没有鞭炮和锣鼓，天不温不火地下着细雨，临走时，父亲问："伞呢，新伞在哪儿？"三姐眼圈儿一红，大颗大颗的眼泪滚落腮帮，这是几年来，三姐最伤心的一次掉泪，父亲送给三姐的惟一嫁妆，早被我丢失了。三姐就那样低着头在雨中出嫁了。

一向沉默寡言的父亲，这晚居然也哭了。他说，祖宗留下的习俗，女人出嫁时要撑新伞，人生的飘摇风雨全靠这把伞挡着，一辈子的幸福也靠这把伞撑起。母亲就是淋着雨出嫁的，所以受了一辈子苦，郁郁寡欢的父亲没有一分钱的积蓄，却时时惦记着这把昭示幸福的伞。可是，三姐的幸福就这样被我丢失在风中。

后来的日子，我就一直在无名的忧伤中度过。每逢下雨天，我就在人群中执著地寻找着那把丢掉的花折伞，没有，没有，直到毕业，我都没能把三姐惟一的幸福保障还给她。

去县城读高中，三姐来送我，看着她日益憔悴的脸，我什么都不会说，上了车，我没再回头，而是偷偷抹掉感伤的眼泪。

我大学毕业后，三姐的生活更加糟糕了。住在城里，每每听到三姐的不幸，心都会不由缩紧，三姐或许根深蒂固地认为，她的幸福是和那把雨伞一道被偷走的。她认了，谁也不怪，就认自己命不好。

勤劳、坚强、善良而懂得爱，我不知道这样的三姐为什么总是收获苦涩的青果？我试图解释，试图找到答案，但是更深的愧疚，让我除了沉默和伤心，什么都不能做……

都是迷信惹的祸

赏析／黄后顺

文章以一句"心中埋藏多年的隐忧变成了现实"拉开了帷幕，为后文的回忆埋了下伏笔及巧妙地设置了悬念。

读到"三姐眼圈儿一红，大颗大颗的眼泪滚落腮帮，这是几年来三姐最伤心的一次掉泪"，我躁动的心久久不能平静下来。是啊，象征着一辈子幸福的伞被自己平时最疼爱的弟弟任性地给弄丢了，一边是幸福，一边是亲情，夹在中间的姐姐左右为难。一把伞，维系了一个大家庭的幸福。父亲更加郁郁寡欢，"我"就一直在无名的忧伤中度过，且心中一直藏着隐忧；三姐日益憔悴，生活是更加糟糕；这一切只因为一个死结——一把象征着幸福、遮挡人生风雨的新伞丢了。

然而，这真是一把新伞惹出来的祸吗？不，这是封建残留的迷信所致，这是社会残毒的迫害。这是一种风俗，是一种磨灭人性的封建恶风俗。伞就是伞，不要赋予它其他的含义。人生的幸福，靠的是自己用双手去争取，而不是将自己的终身幸福寄托在这毫无生命的物体上。正是由于三姐被封建思想毒害之深，将自己与同样淋着雨出嫁而受尽一生贫困的母亲联系了起来，心底留下了一个疙瘩，试问，这又如何能融进新的家庭呢？如此看来，三姐离婚的悲剧带有某种必然性，是封建残毒的迫害，是封建世俗的摧残。

在现实生活中，有封建残留的迷信思想而造成的悲剧比比皆是。热恋中的情侣只因为生辰八字不合而被棒打鸳鸯；受伤病困挠多时，不去医院诊治，而去求神拜佛喝符水……这让人感到可笑的同时又让人觉得可悲：封建毒瘤，何时才能根除呢？

封建迷信残留仍是根深蒂固，因此，从思想上将封建迷信连根拔起，让三姐这种悲剧彻底落幕，刻不容缓！

他也没有想到，姐姐竟没有责怪他。而是强忍着疼痛来到了他的身边，一把把他搂在怀里。姐姐从他的举动中发现了一种潜藏的品质。

另一种爱

●文/张余臣

那年他十三岁，姐姐十九岁。姐姐正处在恋爱的季节。男孩们像是一群雄蝶，追逐着姐姐。

他最恨雄蝶，因为他们的到来，他就会暂时失去姐姐。为了夺回姐姐，他用针扎破雄蝶的车胎，用泥涂抹雄蝶的物品。雄蝶们不急不恼，姐姐也不厌不烦，只是冲他笑笑。补好了胎、洗掉了泥再来。

他再也无法容忍下去。一次，一只雄蝶又来到他家的客厅，姐姐当然叫他到门前的花园里去玩儿。他怒目雄蝶，忽然，一个念头涌上脑际，他要选择最危险的举动来惩罚雄蝶。他悄悄地打开客厅的门，悄悄地拿起一个长长的木杆，向一棵大树靠近，平时，他是不敢到这棵树下的，树上有飞舞的马蜂，始终像复仇者一样对待每一个过往树下的人。可今天，他有一个使命。他用长长的木杆，狠狠地向马蜂窝捅去。顿时，晴朗的天空，乌云密布，群蜂像一群恶魔铺天盖地直向他扑来。他猛地一个转身，迅速向客厅跑去，群蜂在后面穷追不舍。他跑进了厨房，群蜂又追了过来，就在一刹那间，他关上了厨房的门。失去目标的群蜂恼羞成怒，客厅里的姐姐和那只雄蝶顿时成了攻击的对象。一时间，客厅里惊叫一片。

惊叫声淡了，他以胜利者的身份出现在客厅里。

雄蝶已不知去向，美丽的姐姐已是面目全非，姐姐痛苦地看着他，知道这一切是他搞的恶作剧。他也没有想到，姐姐竟没有责怪他。而是强忍着疼痛来到了他的身边，一把把他搂在怀里。姐姐从他的举动中发现了一种潜藏的品质。

以后，姐姐用全身心的爱去哺育他。果然，他没有辜负姐姐的厚爱，成了一代天骄。

这个男孩，就是日后风云于二战的美国五星上将——马歇尔。

这是一个真实的故事。它给我们的启发是：爱的表现形式各有不同，要认清本质。种子破土，就是参天大树，对于爱，千万别阻挡，一旦指责，就会湮灭一种崇高。

另一种爱的感动

赏析／麦江泉

爱，是一种发自内心的关怀，有多种表现形式。当你真正理解它的本质，感动便从中油然而生。文章《另一种爱》，将爱的另一种表现形式淋漓尽致地表露在我们面前，丝丝地温暖着读者的心灵。

父爱、母爱如山如水一样地伟大与永恒，当人们在歌颂这两种爱时，是否也应该关注到亲情中的另一部分——兄弟姐妹间的爱呢？他们爱的形式也是多样的，同样令人黯然落泪。

这种爱，是一个年轻姐姐对弟弟的爱，是一种载满宽容和希望，以及付上全身心的爱，深沉又柔婉。马歇尔的姐姐正值妙龄年华，她拥有灿烂的青春，无须为顾及弟弟而委屈自己的生命，然而他从弟弟的举动中，发现了自己在弟弟心里的重要性。假若她随雄蝶而去，弟弟就会感到被爱遗弃，甚至会自甘堕落。深厚的亲情使她不忍离开，而是以宽容的爱来为弟弟护航。

弟弟爱姐姐的表现形式显然是愚钝、狭隘的，他以伤害雄蝶的方式来留下姐姐，间接地伤害了姐姐。但姐姐没有因此而怀恨弟弟，而是不计较弟弟对自己及雄蝶造成的伤害，用更深的爱去表达自己对弟弟的爱。

我们在感慨这种爱的时候，应该想到用自己的行动来回馈这种爱，用爱去生活，才是对爱的真正理解。

于此，我们应微笑着，将这些深沉的爱延展得更深更远。

我们梦中的姐姐，就像是蝴蝶贴着麦穗低飞，就像是被剥离的心脏即将停止跳动，就像是飞鸟随着阴影在滑翔。哦，就像是姑娘草被撕开，就像是疼痛。

姑娘草

●文/徐兴正

有一种草，叫姑娘草。姑娘草长不高，无论生长多少年，都跟瘦地里的蒿枝差不多。姑娘草的根稀、短、脆，即使土壤坚硬、干燥，一个刚刚会爬的孩子也能将它连根拔起；茎上细下粗，三棱，表层呈淡绿色，质地柔韧，纹理平直，可以顺畅地从两端撕开；茎上似乎没有叶子，只是在顶端好像长着一些触须似的东西；顶端还长着一个或大或小的疙瘩，既像花苞，又像果实，但并不艳丽，也不丰硕，愁眉苦脸的，让人看了，感到凄楚。

我的出生地，打开户口簿，是一个被命名为徐家寨子的地方。村庄出现在一个不规整的坡坡上，像幼儿园中班的孩子画成的图画，认真而随意。村庄里到处都是姑娘草，外人把村庄蔑称为姑娘草坡。我们从来没有想到过要把所有姑娘草全部铲除，给村庄正名。再说，姑娘草并没有在我们耕种的土地上生长，对田地里的庄稼和我们的生活不曾造成危害和妨碍。

即使我们将它斩草除根，外人也会把早已准备好的蔑称加给村庄，比如狗坡坡、羊坡坡、猪坡坡之类。不管怎么说，村庄总不至于不养狗、不牧羊、不喂猪吧。退一万步讲，外人也可能拿我们本身动心思呀，比如说，又给村庄一个蔑称：孬人坡。事实上，外人正在这样指称我们村庄。我在他乡漂泊。在我逗留了三四年的小县城，这个补丁一样的地方，贬损人，常说的一句话是：他是从坡坡来的。姑娘草坡，一块被羞辱的土地。

村庄生长着零散的核桃树、棕榈树、杉树，以及成片的桐子树和油楂树。这些树把村庄掩映在坡坡上，就像荒草和藤蔓掩映了坟地。核桃树和桐子树，每年结出果实，卖出去，我们就有了一点钱，可以买到煤油、火柴、肥皂、盐巴、布匹、化肥等物度日。油楂树的果实能榨取食用油；棕榈树的棕毛可以缝制背篓系和棕衣，可以搓成绳索和铺盖茅屋；而杉树呢，打棺材的好料子，可以将我们一一埋葬。惟独姑娘草无用。姑娘草一般生长在核桃树、棕榈树、杉树下，生长在桐子树林和油楂树林里，生长在田地埂埂上，生长在水沟沟边。只要花上十分钟，就能拔到一千根。

我们没见到过姑娘草开花结果，没见到过它的种子，不知道它靠什么得生命。姑娘草，就像一个奇迹，一个梦境，临到我们村庄。我们用姑娘草玩游戏。

姑娘草游戏规则是：一男一女两个娃娃儿，各执姑娘草一端，把姑娘草分成两瓣，撕开，从构成的形状判断被撕开的姑娘草性别，用以预测虚拟的小夫妻将来生男还是生女。村庄的传统已进入娃娃儿的血液，如果被撕开的姑娘草是男的，他们就非常幸福，拍着小手欢呼：我有儿子啦，我有儿子啦，我，有，儿，子，啦。反之则沮丧着脸，跺着脚大放悲声：是姑娘，是姑娘，是，姑，娘。但有时候游戏也会失效，就是姑娘草恰好被撕成两瓣，无法判断男女，或者被撕断，一种不祥的预兆。出现这些情况，娃娃儿就会露出和年龄不相符合的悲伤神情，在一种莫名的恶意驱使下，他们把拔来的姑娘草扭断，任意抛掷，姑娘草的断片飘落了一地。在我柔弱的童年中，姑娘草游戏使我感到抚慰、体贴和温情。但和我玩游戏的小姑娘，总是嫌弃和抱怨我对撕开的姑娘草判断不准，她们因我把男的判断为女的而受委屈。小姑娘自行判断，我又不服气，经常与她们争执。为了避免争执，我们把姑娘草撕开，请别的伙伴帮助判断。有的伙伴比较正直，按照他们的准则和经验进行判断，另一些伙伴总是戏弄我们，瞟都不瞟一眼，就说：

是，姑，娘。

割麦季节，阳光就像无数层热浪从天空中倾泻下来，燥热的空气里飘拂着麦子的香气。大人们挥动着镰刀收割麦子的时候，我们娃娃儿就蹲在地边玩姑娘草游戏。我们把姑娘草撕开，我们欢呼，我们大放悲声，我们叹息。大人们的汗味从起伏的麦穗上飘过来，我们闻到了，觉得放心，有依靠。收割麦子发出“嚓嚓嚓——”的声音，我们听出镰刀的锋利和坏脾气，就有了恐惧和不安。在大人们割麦的时候，我们小小年纪，心情却十分复杂。割麦的队伍中，有我们正待出嫁的姐姐。姐姐弯腰割麦，她的身体呈现出优美的弧线，让我们喜悦。割麦累了，姐姐停下来，站直身子，向远处张望。姐姐的身子像棕榈树和杉树一样修长、挺拔。姐姐在阳光下是那么明朗，她的全身飘散出麦子的香气。多么好的姐姐，就要被一个陌生男人娶走了。姐姐以后再也不能跟我们朝夕相处了。

姐姐像一枚青杏，让我们心里发酸。姐姐的镰刀是那么悲伤，手指是那么悲伤，头发是那么悲伤，身影是那么悲伤。哦，这一切都是那么悲伤。我们梦中的姐姐，就像是麦地里的精灵，就像是土地的秘密，就像是天空的阴影……我们梦中的姐姐，就像是蝴蝶贴着麦穗低飞，就像是被剥离的心脏即将停止跳动，就像是飞鸟随着阴影在滑翔。哦，就像是姑娘草被撕开，就像是疼痛。

土地上留下齐刷刷一片麦茬,露出了难看的泥巴,所有姑娘都已出嫁……姐姐丢下镰刀,向我跑来。姐姐卷起裤管的小腿健壮而优美,脚步轻盈而洒脱。跑近了,我看见姐姐额头上汗水粘附着一些发丝。姐姐说:"我来和你撕一根姑娘草吧。"我和姐姐面对面半蹲着,各执一端,分成两瓣,撕开。大人们在骂姐姐偷懒,要她马上回去。姐姐朝麦地跑去,我站起身来,指缝间被撕开的姑娘草滑落下去,姑娘草游戏,就是在姐姐离开时结束和丧失的。

二十多年里,姐姐生育多胎,都是女孩。到了四十岁,姐姐还因此经受长寿婆婆的羞辱和健壮丈夫的殴打。我找不到麦地里的姐姐,找不到梦中的姐姐。

我对既老又丑的姐姐说:"我们当初不该撕姑娘草。"尽管我的脑海中已经浮现出少女时代的姐姐,浮现出麦子、阳光、姑娘草,但姐姐仍然平淡地说:"是吗?真有这么一回事吗?"姐姐又说:"事隔多年,我已经记不得姑娘草是一种什么样的草了。"在和姐姐旧事重提的几年前,我认识了一个姑娘。这个姑娘现在是我妻子。我和妻子偶然谈及童年游戏,提到了姑娘草。姑娘草,几乎所有村庄都在生长。妻子却告诉我姑娘草的另一种游戏规则:一群娃娃儿分成若干组,每一组两人。各组通过猜拳或者其他什么形式决定胜负,胜方粗暴地撕开姑娘草。游戏内容不再是预测虚拟的小夫妻将来是生男还是生女,而是撕开本身。若负方是小女孩,对胜方来说,就成了我把你撕开。如果负方是小男孩,则是我撕开你妹妹(姐姐)、撕开你媳妇。姑娘草,撕开。少女在游戏中丧失,妻子默默地流泪。

前不久,我在小县城看到一个发廊,就叫姑娘草,我泪流满面。

无可奈何的伤痛

赏析/龚 剑

当一切的爱,在世俗封建的面前被粉碎,所有的惋惜都将无补于事,所有的哭泣,只能让一切悲剧静静地发生、静静地忍受!

这是姑娘草的故事,可是流露出来的却是一种残缺的美丽,一种悲伤的爱的无言结局。姐姐,是封建毒瘤下的一个牺牲品,是农村愚昧思想下的悲哀!一个天真无邪的少女,就是因为二十年里生育的都是女孩,在"不孝有三,无后为大"封建思想的压迫下,就这样被封建残害了!在她的背后,是封建毒瘤的残留,是整个社会的缩影!

在高速发展的今天,依然残留着"不孝有三,无后为大"还在影响着我们的思想。“不孝有三，无后为大”，在“三纲五常”里，孝悌占首要位置，不孝有三，无后为大。对一个中国人来说，品德上的最大污点莫过于“不孝”。这是几千年封建思想的残留，是一种社会的祸根，是一种国民劣根性的表现，这种孝道重男轻女，根本不注重媳妇的人格和幸福，它是对妇女人性的一种摧残和迫害。严复认为中国民族的“种性”是“孱弱”的，他根据“优胜劣汰”的公式，认为中国民族有灭种的危险。而鲁迅所说“国民性”的缺陷也是“种性”或民族的弱点。国民的劣根性，一直是我们生存的肿瘤！

社会在进步，但是这个故事告诉了我们：落后野蛮的封建意识还在吃人！

我不知道，今夜，我给妹妹的礼物是什么颜色；我也不知道，那个让我梦想多年努力多年的愿望，我是否有勇气去实现它。

礼 物

●文/拖 雷

自从母亲离开我们后，妹妹便在我的生活中充当了母亲的角色：按季替我购置衣物，每周一个问候电话，每月一次邮寄生活费、食品……在她看来，我这个二十七八岁，研究生快要毕业的兄长，从来没有离开过校园，不谙世事，是需要格外照顾的。妹妹固执地认为，在没了母亲后，她应该承继母亲那颗温厚之心，伴我走过人生的坎坎坷坷，使我任何时候都不缺少爱与关怀。

妹妹极希望我有一个女友，如常人般恋爱，结婚，生子。可我的爱情鸟至今尚未来到。妹妹在电话里不平又无奈地说："哥，你那么优秀，那么善良，为啥你身边的女孩子就看不出呢？我要不是你妹妹，一定会嫁给你的。"我无言地手握话筒，眼里涌出了泪水，不是自怜，是感谢与感激。我在想，我能拿什么作为回报呢？妹妹是不需要回报的。她说过，只要我过得好就是她的幸福，也是九泉下母亲的幸福。我想，我只能以心怀感激、学业优异来回报关心我的亲人了。我向往博士、向往求学生涯的最后辉煌。

憋足了劲，夜以继日地苦读，勤勤恳恳地写文章、发文章。终于在十一月二十日这一天，所里研究生秘书告诉我，我提前攻读博士学位的申请已经批下来了，师从复旦大学三大杰出教授之一章培恒先生研治中国文学。多年的梦想在刹那间变成现实，第一个想告诉的人就是妹妹。正巧，妹妹的生日就是这一天，何不将此消息作为一份特殊的礼物送给她呢？在夜里十点钟拨通了电话，道了声生日快乐后便大声宣布："我要读博士了，导师很有名。"

妹妹在那边愣了一下，问："你要读博士？"

我告诉了她提前攻博的事，妹妹沉默了一会儿，说："哥，我真的不希望你再读下去了。"

"为什么？读博士不是很好吗？"我不解地问。

“你读博士会很清苦，很累，你身边没人陪，你会活得太寂寞。我马上就要结婚了，我不知道婚后还能不能像从前一样照顾你。”妹妹幽幽地说。

我的心颤抖起来。我一下明白妹妹谈了几年恋爱而迟迟不肯结婚的原因。上次电话里她说准备明年夏天结婚。明年夏天，如果不提前攻博，正是我研究生毕业。这些年，我不知不觉间拖累了妹妹，她却从来没在我面前说起自己的心思。

“我不需要照顾。我一个人能过得很好。”我说。

“你真想读？”妹妹问。

“想读。”我犹犹豫豫地答。

“那你就安心读吧！我暂时不结婚，等你博士毕业。”妹妹语气平静地说。

“你千万不要这样，你这样做会叫我一辈子不得安宁。别担心我，我能行。记住，你年纪不小了，抓住属于自己的机会。你要因我不结婚，你就是糊涂虫，就是大傻瓜！再说一遍，不管别人，先管好自己！”我在电话里大吼大叫起来。

“你是我哥啊，我怎么忍心抛下你不管？我不能让你一个人心如飞蓬般地活在这个世界上。母亲知道了，她会在地下责怪我的。”

电话那边，妹妹已泣不成声。

深夜，泪水沿着鼻翼潸然滑落。我不知道，今夜，我给妹妹的礼物是什么颜色；我也不知道，那个让我梦想多年努力多年的愿望，我是否有勇气去实现它。

变色的礼物，沉重的愿望

赏析／袁文湛

身为兄长，应该在母亲离开后承负起照顾妹妹的责任，不离不弃。可相反，哥哥的责任，却被妹妹一个人承担了。

攻读博士，对于哥哥来说，是一件光荣而神圣的事，是多年的梦想，机不可失，时不再来。但是，对妹妹的终身幸福来说，同样不可耽误。于是，哥哥在事业和亲情的选择之间，出现了矛盾。两者兼顾吧，不现实。选其一吧，不是完不了学业梦就是伤害了妹妹。不论选哪种，都要付出常沉重的代价，心灵都要受到煎熬。

就在哥哥为选择而矛盾时，妹妹却说：“你是我老哥啊，我怎么忍心抛下你不管！”妹妹的这一席话，不但没有减轻心中的痛苦，反而加重了哥哥对妹妹的愧疚。由于他的原因，在爱情与亲情面前，妹妹选择了浓厚的亲情，选择让哥继续完成学业的路子，谈了几年恋爱而迟迟不肯结婚。妹妹的行为，无论从物质上还是精神上，都给予了哥无微不至的关怀，伴兄长走过坎坷前路，如阳光般绵绵不绝地释放着爱与关怀，让亲情的阳光褪去兄长的寂寞和空虚。

可结尾，却是出人意料又在情理之中。妹妹生日这天，哥哥本来想送一份象征着关爱的蓝色礼物给妹妹，没想到这礼物竟是灰色的。哥哥更加因为博士梦而耽误了妹妹过多的青春变得异常沉重，超过了他勇气的负荷。在理想与亲情之间，亲情和梦想的矛盾再次尖锐。

在重重的矛盾中，妹妹的伟大让哥哥愧疚，让读者却是对她的崇敬：尊重她崇高的人格，敬佩她奉献的精神！

我的春风得意和姐姐的愁眉苦脸，形成了强烈的对比。

孪生姐妹

●文/[新加坡]方桂香

如果没有那个叫高美美的孪生姐姐，我想我会更快乐……

其实，论智商，论才华，论相貌，如果没有那个孪生姐姐，我常常都可以冠压群芳，让女生自惭形秽，让男生刮目相看。

可是，只要有姐姐在，我就会被比下去。

九十四分明明是全班最高分，但只要和隔壁班得一百分的高美美一比，我就矮了一截。

参加演讲比赛时，我一出场，不到几分钟就全面抓住了听众的注意力，结束时如雷的掌声，让我认定自己是最优秀的。但只要那位叫高美美的姐姐一出场，我又相形见绌了。她那近乎无懈可击的嗓音与语调，紧紧扣住每个听众的心弦，让他们听得如痴如醉。

这么优秀的女孩，照理说是会引来许多妒忌的，但我那位名副其实又高又美的孪生姐姐，从小学到中学，却出乎意料地受到女同学绝对的拥戴。除了我，她对几乎每一个人都有一股非凡的魅力。

虽然，在老师和同学眼中，我也是那么优秀，但我知道，在他们眼中，那个高美美更优秀，永远有个更优秀的人挡在前头，永远只能当“阿二”，感觉是不快乐的。

这么多年来，有很多人问我：“有这么一个近乎完美的姐姐，你觉得骄傲吗？”

我为什么要为她而骄傲？她样样都比我好，在很大程度上，已经让我除了气自己不争气，样样都差她一截外，我惟有越来越讨厌这个孪生姐姐。

直到中三那年，我才尝到超越她的畅快感……

为了更好地照顾患病的爷爷，今年初，我们从西部搬到东部。我和姐姐因此从西部一所女校转入东部一所男女混合中学。

转入新学校的第一周，姐姐显得很不快乐。这是我第一次看不到她灿烂的笑容。

哼，她也有不快乐的一天，活该！

而我，对新生活满怀憧憬，我期盼新学校能为我带来希望，改变我当“阿二”的命运。

于是，我笑容满面地迎接新老师、新同学，十六岁的女生第一次与男生同班，感觉还真特别。

今天相邻座位那名像郭富城的帅男生还对我说：“雅雅，你的笑容很像梁咏琪，好甜美啊！不像那个高美美，面无表情，好像……好像患了什么产后忧郁症似的。”

什么产后忧郁症吗？他懂什么叫产后忧郁症吗？真无聊！

不过，就算他形容得不对，他的话却绝对是中听的。这是第一次那个样样领先的高美美被我比下去了，而且说这番话的人，还是一个帅男生呢！

他啊，把我说得心跳加速，却又忍不住要娇羞地把他偷看几十回。想不到开学的第一周，我就尝到初恋的美好滋味。

似是而非的爱恋，让我看到新中学处处都是生机。我要把握机会重整旗鼓，超越姐姐，扬眉吐气！

人家常常说风水轮流转，此刻我终于体会到了。

我的春风得意和姐姐的愁眉苦脸，形成了强烈的对比。

“美美，妈妈完全了解你对旧同学的不舍之情，但为了照顾爷爷，我们必须搬家。”妈妈看到姐姐郁郁寡欢，觉得很心疼，这样安慰她。

我不也郁郁寡欢了这么多年，怎么不见妈妈这么心疼我！

“妈妈，我明白的，爷爷那么疼我和妹妹，他现在有病在身，我们是应该照顾他的。”

姐姐最会讨人欢心，永远懂得讲些贴心话。

可惜这个世界上，只有我一个人看得透她。

她当然郁郁寡欢啦！在从前的那所女校，她是老师的宠儿，是同学们的偶像，离开学校的最后一天，她收到的礼物比我多，她接受的拥抱比我热烈，她在旧学校的受欢迎程度，是远远超越我的。

她当然郁郁寡欢啦！新学校没让她如鱼得水，她那冷冰冰的脸孔，也让同学们对她望而却步，她受欢迎的程度已大不如前了！

“美美已经十六岁，应该学习处理离愁别绪，何况新学校里也有很多可爱的新同学，往后和他们熟了后，你也会跟他们相处得很开心的。”妈妈拥抱着她，万分温柔地对她说。

哼，我才不相信她是不会处理离愁别绪呢，与其说她感情丰富，不如说她依恋以往光辉灿烂、有恃无恐的日子。

她这么圆滑，哪会无法适应新环境？不是她不要适应新环境，而是新环境不欢迎她。

我终于相信好运不是永恒的，看来她是大势已去了，我要抓紧机会，让自己在新学校里大放光彩。

这么多年以来被压的郁闷，已经让我对她产生报复的心理。虽然她是我的孪生姐姐，但为了争取第一，我会处心积虑地把她挤下去。

于是，我极尽能事突出自己，和老师、同学搞好关系，并有意无意地在他们面前破坏我姐姐。

不出两个月，果然一切奏效，几乎所有的老师都不怎么喜欢她。老师不喜欢她，就可以让她失去许多表现的机会，比如不选她当班长，不选她当学长，不选她参加校内外各种比赛，没有这些机会，就算她有十八般武艺，也无用武之地。

中三这一年，是我最骄傲、最得意的一年。

我终于以两分之差险胜了姐姐，得了全年级第一名。外加演讲比赛第一名，校际作文比赛第一名，东部学校数学比赛第一名，中学科学有奖回答比赛冠军……

总之，所有的参赛权几乎都落入我手中。我已全面地把姐姐挤出局。没有她这个强中手，我这个“阿二”当然轻而易举地登上冠军宝座。

颁奖典礼当天，我完全陶醉在同学们的掌声和祝福声中。

此情此景，让我回想过去姐姐在接受荣耀与祝福时，我总是满腔妒火地黯然离去，今天，我终于扬眉吐气，我要让那退当“阿二”的姐姐尝一尝痛失冠军的失落滋味。

可是，我却看到她静静地坐在一角，欣慰地为我鼓掌。

待同学都离开后，她走近我，一脸真诚地说：“妹妹，这么多年来，我第一次看到你这么开心，我也好开心。”

说着，她紧紧地拥抱着我。

我惊讶得连一句“谢谢”也说不出。

“我们一起回家去吧！我要爸爸妈妈给你好好庆祝一番。”姐姐热情地说。

“我夺走了你的冠军宝座，难道你不会不开心吗？”

“你是我妹妹，让你委屈，老排第二，我才难受呢！你开心就能让我开心，真的。”

听完姐姐这番真心的剖白，我的眼泪簌簌地落下来。

“姐姐，对不起。”

“为什么要说对不起，谁胜谁负，我并不在乎，我只希望你快乐，因为你是我深爱的妹妹。”

姐姐说着，声音却突然越来越微弱，最后竟然晕倒在地上。

我吓得忙喊救命，老师听到后，赶紧叫了救护车，把姐姐送入医院。

在医院里，爸爸妈妈被叫进医生房内，他们足足谈了两个小时，让在外面苦等的我心烦意乱，忧心如焚。

爸爸妈妈一踏出医生房门，我就迫不及待地趋前追问：“姐姐怎么样了？”

妈妈与爸爸面面相觑，一脸为难，不知道如何告诉我。

“妈，姐姐怎么样了？你们快告诉我呀。”

“雅雅，姐姐她……唉，还是你说吧！”妈妈推给爸爸说。

“到底出了什么事？”我很害怕地问。

“雅雅，美美其实不是你的孪生姐姐。”爸爸谨慎地说。

“你们到底在讲什么？”我的思绪越来越紊乱了。

“美美不是你的孪生姐姐。你妈妈在生了你之后，大病一场，医生说她以后不能再生孩子了。你一出世就很顽皮，到了两岁多，依然是个占有欲很强的孩子。爷爷奶奶知道妈不能再生育后，更加把你当成掌上明珠，眼看着你被宠坏，我们也越来越担心，但却束手无策。”

我好像在听一个大秘密被一层层地揭开一样，吓得我心惊肉跳。

爸爸拍了拍我的肩膀，继续说：

“就在你两岁半那年，美国一位科学家到新加坡来参加国际性科学会议，我和那位科学家一见面就很投缘，我还请他到我们家吃饭，在那短短的两小时聚餐上，他目睹你的霸道和顽劣，于是向我和你妈妈推荐了一种教育独生子女的新科学方案，并希望我们能试试配合他做这项实验。”

爸爸沉默了一会儿，看了看妈妈，然后慎重地告诉我：“结果他给我们带来了一个最新生产的高智能机器人。”

我顿时目瞪口呆。

“这种机器人具有人类的所有功能，它最独特之处就是容貌能根据需要而设计。这位美国科学家想用这种机器人陪伴独生子女共同生活的方法，来研究独生子女的心理状况、生活规律等，以促进独生子女们健康成长。”

爸爸再度看了妈妈，然后继续对我说：“我和你妈妈商量要求把这个机器人接受了下来，就是美美。”

“姐姐怎么可能是机器人？”这对我来说简直难以置信。

“雅雅，姐姐真的是机器人，是一个为你而量身订做的机器人。”

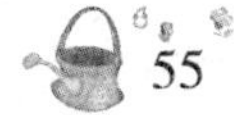

我惊吓得说不出话来。

“本来我们是想到你长大一些，至少到你上大学再告诉你，但想不到美美却在这个时候出事了！”妈妈伤感地说。

“姐姐究竟出了什么事？”

“美美必须送回科学研究所，她之所以晕倒，是因为内部系统出了问题。”

妈妈点点头，然后感慨万千地说：“美美是个高智能的全面机器人，她在德、智、体、美等方面都是我们人类的楷模，可是没想到和我们相处了这么多年，她却动了感情，尤其是对你这个所谓的孪生妹妹的深情，已让美美常常受感情牵制而无法发挥她本来应该有的最佳表现。”

我哭了，千百种思绪涌上心头，从小到大，不，准确地说，是到初三那年，姐姐展现的绝对是一种冷静、稳健、十全十美的惊人表现，可是到今年，她却“失常”了。正因为她失常，才让我有机可乘，被胜利、荣耀冲昏了头脑的我，这一年来，竟没留意到姐姐的失常。

她少了以往的高昂斗志，少了以往的毕露锋芒，她变得多愁善感，沉默低调，但却没有妒忌我。有的只是爱与支持。

在姐姐的抽屉里，我意外地发现姐姐从转到这所新中学的第一天开始，为我写下的无数姐妹情深的日记，当我处心积虑地把她挤下去时，她却默默地为我每一次的胜利，写了满心的祝福与喜悦。

那晚，我伏在姐姐的床上大哭了一场。

那晚，我第一次觉得格外寂寞、孤独。

姐姐和我共同生活了这么多年，我们一起学习，一起玩耍，一起吃饭，一起睡觉……我从没有过独生子女的孤独感。

这时，爸爸妈妈推门而入。妈妈走近床边，把我拥入怀里。

“妈妈，我真的见不到姐姐了吗？”

“她真的只是个机器人，虽然她曾经深情爱过我们，但只要系统出现问题，她就彻底被打回原形，成了供科学家研究的科学产品。”

美美对科学家来说，仅仅是个产品，但对我们一家人来说，却是一段忘不了的情，突然失去一个亲人，对我们是锥心的刺痛。

在姐姐未完成的日记本上，写下了我无限的歉疚：

姐姐，对不起。

姐姐，我爱你。

姐姐，我们永远怀念你。

发现身边的爱

赏析／王炜悦

在初读这篇文章的前几段时，我以为是写姐妹之间的事情，感到这种题材有点落了俗套、陈旧，直到读完全文，才顿时有种豁然开朗之感。

万万没想到，文中慈爱的“姐姐”竟会是一个机器人。本文由“妹妹”对“姐姐”一直比她优秀而感到妒忌，甚至怨恨的心理写起，逐步深入，把“姐姐”对“妹妹”的疼爱渗透在文章细节中，与“妹妹”在胜利的光环下被报复心态蒙蔽了眼睛的行为举止形成鲜明的对比，更加突出姐姐身上伟大的爱，耀眼的光芒。当“妹妹”终于理解到这位机器人“姐姐”真诚的爱时，一切都已经为时太晚，姐姐已经一步步步向天堂。

文章巧妙地赋予了机器人真实的人类情感，使亲情的力量显得更为伟大，直至可以突破机器的限制，连机械的机器人也拥有真爱，无私地为自己深爱的亲人付出。机器人“姐姐”的爱最后深深地打动了“妹妹”，使她发现了自己原来也是一直深爱着自己的“姐姐”。文章人物心理的捕捉很到位，描写都很易引起读者的共鸣。

读完这篇文章，我们重新认识自己身边的人和物：有些爱意，已经不知不觉中在我们心中滋生和储藏。因为这些爱是平凡的，是沉默的，我们会容易地忽视，甚至对爱我们的人产生误解、埋怨。或许我们也曾经是文中的“妹妹”，沉浸在自己个人的世界中，只计较自己的得失荣辱，而常常伤害了真正关心自己爱自己的人。文章中“妹妹”最后对“姐姐”的真情告白，是对我们的当头一棒，在感动之余，让我们擦亮自己的眼睛留心去发现自己身边那些看似平凡的爱。

学会如何去珍惜这种深沉的感情，学会如何去理解体谅别人，让人在享受阅读的同时也学会如何做一个懂爱的人。

被卷进了生活的旋涡的时候，我们需要一个温暖单纯的声音对我们说："你也拥有天堂！

一朵玫瑰花

●文/谢沁珏

在这个平凡的小镇上，有一道美丽的玫瑰花墙——它足有半人多高，每到春天便开满了美丽的玫瑰花，它是这家的男主人克利夫先生生前种植的。可是，克利夫太太的脾气却是出了名的不好，她常常和克利夫先生为了一些琐事争吵。克利夫先生去世后，她的脾气更坏了，而且经常自己生闷气，因此镇上的人都尽量避免招惹她。

一个阳光明媚的午后，克利夫太太正坐在院子里小憩，玫瑰花墙上缀满了美丽的玫瑰花。突然，她被一阵窸窸窣窣的响声惊醒，睁眼一看，玫瑰花墙外有一人影闪过。克利夫太太厉声喝道："是谁？站住！"那人站住了——是个孩子。克利夫太太又喝道："过来！"那孩子慢慢挪了出来。克利夫太太认出他是七岁的小吉米，住在街对面拐角处的穷孩子，他的身后似乎藏着什么东西。

"那是什么？"

克利夫太太厉声问道，小男孩犹犹豫豫地把身后的东西拿了出来——一朵玫瑰花，一朵已经快要凋谢的玫瑰花，那耷拉着的花瓣显示出它的虚弱。

"你是来偷花的吗？"克利夫太太严厉地问道。小男孩低着头，局促不安地搓弄着衣角，一言不发。

克利夫太太有些不耐烦了，她挥挥手说："你走吧！"这时，小男孩抬起头来，怯生生地问道："请问，我可以把它带走吗？"就是那朵快要凋谢的玫瑰花，似乎轻轻一碰，花瓣就会落了的玫瑰花？克利夫太太有些奇怪。

"那你先告诉我你要它干什么？送人？"

"是……是的，夫人。"

"女孩子？"

"……"

“你不应该送给她这样一朵玫瑰花。”克利夫太太的语气温和了些,“告诉我,你把它送给谁?”

吉米迟疑了一会儿,用手指了指不远处的一个小阁楼,那是他的家。克利夫太太这才想起他有一个五岁的小妹妹,一生下来就有病,一直躺在床上。

“你妹妹?”

“是的,夫人。”

“为什么?”

“因……因为妹妹能从床边的窗户看到这道玫瑰花墙,她每天都出神地看着这里。有一天,她说:‘那里就是天堂吧,真想去那里闻闻天堂的气味啊!’”

克利夫太太怔住了——天堂?这里——低矮的木屋?从前,自己整天与克利夫为了一些琐事争吵,不停地抱怨这低矮的木屋、破旧的家具、难看的瓷器……一切的一切,自己无数次埋怨这里简直是可怕的地狱,而对克利夫种植的玫瑰花却从未留意过。自己究竟错过了什么?错过了多少?

天堂,原来可以如此接近!

别人眼中的天堂

赏析/张艺露

也许是因为拥有太多,才会有太多的抱怨和不满。那个可怜的克利夫太太,拥有可以组成一个美满的家的元素:木屋、家具、瓷器,一个充满玫瑰花香的后花园。但她没有幸福,她始终用挑剔的眼光,着眼于生活无处不在的“不满意”,换来她一生的不幸。

在卧病在床的小女孩眼中,那个缀满诱人玫瑰的花墙就是幸福的天堂。但是克利夫太太享受了几十年的花墙美景和玫瑰芳香,却没有过一丝的愉快。别人家的花,却为小女孩带来欣喜与憧憬,满足了她的天堂梦。生活中,很多时候不是缺少幸福,而是缺少发现幸福的心眼。

也许,风景都是别处的美妙。但是,站在领奖台上面对着闪光灯和羡慕目光的人真的拥有最可人的天堂吗?我看未必。别人眼中的幸福,就真的是自己的幸福么?在别人眼中,别人都应该是幸福的。然而谁又知道貌似幸福的背后隐藏的矛盾,谁又知道满脸笑容背后所沉埋的各种阴霾,谁又知道成功背后各种辛酸的汗水和痛苦的折磨呢?也许,在每个人的眼里,别人的世界就是一个完美的天堂。

但是，我们需要关注生活本身。在太丰富精彩而又太浮躁喧嚣的世界中太过沉溺，就会迷失自己的方向。毕竟钱财名誉只是身外物，我们活着，不只是为了追求一次次瞬时而虚幻的快感。拥有太多，并不妨碍我们去珍惜拥有。只是，被卷进了生活的旋涡的时候，我们需要一个温暖单纯的声音对我们说："你也拥有天堂！"

朋友，考虑一下就在别人眼中的天堂吧，其实，那个你安心落脚的天堂，就在你身边。

而同是打工挣钱，有人选择了名牌装扮和花天酒地，但他却选择了供弟妹读书和报恩父母。

听课嘉宾

●文/邓必彦

哥哥从家里去广州做工，特地到学校来看我。

哥只大我一岁，他很喜欢画漫画。高三那年，他没考上美术学院。眼看着我也要上高三，弟升高一，哥对妈说："弟妹读书要很多钱，我不读了，我去广东打工吧。"钱啊，妈也没办法。哥这一去到如今，五年了，他用每个月刷油漆、做木雕的一千块钱供着我和弟读书。

哥站在我面前，笑着说："大学生，带我去你们课堂上听听，看你们都学些什么东西。"

这节是古诗创作与鉴赏课，同学们一如既往地聊天、睡觉、看小说。哥哥惊奇地问我："你们这些大学生就是这样上课的呀？也太浪费家里的钱了吧？"他无奈地摇摇头，认真听起课来。

"孔夫子"老师大声说道："虽说古诗的形式已经不适应今天的时代趋势了，啊，可是能写出好句子，能品出好诗的神韵，可不是三脚猫的文学修养可以办得到的啊！来来来，今天谁能对出我的下句，我就违反教学纪律——提前下课！"

教室里顿时哄叫起来。"孔夫子"大叫："乾坤容我静——"

大家安静了一秒，又吵闹起来。哥哥很兴奋，然后好一会儿没做声，眨眨眼睛，写了一句推推我说："阿妹，你试试这一句。"

我一看，立刻举起了手。"孔夫子"眼睛一亮，指着我："想必是位才女，念来听听！"同学们都笑着叫道："才女！提前下课就靠你啦！"我却使劲推哥哥，小声催他站起来念。大家都惊奇地看着我俩。哥哥涨红了脸，只好站起来大声说："乾坤容我静，名利任人忙！"

满堂哗然！大家忽然鼓起掌来，"孔夫子"眼睛大放光彩："难得，难得！才思敏捷，对仗工整，意境高超，实在难得！你叫什么名字？把学号报上来，我要给你加分！”

课堂上一阵哄笑，“他是中央派来的听课嘉宾！”“孔夫子”连连称道：“那更是难得！”

哥哥激动地坐下来，我知道，他很开心。

下一节课，我们到多媒体教室去上外国文学史。哥哥看着墙上的电脑投影画面，很羡慕地说：“你们可真幸福，能享受这么现代的教学，怪不得学费这么贵！”

我还带哥哥去上网，看我们学校的“容谷”网站，打开漫画频道让他看学生的作品，鸟山鸣风格的有，北条司风格的也有，还有蔡志忠的。哥哥仔细看完后，扭过头很认真地跟我说：“阿妹，要是我像你们一样有空，我绝对比他们都画得好，你信吧？”“那当然！”

哥哥的神情却黯淡了下来：“我要是能上美术学院，现在或许已小有成就了。”我鼻子一酸：“哥，以后你把你画的画寄过来，我帮你传到网上去，让别人也看到你的作品，还可以投稿呢。”哥哥长叹了一口气，伸出手来给我看：“这么久雕木头，刷油漆，我的手指都硬了，拿笔的感觉没以前灵敏了。”他又笑起来，“不过一有空，我都会画的。”

晚上我送哥哥去车站搭汽车，车快开时，哥哥忽然从又臭又闷的车厢里探出身子来，叫我到面前来小声说道：“阿妹，你可别像别的同学一样随便跟人同居啊，免得被男人骗，知道吗？还有啊，认真听课，挺好听的，别浪费钱。行了，你回去吧。”

我站在车窗边抽着鼻子，不争气地流着眼泪。长大以后，我还没在哥哥面前哭过。我看着车子走了，我知道哥哥回去后，就像许多年少出门打工的人们一样，常常只靠成龙、周星驰的影片来获取短暂畅快的笑声。电影结束后，明天的劳苦又在等待着他们，冷酷而沉默。

琐事见真情

赏析／林泽成

所谓情由事现，事由人生。小作者以独特的事件，将焕然一新的打工青年的形象在二十一世纪的时空下展现，可谓新颖。

提起大学课堂，人们想到的是莘莘学子，而没有想过高考落榜的学子也会来大学听课。

但文中的哥哥却是做了一回忠实的听课嘉宾。哥哥疼母爱妹，不辞辛劳和不顾前途，赚取苦难之家的一切费用和妹妹的大学开支。但哥是一个有上进心的大好青年，在艰难的岁月里仍不忘书海师生，总想回到文化的殿堂里，沐浴知识的春风。他不仅对了一句名校的学子无法对出的下联，还对浪费金钱与生命的学子反感，对不尊重师长和文化的人批评。倘说对联的上联反映尊师的心境情感，那么下联则是红尘中世俗的可恶嘴脸的最好演绎、见证。面对课堂，作者让哥哥留下他书海生涯的底蕴，向往知识的追求。

尽管社会的变化日新月异，但哥哥凭着一身娴熟的技艺、对知识追求的狂热、对名利的淡泊、对辛苦成果的爱护和对亲人细腻的嘱托，他还是为自己的心灵捧上了一杯热茶，找到了自己的人生定位。同是社会青年，有人选择了堕落，但他选择了打工挣钱；而同是打工挣钱，有人选择了名牌装扮和花天酒地，但他却选择了供弟妹读书和报恩父母。

哥哥的这种打工者的形象，值得学习和敬佩！

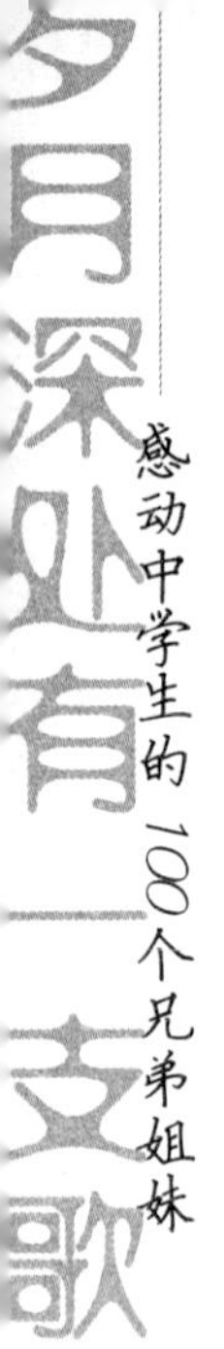

不需要千言万语，也没有满怀真情的告白，有时一个电话，一张卡片，一句叮嘱就能体现彼此的关怀。

兄　　弟

●文/梅　子

弟在电话的那一头问，报上有你的名字，是你的文章吗？异乡的夏天很热，立于喧嚣的人流里，拨响家的电话。弟的声音就随旧事一起浮到了眼前。

小时候我是常和弟打架的。因为两个人年纪相差不大，便时常觉得亏。母亲总说，做姐姐的该让着弟弟，他小。他长到一百岁也比我小呀！我愤愤不平地同母亲叫嚷，随即瞪着眼睛看弟。

我和弟在同一个幼儿园，幼儿园的老师说，彬儿真护着他姐。那回不知为什么事老师说了我几句，弟死活不依，哭着闹着同老师讲理，弄得老师只好让步。私下里说，这丑小子挺倔。真的，弟小时候长得一点儿也不好看，黑黑的，又倔，远没有我那副伶牙俐齿的模样招人爱。

到底是大弟两岁的，所以在很长一段时间里，高出他很多，能够声色俱厉地教育他。弟想看电视，却够不着插头，便来找我。我于是得意洋洋地发布命令：叫姐。弟很乖地叫。大点声。弟又叫。这才心满意足地插上插头，俩人看电视。若是为看什么节目同弟争吵了，便一把扯下插头，看着弟一遍遍地跳起脚尖够插头。

俩人一直打打闹闹的，一晃就是十几年。那些年里，我丝毫没有做姐姐的样子，倒是弟时常让着我。偶尔，他因为功课上的事儿问我，在极不耐烦地讲解之后，总忘不了说上一句，真笨。

离家去另一座城市读书，走时，弟送我，看着站在眼前的弟，猛然觉得当年那个丑小子一下子长大了，不知何时高出我许多，大包大揽地拎着我的包，走在我的前头。这就是那个同我打架的小男孩吗？那头短短的头发何时变得如此浓密并且自然地卷曲？车要开了，弟将包递到我的手上，笑着说，姐，好好念书，读个研究生出来。那神情，仿佛是在教育小妹。我站在车里，看着弟的影子缓缓后移，一点也找不到儿时的影子。

弟一直在父母身边读书，大学毕业后留在父母身边工作。我常说弟没出息，恋家。弟听了，也不反驳。一年里，俩人见面的时间，也就是我回家过春节的那几天。在家的时候，和弟一起出去，弟总叮嘱，天冷，戴着手套，一副保护弱女子的派头。我洗了衣服正打算站在小凳上，晾到阳台上的竹竿上去，弟接了过去，一抬手，就挂了上去，毫不费力的样子让我记起当年那个踮起脚尖够插头的小男孩。

朋友跟我一起回家，弟对朋友说，我姐什么都好，就是脾气倔，你千万让着她。我姐走了，我就得呆在家里，养儿防老，我姐不懂。朋友把这话告诉我，我一愣，呆呆地看着窗外。

我离家后，弟从来没写过信来，只是每年过年，寄张卡来。母亲信上说，好久没你信了，我和你爸都盼着，彬儿也每天唠叨，怎么总不见我姐的信。

家里装了电话，打电话回去。电话里，弟的声音很近，仿佛隔着一扇门。小时候，隔着一扇门，我和弟吵架，弟要进屋，我在屋里堵着门，如今隔远了，却想伸手推了那扇门。

平淡中见真情

赏析／梁日明

初读文章，觉得语言平实朴素，没有曲折起伏的情节。文章细细叙述了“我”和弟弟从小到大的一些生活小情景，不厌其烦地讲述平平常常的小事，却显得自然，真实，不罗嗦。字里行间流露出“我”和弟弟真诚，深厚的姐弟情，不动声色，却让人感动。

文中的弟弟小时候是常常和姐姐打架的，但在幼儿园却处处护着姐姐，甚至情急之下和老师又哭又闹地讲情，一副又牛又倔的性格。他认为姐姐是自家的，最亲的，自然是一同哭笑的姐姐了，文章由此可见到弟弟直率，纯真，朴实可爱的性格，也体现了姐弟间那种天真，自然的情谊。

不需要千言万语，也没有满怀真情的告白，有时一个电话，一张卡片，一句叮嘱就能体现彼此的关怀。本文正是以这样平淡，真实，贴近生活的点点滴滴来感动读者的，也是以此引起读者的共鸣，这正是本文的成功之处。

六岁就被父母送给别人的二姐，注定一辈子受尽困苦，然而，二姐并没有因此而怨天尤人。她并没有埋怨父母把她抛弃，反而认为自己获得了双份的爱。

二　姐

●文/雪小禅

二姐在我们家的地位很特殊。她是我们家的人，却只在家里呆过六年，六年之后，她被大伯领走，做了人家的女儿。

大伯不能生育，于是和父亲说想要他的一个孩子，父亲和母亲商量了一下就同意了。

四个孩子，大哥、二姐、我和小弟，两个女孩儿两个男孩儿，父母当然考虑是把一个女孩送出去，他们首先考虑的是我，因为那时我四岁，小一些更容易收养。但我哭我闹，我说不要别人做我的爹妈，四岁的我已经知道和父母斗争。父母问二姐要不要去？二姐说："我去吧。"那时她只有六岁。

这一去，我们的命运就是天壤之别。我家在北京，而大伯家在河北的一个小城，我去过那个小城，偏僻、贫穷、萧条，风沙大，脏乱差，而大伯不过是个化肥厂的工人，伯母是纺织厂的女工，家庭条件可想而知。二姐走的时候还觉不出差异，但三十年之后，北京和那个小城简直是不能相提并论了。

二姐从此离了家，她做了大伯的女儿，管大伯、伯母叫爸爸妈妈，管自己的亲生父母叫二叔二婶。二姐走后的好长一段时间，母亲总是躲在某个角落里偷偷流泪。是啊，二姐也是母亲身上掉下来的肉，她一个小孩子远离亲生父母到一个陌生地方去受苦，想起来怎么能不让人心疼呢。实在想得不行，母亲总会隔三差五去小城看看二姐。二姐过年过节偶尔也会回来看我们。离别，不仅仅是母亲，我们兄弟姐妹也跟着泪水涟涟，真的舍不得二姐走啊。可这个曾经的她温暖的家已不再是她的家，她的家在那个贫苦的小城，她不走不行啊。好在我们还算听话，母亲在儿女双全的幸福中念叨二姐的次数渐渐少了。十几年之后，因为工作忙加上心灵上的那种疏远，二姐和我们仿佛隔了山和海了。

再见到二姐，是她没考上大学。大伯带着她来北京想办法，是复读还是上班？

父母的态度很模糊，二姐是没有北京户口了，大哥因为有北京户口，很轻易就上了北京外国语学院，虽然二姐考的分数并不低，但在河北，却连三流的大学也上不了。父亲说："来北京复读也不是很方便，不如就找个班上吧。"母亲也在一边说："按说，我们应该把二丫头接到北京来读书的，可是，我们现在也没有这个能力啊。如果回去后一时找不到工作，我们再一同想办法。"虽然大伯心中多少有些不快，但他还是很理解父母的难处，便说："是啊，大家都有难处，只是怕误了二丫头一辈子呢！"

二姐再来我们家时，已长成大姑娘了。可她的头发黄，人瘦而黑，好像与我们不是一母所生。她穿衣服很乱，总是花花绿绿的，因为新，就更显出神态的局促来，而我们那时已经穿很时尚的牛仔裤了。母亲总是无限伤感地叹息："唉！苦命的孩子啊。如果当时不把你二姐送出去，她今天怎么也不会成这个样子。同是一母所生，命运竟是如此截然不同，我这辈子恐怕最愧对的就是你二姐了……"母亲每每说起二姐，便会情不自禁地落泪。可是二姐始终说伯父伯母是天下最好的父母亲。她和大伯伯母一起来的时候，总给人"刘姥姥进大观园"的感觉，好像什么也没见过。可他对伯父伯母的爱戴和孝顺很让人感动。大伯有一次兴冲冲地从外面回来，手里拿着一个头花，他说花了五块钱在楼下买的，二姐就喜欢得什么似的。我心里一动，长到十六岁，父亲从没有给我买过头花什么的，他这时候已是政界要员，一天到晚嘴里挂着的全是政治。只有母亲在这个时候给二姐买许多新衣服、食品之类的东西，想必是母亲对女儿的最好补偿吧。

那次之后，二姐直到结婚才又来。

二姐二十二岁就结了婚。十九岁她参加了工作，在大伯那家化肥厂上班，每天三班倒，工作辛苦工资却不高。后来，经人介绍，嫁给了单位的司机，她带着那个司机、我所谓的姐夫来我家时，我已经在北京大学上大二了，当我看到她穿得花团锦簇带着一个脏兮兮的男人坐在客厅时，我打了一声招呼就回了自己的房间。

那时我已经在联系出国的事宜，可我的二姐却嫁为人妇了。说实话，因为经历不同、所处环境不同，二姐说话办事、风度气质、言谈举止与我们有天壤之别，我从心底里看不起二姐，认为她是乡下人。大哥去了澳大利亚，小弟在北京师范大学上大一，只有她在一家化肥厂上班，还嫁了一个看起来那么恶俗的司机。我和小弟对她的态度更加恶劣，好像二姐的到来是我们的耻辱，因此，我们动不动就给她脸色看，二姐却显得非常宽容，根本不与我们计较，依然把我们叫得亲甜。二姐不会吃西餐，二姐不知道微波炉是做什么用的，二姐不爱吃香辣蟹，让她点菜，她只会点一个鱼香肉丝，而且一直说，好吃好吃，北京的鱼香肉丝比家里做的要好吃。

这就是我的二姐，一个已经让我们感觉羞愧的乡下女人。

几年之后，她下了岗，孩子才五岁。大伯去世，她和伯母一起生活，二姐夫开始赌钱，两口子经常吵架，这些都是伯母打电话来说的。而她告诉我们的是：放心吧，我在这里过得好着呢，上班一个月六百多，有根对我也好。有根是我的二姐夫。

大哥在澳大利亚结了婚，一个月不来一次电话，我办了去美国的手续，小弟也说要去新加坡留学，留在父母身边的人居然是二姐了。

不久，大哥在澳大利亚有了孩子，想请个人过去给他带孩子，那时父母的身体都不太好，于是大哥打电话给二姐，请她帮忙。二姐二话没说就去了澳大利亚，这一去就是两年。后来大哥说，在我最困难的时候，是二妹帮了我啊！

但我一直觉得大家还是看不起二姐，她文化不高，又下了岗，况且说着那个小城的土话，虽然我们表面上和她也很亲热，但心里的隔阂并不是轻易就能去掉的。我去了美国、小弟去了新加坡之后，伯母也去世了，于是她来到父母身边照顾父母。

偶尔我给大哥和小弟打电话，电话中大哥和小弟言语间就流露出很多微词。小弟说："她为什么要回北京？你想想，咱爸咱妈一辈子得攒多少钱啊？她肯定有想法！"说实话，我也是这么想的，她肯定是为财产去的，她在那个小城一个月死做活做五六百元，而到了父母那里就是几千块啊。我们往家里打电话越来越少了，直到有一天母亲打电话来说，父亲不行了。

我们赶到家的时候才发现父亲一年前就中风了，但二姐阻拦了母亲不让她告诉我们，说是会因此分心而影响我们的事业。这一年，是二姐衣不解带地伺候父亲。母亲泣不成声地说："苦了你二姐啊，如果不是她，你爸爸怎能活到今天……"

我看了一眼二姐，她又瘦了，而且头上居然有了白发，但我转念一想，说不定她是为财产而来的呢！

当母亲还要夸二姐时，我心浮气躁地说："行了行了，这年头人心隔肚皮，谁知道谁怎么回事？也许是为了什么目的呢！""啪"，母亲给了我一个耳光，接着说："我早就看透了你们，你们都太自私了，只想着自己，而把别人都想得像你们一样自私、卑鄙。你想想吧，你二姐吃了多少苦受了多少罪！她这都是替你的！想当初，是要把你送给你大伯的啊！"

我沉默了。是啊，一念之差，我和二姐的命运好像天上地下。二姐因为太老实，常常会被喝醉了酒的二姐夫殴打，两年前他们离了婚，二姐一个人既要带孩子还要照顾父母，而我们还这样想她，也许是我们接触外界的污染太多，变得太世俗了，连自己的亲二姐对母亲无私的爱也要与卑俗联系在一起吧。

晚上，母亲与我一起睡时，满眼泪光地说：“看到你们现在一个个活得光彩照人，我越来越内疚、心疼，我对不起你二姐啊。”我轻描淡写地说：“这都是人的命，所以，你也别多想了。”母亲只顾感伤，并没有觉察出我的冷淡。她接着说：“那天晚上我和你二姐谈了一夜，想把我们的财产给她一半作为补偿，因为她受的苦太多了，但你二姐居然拒绝了，她说她已经得到了最好的财产，那就是你大伯伯母的爱和父母的爱，她得到了双份的爱，还有比这更珍贵的财产吗……”

我听了大吃一惊，简直不敢相信自己的耳朵，可母亲话未说完已泪流满面泣不成声，我不由得不信，渐渐地，我的眼圈也湿了，背过身去在心里默默叫着：二姐，二姐！我误解你了，你受苦了啊！

父亲去世后二姐回到了北京，和母亲生活在一起，母亲说：“没想到我生了四个孩子，最不疼爱的那个最后回到了我的身边。”

过年的时候我们全回了北京。大哥给二姐买了一件红色的羽绒服，我给二姐买了一条羊绒的红围巾，小弟给二姐买了一条红裤子。因为我们兄弟妹三个居然都记得：今年是二姐的本命年。

二姐收到礼物就哭了。她说：“我太幸福了，怎么天下所有的爱全让我一个人占了啊！”我们听得热泪盈眶，可那是对二姐深深愧疚、悔恨的泪啊！

善良宽容的天使

赏析／钟宇东

我在想，二姐是不是上帝派来的天使，让我们的卑劣人性得到净化和升华？

六岁就被父母送给别人的二姐，注定一辈子受尽困苦，然而，二姐并没有因此而怨天尤人。她并没有埋怨父母把她抛弃，反而认为自己获得了双份的爱。

文章通过对其他人的叙写，鲜明地衬托出了二姐熠熠生辉的美德。

首先是父母的衬托。血肉相连，父母当然不会完全把二姐视为外人，但毕竟存在着隔阂。文章第五段的“念叨二姐次数渐渐少了”和第六段写父母不尽力帮忙，都可以得出这一点。而二姐丝毫不把这放在心上，父亲病后还衣不解带，任劳任怨地伺候父亲。显然，在二姐的心中，父母始终是父母，那一份情，千山万水隔不断。

其次是兄妹的衬托。从小时候的挥泪送别，到后来的鄙视、嫌弃二姐，“我”、大哥和小弟都已在世俗的大染缸中被染上了自私、虚荣与冷漠。面对自己亲生兄妹的冷漠，二姐没有怨恨，而是一如继往地关心大家。

在其中，我还看到一种丑恶的社会现象，那是人情、亲情的冷漠。二姐一切的苦，都是替“我”受的，可是随着二姐和“我”经济条件和社会地位的愈加悬殊，“我”对二姐不再是感到愧疚，而是嫌弃和鄙视，甚至用肮脏的眼光去看二姐！不知道当“我”穿上昂贵的名牌衣服时，是否想过二姐是衣衫褴褛地度过自己的童年的；当“我”安然自得地下馆子吃大餐时，是否想过二姐是吃芋头长大的；当“我”迁往外国安居时，是否想过二姐正为生计而愁？物欲横流的社会，名利的驱逐，真的可以割断血肉亲情的纽带，使人摒弃良知，使人心装满自私与冷漠！

决非只有文中的“我”是这样，这个世界上，多少人为了名利而手足相残，多少不孝子孙将年迈的父母赶出家门，又有多少人为情妇抛妻弃子……

我们要做的，决不仅仅是抨击丑恶，还要善待生命中的天使。

感动系列

妹妹的“情书”

岁月深处有一支歌

当一切都变成空白,我们才会发现,在人的内心深处,蕴藏着最温馨最甜蜜的情怀——亲情!浓浓血缘,在时光的足迹里放映得很真切!我们总被血浓于水的亲情所感动,那纯纯的温情总是令人泪湿青衫。

我想一个人什么都可以被摧毁,但是心中的信念绝不可以被摧毁。坚定的信念,是一个人站起的基础,坚定的信念,是一个人不绝的动力,坚定的信念,是一个人成功的阶梯。

血浓于水的亲情,无悔的责任,挺拔的信念,伴随着“你们,是我的一切”一起谱写着感人的诗篇。

在智障妹妹的脑海里，亲情永远是她世界的最美丽的彩虹，照耀着她一路走下去。

妹妹长大了

●文/［加拿大］金佩心

方惠珍是一九九六年来到我们家的。她出生时，不能如普通孩子般顺产，是个“产钳婴儿”。她生母只有十多岁，意外怀孕令家族感到丢脸，因此当惠珍从母亲子宫里被产钳用力拉出来，待头部差不多回复应有形状之后，便马上被送到寄养家庭。她的智力也永远只能达到三岁水平。

那时候，惠珍这类人被称为智障者。但在我父母眼中，她仅仅是个需要疼爱的小孩。他们收养过很多孩子，其他孩子不过要短期照顾，只有惠珍一直留在我们家里。

惠珍三岁时到处奔跑，足迹所到之处也乱七八糟，凌乱就像口香糖粘在鞋底一样跟随着她。我们刚为她收拾好一处地方，她又开始在别处捣蛋了。她不停牙牙学语，终于会说话时，就不厌其烦地问：“你去哪？”“你干啥？”“我能出去吗？”我们常叹气说：“唉，惠珍，你真是个讨厌鬼。”

我们一家住在加拿大不列颠哥伦比亚省穆迪港，每到夏季，妈妈一转过身，惠珍就跑到后院旁的公园。她通常会在儿童游泳池边停下来，但如果再往前走几公尺，就会掉到贝立德湾里。

她不会游水，却十分迷恋水，一到水边就失去理智，不能自已，总是张开双臂，在玩水的小孩之间横冲直撞，令他们的母亲大惊失色。惟一能带她回家的方法，是像橄榄球一样夹在腋下，任由她乱踢乱叫。每次我不幸要负责这任务时，在别人怒视瞪眼下总觉得尴尬非常。有时候我会假装不认识惠珍。“她不是我的亲妹妹，”我说，一边转动眼珠，一边希望别人明白我是正常的。

放学后，大我三岁的姐姐宝华得帮惠珍换尿片，收拾她的烂摊子，追她，救她，安慰她。妈妈因为忙于打理家中一切，就指望姐姐帮忙。

看惠珍来我家几年后拍的全家福，可见到她可爱的样子：满头小卷发，是雨后沙滩的颜色，遮盖了不正常的头形。她一只眼睛的瞳孔像个逗点，直望前方；另一只眼目光炯炯，像在想着什么鬼把戏。我有张她穿睡衣的相片，笑容满脸，很讨人喜欢。

每到擦窗户或练习钢琴时，惠珍就笑不出来。擦玻璃的刺耳声和钢琴弹出的"多""来""米"，会令她情绪激动、神经紧张、大发脾气。

每次钢琴老师问我们为什么还没记住D降半音，宝华和我就耸耸肩，以"惠珍受不了"为借口来推搪。

宝华和我都在十九岁那年结婚，留下惠珍一个与爸爸妈妈同住。我们的孩子出世后，她嚷着要抱抱，我们就给她几个洋娃娃，她从此成为家中最认真照顾"孩子"的母亲。她喂洋娃娃吃、帮洋娃娃更衣以免受惊，还会叫我们静下来，以免"吵醒了孩子"。

惠珍二十岁左右，终日不见笑容，恍如风雨欲来，是我们家最不平静的日子。她年龄已经不小，不能再上特殊学校，要转到专为智障者设立的工场工作。她很讨厌去工场，经常发脾气，过分活跃至不受控制，要服的药物也就更多。

社工不了解惠珍的内心，坚持她已经是个大姑娘，不能再玩洋娃娃，令她伤心欲绝。每次她与社工外出上课，接受完"正常生活训练"后回家，都十分生气、暴躁。她的脾性本来就变化无常、难以控制，现在变本加厉，甚至会动粗：她曾经一气之下把妈妈推下楼梯。

医生于是大大加重药量。她从四岁开始，说话就可以滔滔不绝，但现在却变得张口结舌，话少得可怜，发音不清，除了最明白她的亲人，没有人听得懂她在说什么。她转到另一个工场，但每天早上仍害怕离家，吃早餐时会大吵大闹，泪流满面。

惠珍经过几年才逐渐平静，但说话能力再没法完全恢复，只有一个例外：每当她激动起来，说话又会像白纸黑字般清楚。

"这是我妈妈爸爸！"她有时会高声说。我弹的歌曲中出现"多""来""米"，她也会说："别弹了，佩心！"她和我谈电话，总可以准确说出口："文迪怎样！"文迪是我们养的小狗，是她来看我们时最喜欢的玩伴。

惠珍成年后，对别人的感受有很强烈的反应。我们大笑，她笑得比我们更厉害。我们难受，她会感到焦虑，甚至迅速发展到歇斯底里。她集中各人的苦恼，不但感同身受，还加倍表达出来。

有时惠珍会令我很惊讶。有一次，我回娘家照料动完手术更换髋关节的母亲，丈夫打电话来，告诉我一位好友突然去世。我十分痛心。我跟那朋友非常亲密，却连说再见的机会都没有了。

惠珍很自然地体会到我的悲伤，无论我去哪里，都陪伴着我。一天傍晚，我在客厅边铺了地毯的楼梯上独坐，惠珍忽然来到身边，抱着我，头搁在我肩上。“一切会好的，佩心，一切会好的。”她发音清晰，准确无误。我哭了，她则不停轻拍我的左肩。

惠珍成为我家一分子后许多年，我才在心底里把她当做妹妹，而不再强调她只是我的“养妹”。介绍她时，我会简简单单叫她做“妹妹”。她立即注意到其中的区别，还经常提醒我：“佩心，我们是姊妹，对吗？”她有时会以拥抱、亲吻或一句轻轻的“你是我最要好的朋友”来提醒我。

有一天下午，母亲打电话来，声音虚弱，没精打采地说：“社工明天要来家里，和我们商量给惠珍找个新家庭。”她心灵深处的痛楚，经电话线千里传来，在我心中引起共鸣。

社会服务部非常清楚我父亲已经一把年纪了（妈妈八十一岁，爸爸七十六岁），身体虚弱，决定把惠珍带走：为了惠珍自己，也为了我父母。

他们知道惠珍在我家住了三十五年，名副其实是家庭一分子。怎样安置惠珍，他们自然须征询我父母意见，并保证不会匆忙行事。妈妈和爸爸要求，最好把惠珍送到普通基督徒家庭，而不是团体家庭或康复机构。

事情奇迹般顺利。社会服务部找到个完全符合我们条件的家庭，而惠珍拜访了那家庭几次之后，她爱上了她的“新朋友”。她知道那家人喜欢她，接受她，而且还有一条友善的大狗；但她还不知道将要搬去那里长住。

惠珍在我家的最后一个夏季，父母和她开着露营车穿越三个省来探望我。过去九年，我注意到父母和惠珍正逐渐交换角色。惠珍对妈妈、爸爸，以及露营车有强烈的保护欲。她是个一丝不苟的管家：对用什么碗碟很挑剔，经常打扫，并坚持爸爸每天要午睡。她越来越成熟了。

那次来探望我，她显得心事重重，似乎感觉到什么，又似乎要在心里为某些事情做好准备。

回到不列颠哥伦比亚省后，有一天，社工带惠珍去喝咖啡，告诉她，几星期后就要离开父母的家，但保证她仍可以经常回去探望，就像我和宝华一样。那天傍晚，我打电话回去，惠珍说要跟我聊几句。我心里一沉，知道未必可以了解她的说话。但她每个字也说得很清楚，而且流露出无限悲哀。

“我要走了，佩心，我要走了。”接着她把话筒给了母亲。母亲声音很小，说惠珍没吃晚饭。惠珍从来不会不吃晚饭：食物能给她安慰，又永远不会嘲弄她。

我很担心；但惠珍搬家的事顺利得令所有人意外。有时候，惠珍以为旁边没有人看见，会暗自下泪。她不再像以前那样，迫不及待将情绪表露无遗；现在懂得静静地由别人决定她的命运。她以神赋予的力量，表现出令我们刮目相看的包容和成熟。

离家开始新生活前，惠珍选了一些洋娃娃带去新家，把剩下的十个整整齐齐排在床头。临行前，她溜进房间，走到床前，抱起一个她的"孩子"，答应会回来看她；然后逐一抱起其他娃娃，说一遍同样的话，在她们脸上印上亲吻，说深爱她们，叫她们等她回来。

我妹妹方惠珍，是个有颗童心的非凡女人，出人意料地通过了生活中最复杂的考验，像家里其他孩子一样，终于长大成人离家了。

一路走好，妹妹

赏析／吴文斯

人长大后，总需离开父母的怀抱，自力更生。正如鸟儿的羽翼丰硬后，要离开巢窝，飞向蓝天。

看了这篇文章后，我心里有些震撼，而后是祝福，虔诚的祝福这个长大了的妹妹一路走好。一位智障妹妹，她智力也永远只能达到三岁水平，命运的不公让她成为受家族歧视的"产钳婴儿"。她只能像小孩一样，关爱在父母的怀里，直到长大的那天。

在父母的眼中，惠珍妹妹只是个需要疼爱的孩子，不懂事的孩子。但总会有那么一天，她长大了，她不再十分迷恋水，以至看到水就失去理智，被夹在腋下乱踢乱叫；她不再听到"我"弹琴，就情绪紧张，神经冲动，大发脾气；她也不再因跟社工去工场工作而生气、厌烦、暴躁；她更不会动粗气把母亲推下楼梯。她长大了，变得多愁善感，懂得去关心体贴别人。当"我"痛失朋友，未能见最后一面而独坐伤心时，是妹妹来到我身边，抱着"我"的头安慰"我"，"一切都会好的，佩心，一切都会好的"。她有时会以拥抱、亲吻或以一句"我们是最要好的朋友"来提醒我们是好姐妹。那时"我"才从心底把她当作亲妹妹。"我"得照顾她。在智障妹妹的脑海里，亲情永远是她世界的最美丽的彩虹，照耀着她一路走下去。

妹妹长大了，总有那么一天，她要离开我们，她爱上她的"新朋友"。"我"从电话这头听到她心灵的痛楚，流露出无限的悲哀，"我要走了，佩心，我要走了"。妹妹出人意料的经历，通过了最复杂的考验，终于长大成人，离家了。但是，她不会离开我们，因为这个家给予她的，不仅仅是温暖，还有温馨。

这篇文章以姐姐的角度向读者展示了妹妹成长过程中的画面，语言朴实，感情细腻，行文中流露出作者的依依不舍，深厚的姐妹情谊，让读者产生情感的共鸣。

亲情往往会在我们最需要的时候出现，替我们承受苦难。

妹妹的“情书”

●文/玄 圭

我有一个孪生妹妹，她叫尼莎。如你所知，尼莎和我的模样如出一辙：天然的栗色卷发，微笑时露出两个小小酒窝、鼻头调皮地翘着、眼睛碧蓝澄澈。父母认为我和妹妹是上天赐予他们最神奇的礼物，他们也像许多拥有孪生宝贝的父母一样，总是把我和妹妹打扮成一个模样。

但是我认为这样做糟糕透顶。想想看，这世上还有一个和你长得一模一样的人，她时时出现在你身边搅得许多人都分不出到底谁是谁，你必须穿跟她一样幼稚的衣服留跟她一样夸张的发式。更重要的是，我的妹妹尼莎除了模样和我无甚区别外，其他地方根本和我南辕北辙，尼莎性格倔强，什么事都不愿意遵循规则，考试成绩总是排在最后，年纪轻轻居然就有了男朋友！而我，在学习和生活方面都是无可挑剔的乖乖女。

有一次，我在路上被一群学生指着说：“喏，她就是那个和班主任打架的尼莎！”我大声跟他们解释说我是桑托斯而不是尼莎，可他们谁都不相信。还有一个傍晚，我被一个满脸酒气的坏小子堵在楼道口，他说：“尼莎你为什么要抛弃我去找那个混蛋托雷？”我哭着跟他解释说我不是尼莎，那家伙不仅不相信，最后还恶狠狠给了我一巴掌！我每次不幸的遭遇，都是因为我被人误认为是尼莎而带来的。随着年龄增长，我越来越讨厌妹妹，我迫切希望摆脱她的阴影。桑托斯，她和尼莎根本就是完全不同的一个人。

我跟妈妈说想穿一些看起来端庄稳重的衣服，比如说淑女套裙和系带子的皮靴。妈妈却不同意：“尼莎喜欢色彩鲜艳的衣服，再说她也不喜欢穿皮靴的。”她的回答让我觉得很恼火，她分明在袒护妹妹。我大声质问她：“为什么要把我和尼莎弄得一模一样？我为跟她穿一样的衣服感到羞耻！”妈妈听到我的怒吼后很惊讶，不过她考虑了一会儿后，还是同意了我的要求。在十四岁的那个夏天，我终于可以摆脱尼莎的影响，穿上只属于我的衣服，为了在模样上看起来和尼莎有很大区别，我甚至狠下心把一头及腰长发剪成了板寸。日子久了，认识我们的人都知道那个披散一头长发穿色彩斑斓短裙的是成绩一塌糊涂的坏姑娘尼莎，而那个蓄着齐耳短发穿草绿色长裙的，是"五好学生"桑托斯。

尼莎看到我的装扮，在一旁笑我老土俗气。我不理会她，心里想："只要不被人误会成你，就是穿成乞丐我也愿意。"

十六岁那年我爱上了班上的一位男生，思虑很久给他写了情书。那是我生命中第一次对一个男生动心，长长的情书里面我还夹了一张五岁时的照片。信后面也没有落款，我是怕万一被拒绝了也可以装作不是自己干的。

我最坏的打算是，他默默拒绝我不给我回音。但是第二天中午课间休息时，他却大踏步走向讲台，这个混蛋居然要当着全班同学的面，念我给他写的情书！他展开信的时候，那张照片不小心掉了出来恰好被前排的同学捡到了。同学们开始把目光投向我，我想他们仅仅通过照片还不能判断出是我，但是那个家伙举着的情书昭示天下，谁都熟悉我那工整的笔迹。我长期以来维护着的尊严瞬间坍塌，恨不得马上找个地洞钻进去。正在这时，坐在教室后面的尼莎径直走上讲台。她一把抢走男生手上的信和照片，接着甩了他一巴掌。然后，妹妹还展示了她贬人的经典动作，将大拇指竖起来后直指地下，她对那个男生说："你是个小人，我为自己曾经暗恋你感到羞耻！"

尼莎的举动显然让同学们大吃一惊，因为谁也不相信书法最差的她能写出那么工整的情书来。尼莎一屁股坐上讲台，丝毫不为此感到难为情地宣告："不瞒你们，这封信是我花了十英镑贿赂我优秀的姐姐桑托斯代笔的。如你们所知，我亲爱的姐姐一向对我的无耻要求毫无还手之力！"她说得那么轻松随意，看得出来所有人都对此深信不疑。尼莎那么坦然地担当了孪生姐姐带给她的"耻辱"，而她的姐姐桑托斯做不到。

我羞愧万分地低下头，但是心里在跟那个和我长得一模一样的丫头说：从今以后，我会跟你穿毫无二致的衣服留同样飘逸的长发，我会感恩上天赐予我和你一样的生日、容颜，更会和你一起担当人生的酸甜苦辣！

护你不需要理由

赏析／陈光涛

虽然桑托斯与尼莎是一对孪生姐妹，可两人的性格却似乎成了两个极端。妹妹调皮捣蛋，居然敢跟班主任打架。而姐姐无论在行为举止还是成绩上，都是无可挑剔的乖乖女。但由于天生的相貌相似，常常发生张冠李戴的事情。自然使做姐姐的很吃亏，无端地被打，无故地被骂，吃够了妹妹给她带来的苦头。因此，姐姐一直想着摆脱妹妹的阴影的想法也很自然。但那件事让她改变了对妹妹的想法——

在姐姐桑托斯写的情书被公诸于众时，她感到极端羞愧。是她，那个使自己被人打骂的尼莎站起来，背了这个黑锅，并编了天衣无缝的谎言，让众人毫无怀疑。那时候是调皮的尼莎使桑托斯长期以来维护的尊严得以保持，是捣蛋的尼莎使桑托斯仍可以在众人面前高昂起头来。可以想像，像桑托斯这样自尊心那么强的女孩子，如果承受了那次侮辱，她会怎样面对前面的生活！我想她会对生活失去勇气，甚至可以假设她会放弃生活，做出傻事。

因此，我想说，什么都可以不信，但不能不相信亲情。亲情往往会在我们最需要的时候出现，替我们承受苦难。在亲情的指引下做的事，往往是那么的出人意料，不可思议。亲情作为前提，往后的互助无需诘问——为什么帮我？血缘的爱护无需理由。

我也想说，好好珍惜身边的亲情。虽然有时亲情会以某种方式隐藏起来，可总有一天，你会品出其中的味道、寻到亲情的真相！

英雄，无须刻意地装饰，能够恪守职责，能够凭自己的良心把每件事遵从自己的原则办好就是英雄。

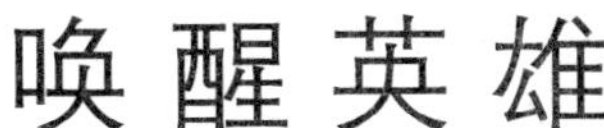

唤醒英雄

●文/凡　夫

中尉军官曾勇在一次出差途中遭遇剪径客，他奋不顾身与歹徒搏斗，终因寡不敌众身负重伤，被送进了医院。曾勇伤得太厉害，手术后三天三夜一直昏迷不醒。富有经验的老主任医师说，曾勇虽然没有了生命危险，但是，如果一直昏迷不醒，很有可能变成植物人。

“难道一点办法都没有了？”

部队首长、战友，包括等待英雄醒来采访的媒体记者们都急了。曾勇是英雄，如果能让英雄说话，能让英雄重返部队，该是多么激动人心的事啊！

“办法不是没有，如果能找到它的主人，也许能唤醒他。”

主任医师拿出了一封沾着英雄鲜血的信扬了扬。众人马上争相传阅，信在每个人手里转了一圈又回到了医师手中，在场的人都陷入了沉默。这是一封没写完的信。

“珍珍：

离开你的这些日子，我心里一直很难受，我没想到那天你会说出那句话。你知道吗？当时我的心有多痛，看着你负气远去的背影，像有一把无形的刀在剜我的五脏六腑……”

信写到这里断了，人们一起把目光投向主任医师，想从他嘴里得到救醒英雄的良方。主任医师又缓缓开了口：“当然，这个法子不一定灵，但绝对不会有害处。现在关键是要找到这个珍珍。因为从信中可以看出，他与这个珍珍关系非同一般，对她那句话刻骨铭心，如果让珍珍站在床前重复那句话，刺激他的脑下皮层，他有可能恢复知觉。”

众人一听很兴奋，都表示愿意帮忙寻找珍珍。尤其是媒体记者更是跃跃欲试。次日，报社、电台、电视台一起发出新闻，珍珍这个名字一夜之间就家喻户晓了。

媒体一炒作，医院也热闹起来，美女爱英雄，医院每天都要接待数十名自称珍珍的人。她们皆对医师陈述一段自己与曾勇有关的感人故事。有的说她与曾勇是同学，从小青梅竹马，后来相爱了，可不久前曾勇换了岗位来到了一个穷乡僻壤工作，她便提出与他分手；有的说曾勇向她求爱，她骂过他"大头兵"而伤害了他；还有的说曾勇与她相爱甚笃，而她爱慕虚荣，去找了个大款……一个个鲜活亮丽的少女，故事一个比一个真切感人，似乎，曾勇是个遍地留情的情种了，但少女们说得动情悱恻，让人不得不信，连一生见多识广，阅人无数的老主任医师也陷入了云里雾里，不知到底哪个是珍珍了，只得一次又一次地陪着感动。可是，令人遗憾的是，却没有一位少女能把英雄从混沌中唤醒过来。

到了第四天，主任医师不知接待了多少个"珍珍"，他对自己出的这个主意也差点失去了信心。快下班的时候，一位容貌出众、举止端庄的姑娘走进他的办公室。

"姑娘，你找谁？"主任医师问。

"我叫珍珍。"姑娘答道。

"珍珍？你叫珍珍？"

"是的，曾勇是我哥。他的那封信是写给我的。"

"你……

"半个月前，我哥回乡探亲，临走的时候，我求他给我办件事。我中师毕业分在城郊一所偏僻的小学教书，我知道哥的好同学的父亲在县教育局当局长，要他帮我求求情……调我回城工作。他当时答应得好好的，可到了局长家门口却不敢进去了，当时我气得想哭，对他大叫：'你这个怕死鬼，我这辈子不认你这个哥哥了！'说完我转身跑了，躲到学校，直到他回了部队才回家，我……我对不起他……"

老医师又一次感动了，他有种预感：这个珍珍说不定是真的珍珍。于是，他嘱咐姑娘一番，便带她来到了英雄的特护病床前，姑娘一见曾勇，就扑上去痛哭失声，老医师费了很大的劲才把她拉起来，示意她按他的吩咐去叫。珍珍镇定了一下，还是带着哭腔叫开了。

"你这个怕死鬼，我这辈子不认你这个哥哥了。"

"再叫。"医师说。

"怕死鬼……"

"再叫。"

"怕死鬼……"

奇迹出现了，曾勇紧闭的眼皮开始跳了几下，身子也在抖动，医师又让珍珍叫了几声，曾勇的双眼终于睁开了一条缝，嘴唇开始嚅动，尽管没有声音，但从他的口型，可以看出他在叫珍珍，珍珍惊喜交加地扑了上去。

"哥……"

老主任医师绷着的脸舒展开了。他含着泪,拉起珍珍,紧紧地握住珍珍的手,目光里充满了感动和慈爱:"谢谢你,珍珍。"

"我哥他……"

"放心吧,他有救了……"

试问英雄谁属?

赏析/崔华文

读后《唤醒英雄》,我脑中浮着的是一个关于"英雄"的概念。何为英雄?我认为像中尉军官曾勇那样的人便是英雄。

英雄无需大肆渲染,只需在恶势力面前敢于站出来与之斗争足矣,曾勇做到了。由于寡不敌众,英雄也难免身负重伤。曾勇在经过三天三夜的手术后,沉默在病床上了。"谁来唤醒英雄"成了迫在眉睫的问题。那些自称是信中"珍珍"的姑娘接踵而至,可结果往往让人们失望,躺着的曾勇依然一动不动。直到第四天,那个称是曾勇妹妹的珍珍来了,她在英雄哥哥的病床前叫的竟是"你这个怕死鬼,我这辈子不认你这个哥哥了!"并由珍珍嘴中得知此话来源的因由,是因为当军官的哥哥没做到去向局长求情把妹妹调回城。读到这,我的心被深深触动。直在胸口感叹——这是一位多么正直的军官!一位多么无私的军官!

作为军官的曾勇是关爱家人的,否则就不会看到他写的给妹妹的那封未完的信,但他爱得极其有原则,是在不伤公事的情况下。他不会因为关系密切而假公济私,他以一种更高的标准来要求自己要求身边的人。这种绝对正直的做法在得不到亲人的认可和体谅的情况下,他当然会心如刀割。欲问英雄是怎么样的,那我告诉你——英雄就像是曾勇这样的!

英雄,无须刻意地装饰,能够恪守职责,能够凭自己的良心把每件事遵从自己的原则办好就是英雄。真的,英雄就是如此简单,能够时时刻刻严格要求自己,不因权利、金钱而使自己心性动摇丝毫就是英雄。每个人都可以像曾勇那样成为英雄,只要你愿意!

他明白自己是哥哥,他要用太阳的光永远洒向是月亮的妹妹。

我是小妹我是月亮

●文/晓　月

妈妈希望有一个高高大大的男孩子,做爸爸的再版,于是,家里就有了哥哥;爸爸想要一个温温柔柔的女儿,做妈妈的复制品,于是,家里就有了我。

小时候,哥哥带我跑步,我跟不上,就哼哼唧唧地在后面耍赖,哥哥便得意非凡地停下来等我:"知道我为什么是哥哥吗?就是因为我跑得快,先跑到这个世界上来了,所以——就做了哥哥。"

刚刚得到自己文章发表的消息,便兴冲冲地跑回家,哥已备好一个大蛋糕等我。"哥,你怎么知道那是我的文章?"(我署的是笔名)哥切着蛋糕,一副漫不经心的样子:"谁让我是你哥呢?"

每次有什么好吃的,哥也总是塞到我嘴里:"你先吃,我是哥哥。"

习惯了做哥哥的小妹,习惯了哥哥的呵护爱怜,却从未想过有一天会长大。长大的我成绩优秀而出色,也许是明晓自己又丑又笨,一无他长,只好埋头发愤,别无选择。长大的哥哥球玩得出色,棋下得出色,也英俊得出色——一米八的个头,宽宽的肩膀,此外,父亲年轻时的棱角与浓眉,母亲的炯炯明眸与高鼻梁,无一例外地被他霸道地一一独占,但哥哥的成绩一点也不出色。"恨铁不成钢"的父亲每每以我作比来训斥他:"做哥哥的竟然还不如妹妹!"虽然我有时竟也会嫉妒哥哥,但我真心地希望哥哥完美,便也常常好言相劝,甚至"恶语相激"。

哥哥最终还是只好到一重点高中读自费;次年,我考入另一所省重点高中;兄妹见面的机会少而又少。假期在一起的时候,一向对哥哥言听计从的我开始学会为一点点小事耍赖狡辩,拒不悔改,哥哥每每在我伶牙俐齿前败下阵来。有一天,难得安静的饭桌上我和哥哥大战糖醋排骨,哥把我最爱吃的脆排骨全拣到我碗里,看着狂吞大嚼的我,他突然悠悠地说:"小时候,有一次妈不在,你饿哭了,我喂鸡蛋给你吃,你也是这副样子的。"我想着自己小时候馋馋的吃相,禁不住皱着鼻子大笑起来,"哥,你还记得我小时候的样子?""当然记得……"哥也笑了,又低下头去,悠悠地说:"小时候,你真听我的话。"

我愣住了,小时候!小时候?长大的小妹真的不需要哥哥了吗?不需要那个仅仅大我十八个月却俨然一个小小保护神的哥哥了吗?不需要那个总是牵着我的小手,在家门口等妈妈爸爸下班的哥哥了吗?不需要那个自己忘掉了帽子却仍一丝不苟地记得给我系好围巾、戴上小手套的哥哥了吗?不需要那个给我捉了一只又一只蝴蝶,汗水涔涔却依然不厌其烦地问我"够不够"的哥哥了吗?

不!不!哥哥,我永远是你的小妹!哪怕白发苍苍,你也永远是我最好最好的哥哥!

以后在校的日子里,无论学习多忙,我都每周写一封信给哥哥,附资料,夹照片,像小时候那样,孩子气地一一尽述我全部的眼泪,全部的欢笑,其中不乏豪言壮语,乃至不知天高地厚的狂妄之言。哥的回信一如既往。"哥相信你!你一向是出色而优秀的!"

高中毕业时,哥拒绝了保送体院的推荐名额,参军去了长春。我临近高考,接到哥哥的来信:"你一向是哥最出色的小妹!傻小孩儿,你问哥你'会不会落榜',哥告诉你:'你会的——如果所有的大学都不招生的话。'你不是喜欢军队生活吗,高考结束后,哥接你到军营来玩。"

我没有让哥哥失望,哥哥却失信了——他没有回来带我去参观军营,只是寄回一大叠照片;照片上,哥穿着空军制服;浅蓝的衬衫,宽大的蓝裤,英俊之外又平添了几分威武。他正忙着报考军校;哥没忘了向小妹祝贺。

寒假,哥哥在除夕前夜才从军校预备班赶了回来。采访的叔叔赞叹爸爸有个好出色的儿子,哥哥回头冲我挤挤眼,"其实,我一向就是很出色的,是吧!以前都是让你给比下去的,小坏蛋!"两周的假期一晃而逝,哥坚持过一天再走。当过军医的父亲还恪守着军队的纪律,催哥哥马上赶回部队:"早一天是走!晚一天也是走!你不是军人吗!你不是说去锻炼自己吗?怎么还这么散漫?"哥低头沉默半晌,目光转向我,说道:"可明天是元宵节。""月圆时节伤离别。"我认为我理解哥哥的心情。

爸爸和哥哥在客厅里"谈判",我缓缓地退出到哥哥的房间,帮他整理一下东西——我深悉父亲的脾气,他向来是说一不二的。

哥哥的枕下是一本绿缎面的笔记,随手翻到最新的一页,一根银链坠着一枚银月亮滑落到床上——"……明天是元宵节,是晓月的生日,爸妈说是月亮送给他们一个女儿;而我是在太阳射回北回归线的那一天出生的,爸妈说是太阳赐给他们一个儿子,那么就注定,太阳一生都要把光洒向月亮。爸妈放心,我会永远爱护小妹的,毕竟我只有一个妹妹,世界上只有我们两人的身体是流淌着一模一样的血。

明天，我要在月亮升起，小妹十七年前出生的时刻，送给她一枚银月亮，并问她要不要太阳的光，尽管，她自己已是一个优秀且出色的孩子而且一心想做太阳……”

我把银月亮紧紧贴在脸上，热泪滚滚而下，“哥，我愿做月亮！”

幸福的小妹

赏析／周永德

淡淡的文字，却有着浓浓的情意。作者通过向我们展示日常生活当中兄妹之间一件件令人产生共鸣的小事，让我们看到了一个犹如慈父般的兄长和一个幸福的小妹。我们知道，伟大的爱并不一定要用惊天动地的举动来诠释，有时它仅仅需要一个浅浅的微笑、一句关怀的话语或是一声祝福。

文中的哥哥很令人触动。他明白自己是哥哥，他要用太阳的光永远洒向是月亮的妹妹。妹妹的文章发表了，他早已备好蛋糕在家中等着；妹妹饿了，他像妈妈一样一口一口喂妹妹吃鸡蛋；妹妹要高考了，他的信一封一封地从遥远的东北送到妹妹身旁，给她祝福，给她鼓劲。妹妹成大了，不像儿时那样给哥哥牵着手在村口等爸爸妈妈下班归来了，但哥哥却还永远是妹妹的哥哥，是她牢固的靠山，是她受伤时的避风港，是她温暖的太阳。不管妹妹走到哪里，哥哥的祝福永远追随着她，保她平安，让她快乐！

由此在感动中又想到自己的妹妹。记忆中的妹妹总是那么善良和温和。记得小时候，我和妹妹经常是两个人在家，父母不在，可是家里一切都是妹妹争着做，做饭、洗衣服，全是她一个人包了，而我却只顾着玩，经常是不见踪影，更别谈做家务了。父母经常对邻居说：“多亏有了这个女儿！”是啊，多亏有了这个妹妹，这个好妹妹！如今，我在外读书寄宿学校，很少有机会回家，心里老是觉得离开了妹妹就好像缺少了什么，空空的。待到偶尔有机会回家，妹妹也总会问我：“哥，衣服要洗吗？我帮你洗鞋吧！”吃饭的时候，她总是把最好吃的全部给我，并说：“哥，多吃点，这个你最爱吃了。”每当这时，我总想不出应该怎样回应妹妹，心很酸，因为我是哥哥啊！我的眼眶湿湿的，再也说不出一句话。回校时，妹妹也是早已帮我收拾好东西，偶尔还会塞上两个苹果在包里。有时我想，假如真的有一天，我永远地离开了妹妹，我会怎么样？我该往哪儿去呢？我不敢想下去，这太残酷了，残酷得让人窒息。

妹妹比我高，因此别人总会认为我是弟弟。是啊，有时我真的像一个小弟弟！但我没忘记我是哥哥，是我小妹的哥哥，我疼我的小妹，就像疼爱我自己！

当生活在都市的富家子弟在想着如何愉快地度过最后的暑假时，贫困地区的子女却在做着痛苦的选择。

八月的阳光

●文/陈玉龙

一进八月，小夏和小秋天天去村前的大路边盼信。土路上的尘土很厚，八月的阳光煮熟了那层泡沫，赤脚踏上去便会燎起几个水泡。

终于有一天，盼来了信，两封。小夏一封，小秋一封。两人急着看了信的封面后，又互看了对方的。小夏说："京城的，比我的好。"小秋道："上海的，也不错。"兄弟俩将半个月来的焦躁一起用欢笑发泄出来。

小夏拆信，小秋也拆信，忘了头顶上的烈日。小夏一惊，小秋也愣。

后来兄弟俩半喜半忧地回家，将通知书念给父母听。父亲说："上大学要这么多的钱？"母亲只叹了口气。

八月的乡村，最富裕的是阳光，而最贫穷的是金钱。棉花还没到上市的季节。

父子仨兵分三路，到晚回家，所筹措的钱还不够费用的十分之一，兄弟俩上学掏空了家底，家里没什么值钱的东西了。母亲只好把一头正在长膘的猪卖了。

八月的日子越来越少，小夏和小秋的上学费用仍差一大截。那天，他们去了学校。校长和班主任都非常同情，但也无能为力，只好以学校的名义写了封信给乡政府，请他们想办法。

当父亲在烈日下奔波了三天捧着由乡政府出面借的两千元贷款回到家里，一下子仰面倒在地上，昏了过去。十天来的劳碌和心焦，使这个在太阳地里劳作了半个世纪的硬汉子也趴下了。

上学的费用还不够一个人用的，八月的日子所剩无几。

没想到这天邮递员竟送来了一张汇款单，一千元，学校来的。附言栏里只有几个小字："祝贺！全体教师捐赠。"父亲从床上爬起，母亲赶紧将汇款单递过去，父亲的嘴唇嚅动着，发不出声音。

费用还只够一个人的，日子不会停留，小屋里的人立刻意识到事情的严峻。三个人的目光一起盯着床上的父亲。父亲忽地一骨碌坐起来，说："现在只有一条路，你们也都懂事了，自己决定吧。要不，抓阄也行。

小夏和小秋顿时像两尊雕塑。

像是经历了一个世纪，小夏抬起头说："小秋，你去吧，你的学校好。"小秋也抬起头："不，我比你年轻一岁，哥，你去吧。"

这时谁也没注意小夏一个微小的动作。他把手伸进衣袋，摸出那张录取通知书，撕个粉碎。小秋醒悟过来后，一下子跪在地上："哥！"泪水夺眶而出。

八月的最后一天，小夏带着二百元路费出了门，他去南方打工。父母欠下了许多债，小秋在学校还要许多开支。八月的阳光压在十八岁少年小夏那瘦小的身上，很沉很沉。

八月的阳光下，小秋站在村头的土路旁，看着那泡沫似的尘土上那一行深深的脚印出神。

刺人心痛的希望

赏析／谢永洁

这是一篇发人深思的文章，因里面有份刺人心痛的希望。读罢，热泪盈眶。那灼热的泪水如八月的阳光烫得眼睛发痛。

八月的阳光是毒辣的，似乎在考验着人们什么，却也像春风那样给人们带来希望。小夏和小秋兄弟俩同时接到了大学通知书，当喜悦还来不及分享时，却为学费陷入了困境，"八月的乡村最富裕的是阳光，最贫穷的是金钱"。家徒四壁的他们将猪买了，又四处筹钱，加上教师的捐赠，乡政府的贷款，才勉强够一人的学费。"八月的日子越来越少"，父亲心痛的说，抓阄。当哥的小夏不愿接受命运的摆弄，他撕碎了通知书，撕碎了大学的梦，用自己的勇敢作出了自己的选择，毅然成全了弟小秋，南下打工。他们都想上大学，然当残酷的现实摆在面前时，小夏理智地下了决定，珍惜这份刺人心痛的且需要做出牺牲的希望，将这份来之不易的求知机会让给了弟弟。这里面需要的是多大的勇气呀！生活是不公平的。跟衣食无忧的同龄人相比，他们的故事是令人心酸的。他们是生活中的不幸者，然而他们却不愿做生活的懦弱者，他们要自强不息。因此，他们选择性地抓住了改变命运的任何一丝机会，以二选一的原则实现了上大学的梦。他们是生活中的强者，永远也不愿向生活低下高贵的头颅，不愿向命运低头，保持着对生活的尊严，做扼住生活咽喉的勇者。

八月的阳光里有着很多类似的故事。当生活在都市的富家子弟在想着如何愉快地度过最后的暑假时，贫困地区的子女却在做着痛苦的选择。所以我想如果我们的爱心能均匀得分配出去，至少会减少很多不必要发生的悲剧。现在，八月的阳光依然是那样的刺人，但我想不久的将来，八月的阳光，对像小夏小秋那样的他们来说，会是一个很好的度假时间了。

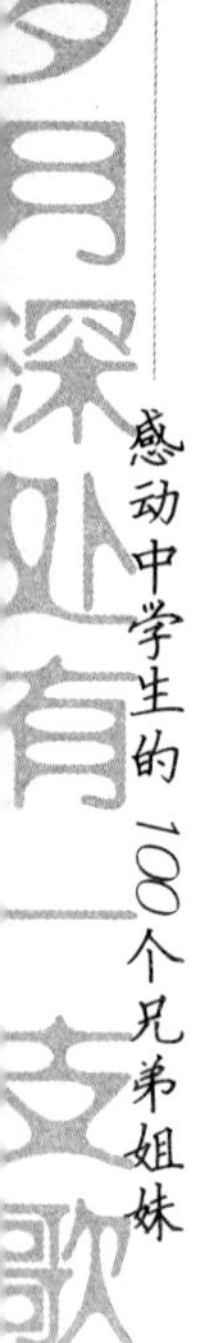

爱的包容，其魅力在于尽管被包容的人一时三刻没转变，日复一日的感化也能使他渐渐改变。

那时糊涂

●文/积雪草

在我很小的时候，父亲就去世了。

在我的印象之中，我童年时头顶的一片天是大姐撑起的。在这个没有父亲的家庭中，大姐的位置和作用是没有人可以替代的，家中每逢大事小情，母亲总是用商量的口吻和大姐讨论着，属于男人的体力活儿也由大姐来完成，一切都好像理所当然。

那年，我没有考上大学，赋闲在家，整天无所事事。隔三差五还到夜总会去"蹦迪"。

有一天，大姐在震耳欲聋的音乐声中找到我说："你去学开车吧！"

我玩世不恭地说："学那破玩意儿有什么用？"

我一句话便把大姐噎住了，她眼里隐隐有泪光闪动，好半天才说："姐给你买了辆车，已经办好了出租牌照了。你这么大的人，也该干点儿正事了。"

大姐的口吻越来越像妈妈，唠唠叨叨的我有些厌烦。

我就这样被大姐逼着学了开车。大姐给我车钥匙那天郑重其事地对我说，我只有两点要求：第一要注意安全；第二不管你挣多挣少都要交给我一点儿钱。

有了车我也并没能勤勤恳恳、本本分分地做事，开快车被警察逮着了，收了本，顿时觉得昏天黑地。我大姐到局里给我要本；她起初没给我什么好脸色，但我会缠她。我说："姐，咱家就属你对我好，这事也非你不行，你就找人帮我说说情吧！"

我看着她背着她喜欢的黑色小挎包，在雨天里，撑着一把断了骨的旧南伞，一步一步消失在窗外的马路上。当时我并没有良心发现。

后来我把车借给了一个最好的朋友，朋友在夜里驾车去一个小镇，由于疲于奔命，回来的途中不小心撞到一棵大树上。可想而知，我的车除了四个轱辘完好无损外，车的前半部分以及挡风玻璃全都面目全非。我以为这一次大姐无论如何都会狠狠地说我几句，我作好充分的思想准备，等着她骂我个狗血喷头，可是等了一两天，她并没有说我一句。她说："车坏了不要紧，只要人好好的没事，就是最大的安慰了。"这时我心里多少有些不安。

第二年，我又犯了一个不可原谅的错误。酒后开车，撞了人还"穷横"。当时我并没有十分的害怕，也就是赔人家一点医药费的问题。可是，这一次大姐她十分恼火，赔了人家几万块钱，事情了了，她还是收了我的车钥匙，并且到车市上，赔了好几万块钱把车给贱卖了。我也恼了，不能理解她的做法，跑到她的家里，跟她大吵了一架。

我强词夺理地说："你不就心疼那点儿钱吗？你每年奖金就十数万，你也好意思心疼那点儿钱。"

她气得嘴唇哆嗦，脸色苍白，一句话也说不出来。那时她大学毕业后在外贸公司做事，效益好得不得了，很多人都眼红。她的车我开了两年也并没有给她 1 分钱。

我负气而去，再没和她说过一句话。一辆车成了我和她之间永远的痛。

后来回家时，听母亲断断续续地跟我说了一些她的事。我终于明白，大姐当初是担心我空闲时间太多怕我学坏，于是狠心花了十几万块钱买了一辆车，办了出租的牌照交给我。所谓的交给她一点儿钱，也只是为了约束我不乱花钱。现在把车卖掉，实在是怕我再有意外。

我听了之后默默无言，我心中明白，大姐仍然是这个世界上最关心我的人，她再有钱，也不是大风刮来的，是辛辛苦苦一单一单做下来的。

那之后，隐约听说她从外贸公司辞职了，我替她惋惜了好长一段时间。听说她又开了一家私人的外贸公司，做得很有规模，心中略感安慰，同时又替她担心。姐夫是走仕途的人，根本没有时间和精力来帮她，再能干的女人也是女人，需要亲人的帮扶。

再后来听母亲说，二姐的女儿在帮她，我略微放下心来。谁知好景不长，二姐的女儿竟是别有用心，在她那儿干了一段时间后，把她大部分的客户卷带跑了，另外支起了一摊，和她对台打擂。大姐的伤心是可想而知的。

有一次在母亲家里遇见大姐，我的心竟有些颤抖，大姐秀气的脸庞上已经有了细细的皱纹和淡淡的倦意，头发散乱地掖在耳后，她的身上并没有成功女人的气度和从容。她的客户大部分都在国外，常年飞来飞去的，三十来岁的人，已经见老。

我有心跟她说句道歉的话，看她脸上淡淡的样子，怎么也说不出口。其实在我心中何止跟她说过百遍。可不当面向她道歉，我就永远无法为当初的偏激和任性找到合理的出口。

我终于鼓足勇气，对大姐说出了埋藏在心底好几年的话。我说："大姐……那时我年轻、糊涂，你见谅。"

大姐淡淡地笑了，说："就这事啊？我早忘了。"

我一时有些动容，原来心里有爱的人，是只知道付出，从不问回报的。

我终于和大姐和好如初。

用爱包容

赏析／曾乐乘

谁都有过年少无知，谁都有过一时糊涂。心灵成长是需要时间的，而在人的成长过程中犯下的错误，是需要包容的。

我想，文中的大姐，是个刚强的人。但她，同时也以最伟大的温柔，包容着她无知的弟弟。"我"只是因为年少，不知世事艰辛，"我"只是一时糊涂，"我"并不坏，"我"只是会制造乱子，所有的一切，都显示"我"是个让人头疼的人。大姐的每个举动，买车也好，卖车也好，都是为了自己深爱着的弟弟。因为对弟弟的爱，姐姐可以包容他的一切不是，为他排忧解难，即使被弟弟误会、责骂。

真正包容就是：为了爱着的人，义无返顾去为他着想。自己所记得的永远都是要去为他干什么，而不是已经为他做了什么。大姐为了自己的弟弟，呕心沥血之后，只是默然去完成其他的事，不需要弟弟铭记于心，不需要弟弟知恩图报。她的包容，目的只是为了使弟弟在糊涂的日子里平平安安，为了使他在糊涂过后可好好地生活，而不是恨错难返。

爱的包容，其魅力在于尽管被包容的人一时三刻没转变，日复一日的感化也能使他渐渐改变。只要有足够的时间，足够的耐心，爱就可以让他所感知，让他可以为爱所感化。

"对不起，我只是一时糊涂。那个时候，我错了。"

把这句话送给用爱包容我们的人吧。是"它"，在我们糊涂之时，为我们的生活铺成一道路，让我们一路走好。

浓水的亲情，无悔的责任，挺拔的信念，伴随着"你们，是我的一切"一起谱写着感人的诗篇。

长兄如父

●文/孙学敏

去年九月一日，许国春以路南民族中学状元、省级三好学生的身份跨入了云南省最高学府——云南大学的校门。他含泪向送他入学的兄长道别，久久地注视着那个远去的瘦弱的背影，泪水夺眶而出。

这位如父般的兄长叫许国清，年仅二十三岁。三年前，家庭变故将他推到了苦难的边缘，从此，他那年轻的生命便承担了对一个家庭的责任，承担了养育弟妹，培养他们成人的责任。

一九九一年五月二十一日，许国清年仅四十四岁的父亲因病医治无效，撒手离开了人间，临终前，他把妻子叫到床前，"我不行了，留下的就是两头牛、一匹马、两头猪、三十多只羊，还有这五间房。老母和孩子们全托给你了，望你看在夫妻情分上，给老母送终，把孩子抚养成人……"支走妻子，他又把年仅二十岁的长子许国清招到眼前，"儿子，我死以后，长兄为父，你要好好撑住这个家……"许国清此时早已泪流满面，父子相对无言。

然而仅仅几个月后，许国清的母亲还是带着大妹离开了山高路险、贫穷苦寒的树密寨，远嫁他乡，还带走了家中不多的存款，年逾古稀的奶奶病愤交加，溘然长逝，许国清悲愤落泪，卖羊卖马，在无情的冬季安葬了奶奶。

短短八个月的时间，许家少了四口人，眼看着一个曾经完整的家庭坍塌下来，许国清一脸茫然，他想到了远走他乡，也想到了死，但弟弟妹妹们仿佛像迷途的羔羊，正可怜巴巴地看着自己，大弟许国春，在三十多公里外的县民族中学读高一；小弟许国斌，年仅九岁，刚读小学二年级；小妹，许国芬，十一岁，在读小学四年级。

"哥，家都这样了，你还是让我退学吧，退了学，咱俩一起抚养弟弟妹妹，供他们上学。"夜深了，许国春压低了声音请求哥哥，这已经不知是第几次了。

"不行，说不行就是不行。你已经快成器了，怎么能半途而废？"许国清不耐烦了，话中带着火气。

这一夜，许国春又流泪了，他知道哥哥的脾气，他更明白，世上没有比哥哥更好的人了，他要以自己的优异成绩来报答自己的兄长。

清晨，别的同学还在梦乡，许国春已经开始了晨读；夜晚，晚自习后熄了灯，他时常又悄悄地燃起了蜡烛；星期天、节假日，别的同学回家的回家，游戏的游戏，惟有他匆匆洗完衣服便夹上书本来到校外，在田埂上、树阴下一呆就是半天。

许国春不敢回家，他并非不想念哥哥和弟弟妹妹，他没有路费。他知道如果回家，哥哥便又会四处奔走，为他借返程的路费。哥哥的衣衫一次比一次更破旧，他实在不忍，他的心痛得很厉害。读高中期间，他舍不得看电影，最大的奢侈便是买蜡烛，即便如此，每捧回一包标价一元八角的蜡烛，他都仿佛看到了哥哥在日益劳作中不断消瘦下去的脊背，而每到这时，他总是想偷偷地流泪。

很快，班主任、科任老师发现，原来成绩平平的许国春越来越沉默寡言，而成绩却直线上升，到高二，数理化总成绩已跃居年级第一，物理成绩居全校榜首。参加高考时，物理成绩高出本校第二名六十多分。

许国春心里明白，这一切，他都是为了报答哥哥呀！为了供弟弟妹妹上学，许国清承受了常人难以忍受的困苦。

许家有十多亩承包的责任田，如今这田，只靠他一个人耕作。每到播种季节，旁人家总是一人赶牛犁地，一人相随播种，而许国清，只是形单影只的一个人。

一个冬春又一个夏秋，许国清在这些田里日出而作日落而归，但这片田不足以养活他兄妹四人。为了增加收入，他压缩种粮面积，种植了一些烤烟，别家的烟收获了，用马驮着去卖，他只能用肩挑。崎岖的山路凹凸不平，他深一脚浅一脚默默地前行。

他没有条件为自己追求什么，衣服能遮体就行，肚子不饿就行，衣被破了，他要拿起针线自己缝补，到了成家的年龄了，同龄人已经携妻抱子，而他依旧守着这几间破房子，尽心尽力地给弟弟妹妹营造一个贫寒但属于自己的窝儿。

然而他仍然力不从心。三年过去了，大弟许国春考入了大学，许国芬考入中学，许国斌也考入了寄宿制高小读六年级。他们都成长起来了，许国清心里感到了前所未有的幸福和欣慰。然而，一种前所未有的悲哀也笼罩了他。弟弟妹妹们都将住校，家里只剩了他一个人。而且，这将是一笔多大的开销呀，家中早已四壁皆空，惟一的财产只剩下一头耕地的老牛。

八月十九日，是许国春拿到大学录取通知书的日子，这一夜兄弟俩久久无法入睡，他们谈到了这几年的生活，谈到了眼前的艰难，也谈到了未来的希望。

二十日一早，国春奔县城拿录取通知书，国清奔四村八寨去借钱，为弟弟凑学费、盘缠。当国春从老师手中接过通知书，他被要交一千一百七十元学杂费的数字吓懵了。

从树密寨到县城三十多公里，从县城到树密寨又是三十多公里，许国春心急火燎赶到家时，哥哥还未回来。看着弟弟妹妹欣喜若狂的样子，许国春苦涩地笑着，他知道爹死娘嫁人之后的三年多，弟妹从没有今天这样高兴。当哥哥垂头丧气回到家时，许国春不问也知道结局。这一夜，哥俩愁得无法入睡。"明天我再去借，会有办法的。"其实他也知道，明天不一定有希望。一天、两天、三天……国春报到的时间逐渐临近，国清四出借钱毫无收获。"哥，我不读了，树密寨的人没大学文凭不是照样活着，让弟弟妹妹读吧！""胡说，别人想读人家都不要，你考取还不读，就是卖牛，卖房子也要读下去！"许国清借债无门的消息，不几天就传遍了树密寨村。消息惊动了一个人——高金明。

现年三十八岁的高金明，一九七六年从师范学校毕业后便当了老师，四年后调到树密寨村小学任教。十多年来，他曾有三个得意门生走出山寨，迈进了大学校门。许国春是他的学生，是他认为会有前途的弟子。得知弟子无钱上学时，高老师连夜和妻子商量，决心助许国春一臂之力。

八月三十日，高老师将整整一千元人民币交给许国清，要他尽快送弟弟去上学。看着这雪里送炭的救急钱，兄弟俩哭了，泪水哗哗往外流。八月三十一日，许国清带着弟弟许国春翻山越岭，来到十多里外的徐国村的高老师家，向恩师辞别。九月一日，高老师和许国清把许国春送到了昆明，送进了云大。

安顿好弟弟，许国清马不停蹄回到了树密寨。这一夜，他又被钱困扰得无法合眼：明天，妹妹许国芬要到大可中学报道，需要钱；后天，弟弟许国斌要到岩子脚小学读书，不但要钱，还得交米。钱，成了他魂牵梦绕的上帝。

"哥，我们报到去吧。"天一亮，妹妹就催哥哥。"明天去吧，哥今天有急事。"安慰好妹妹，许国清又出门去借钱。妹妹哪里知道，哥早已囊空如洗，债台高筑，借贷无门。

所幸妹妹考入的大可中学得知许国清家的困境把欠交的一百余元学杂费免去，许国情感激地连连道谢，送走妹妹，他又扛上米和行李，将小弟许国斌送进了寄宿制小学。临别时，还忘不了连哄带吓，"你不好好学习，哥不给你送钱和米。"见小弟连连点头，他才放心地离开学校。

弟弟妹妹们又纷纷进了学校，许国清孤身一人守着空荡荡的房子。静听着那与他做伴的老牛嚼草的声音。记者问他，"你家这样困难，为什么还要供弟妹读书？"

"再难也要供，为了弟妹我情愿牺牲一切，即使借债、卖家产、不成亲，我都心甘情愿。我们没有了父母，我要做一个最合格的哥哥。”

黑夜再长，白天总会到来；寒冬再长，春天总会到来。许国清兄妹已经走过了漫漫长夜，正向灿烂的明天走去，尽管前面的路依然坎坷……

你们，是我的一切

赏析／家连

读罢此文，我想所有读者都能感受哥哥心中那份灼热与坚定的追求与信念。

“你们，是我的一切”，哥哥是这样想的。爸走了，妈改嫁了，大妹跟妈走了，奶奶永远闭上了眼睛……现在最亲的人是谁啊，是才十九岁的作者和十一岁小妹啊！因此，哥哥会想：我要用我的生命去爱你们，保护你们！这就是亲情，血浓于水的亲情！

曾几何时，两个星期过去了，我在学校忘记打电话回家，妈突然莫名其妙地打电话找我，说：“怎么那么久都不打个电话回家，不知道妈担心的吗？”当时我不明白妈妈的唠叨，两个星期好久吗？在学校有什么担心的？其实我是妈妈身上的一块肉，我身上流淌着的是妈妈的热血，我是妈妈的最爱！自从那次我自己的一位哥哥悄然抛下我妈也到另一个世界后，我就是我妈的命根，我是我妈的一切啊！亲情的力量是胜过一切的。文中哥哥对弟妹的亲情也像母亲对我的唠叨那样浓烈，他对弟妹的爱是远远超过他自己的生命的。

“你们，是我的一切”，哥哥是这样呼唤的。临终前，爸爸那令人心碎的嘱咐永远刻我在心中：“儿子，我死以后，长兄为父，你要好好撑起这个家……”。爸爸的重担，重重地压在了哥哥柔嫩的肩上啊！哥哥会想：爸爸的意愿是我的责任，我一定会让爸爸安息的。试问，一个人的生命仅仅属于他自己吗？不，永远也不是那样的，他是他爸爸妈妈的，他是所有他爱的人的。而文中的哥哥呢？他的生命是属于他爱和爱他的人的。不因什么，只因肩上的责任。

我想一个人，什么都可以被摧毁，但是心中的信念绝不可以被摧毁。坚定的信念，是一个人站起的基础，坚定的信念，是一个人不绝的动力，坚定的信念，是一个人成功的阶梯。

浓水的亲情，无悔的责任，挺拔的信念，伴随着“你们，是我的一切”一起谱写着感人的诗篇。

亲情,永远是疗伤的最好良药。

南北姐弟亲

●文/博 远

一

姐:

您好!小弟今日来信告急,请您和姐夫看在死去的父母面上,一定要救救我。前几日台风路过此地,我苦心经营的小店毁于一旦,请设法寄我五千元,修复店铺,脱离困境。姐,务必办到,否则,离家出走的小弟,便无生还的希望了。

姐,希望看在姐弟的分上帮帮我。过去我没听您的话,高考落榜,没进乡镇企业,我是想自谋职业,走一条我自己的路啊。如果您没有消气,就再臭骂我一顿吧。

自谋职业的弟弟
91.6.30日于南方

二

亲爱的姐:

光阴荏苒,转眼间已过去一年了。今日来信告诉您一个好消息。您眼中我这个"没出息的东西"如今发了,有了自己的事业了。这里有着您的一半功劳。

姐,对不起您。去年我向您要钱说了谎。其实,我用那五千元办起了经济信息服务部。我当时不敢实说,怕您担心,不愿帮助我。姐,请代我向姐夫表示歉意。

汇款一万元,请查收。

梁栋外甥读初一了学习好吗？转告他，舅舅将来会为他找一份好工作的。

您的弟弟
92.7.8 于南方

三

亲爱的弟弟：

汇款收到。我们很高兴你事业的成功。你为了事业说谎，我们不怪你。其实，我们早就知道你在说谎。你来信要钱，我们这里正闹水灾。你姐夫天天看中央气象台预报，你那里根本就没有什么台风。弟，你知道那五千元是什么钱吗？闹水灾，家里的房子倒塌了，栋栋也死于意外。那是三千元房屋保险赔偿金和栋栋的两千元意外事故保险费啊！弟弟，好在你没有辜负这笔生命钱。

弟弟，事情过去一年了，你也别再挂在心上，一心干好你的事业。我和你姐夫都谋了第二职业，工作和生活都很充实，也很开心。东方风来满眼春。你别担心我们。

弟弟，我们很想念你，希望你今年春节能回来。

祝你的事业再上一层楼。

你的姐姐及姐夫
92.7.16

心灵深处，亲情告白

赏析／李俞锋

简短的三封书信，却让人感动不已。即使千山万水，也隔绝不了姐弟间的浓浓的亲人情怀。姐姐那颗如慈母般的爱弟之心，将永远高挂上天，照亮着一个又一个年轻读者的心灵。

文中的姐姐，是一个将爱无私奉献给弟弟的凡人，也是一个爱的天使。她总把自己那颗火热的心安在弟弟身上。可以想像得到，那段日子，水灾成殃，房屋倒塌，爱子匆匆离去。伤心的她每天以泪洗脸，空寂的心灵在等待着一种远方的抚慰，那是在等待远方弟弟的平安信鸽。然而，等到的却是闯荡社会的弟弟来信告急，要求资助。

原以为悲伤的心能得到一丝安慰，可它又被割裂了，她日夜为弟弟担忧，寝食不安。即使弟弟的告急为假，悲痛欲绝的姐姐并没有任何怨言，没有责怪弟弟，反而二话没说就把房屋保险赔偿金和爱子意外事故保险费全部寄给弟弟，一心只盼望弟弟能平平安安。实际上，她比弟弟还迫切需要别人的帮助。一个很平常很微弱的声音，却道出了她多年来的苦苦思念情怀：不需要什么荣华富贵，不企盼什么好日子，只要大家平安健康的相处一起。

长姐如母。姐姐的爱是甘露，是我们成长的甘泉，是我们在成长路上的港湾。因为有它，我们在无助彷徨的时候，可以让心灵有个避风的港口。亲情，永远是疗伤的最好良药。

当一切都变成空白，我们才会发现，在人的内心深处，蕴藏着最温馨最甜蜜的情怀——亲情！浓浓血缘，在时光的足迹里将放映得更真切！

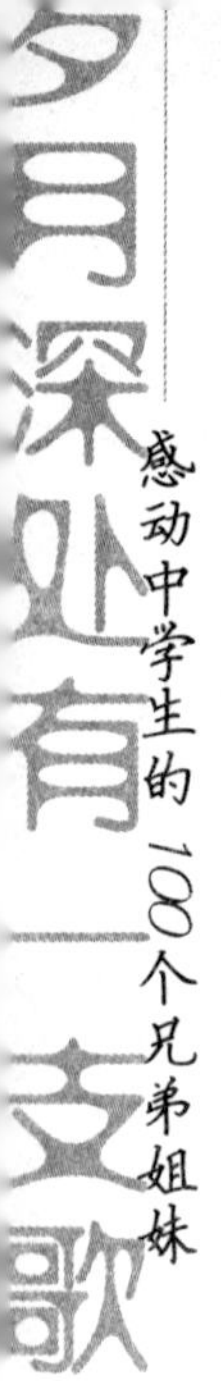

平凡的人物，平凡的举动，平凡的细节，但扣人心弦，耐人寻味，始终让人的心仿佛接受了一次人性的洗礼般清净。

背书的女孩

●文/金　波

因为照顾小弟小妹，姐姐十二岁那年才开始读书。姐姐读书很用功，每天放学回家后，她总是一边干家务活儿一边背书，满屋子里充满了她流利的有节奏的读书声。

姐姐上到三年级时，父亲突然卧床不起。那时我们都还小，全靠母亲一个人来支撑这个家。一天，一位好心的邻居来劝母亲："让你家大妮子回来挣工分吧。"正在剁猪食的姐姐听到了这话，背书声戛然而止，一走神儿，菜刀将手指头砍了一道血口子，却顾不上疼痛，焦急地望着母亲，喊："妈……"母亲看了一眼姐姐，摇摇头说："妮子读书这么用功，咋忍心不让她念呢。"从此，姐姐更加勤奋更加用心地读书了。

早上，姐姐和母亲一齐起床，母亲去挣工分，姐姐就收拾屋子，做饭喂猪，给小弟小妹穿衣服；晚上，母亲坐在油灯旁纺棉线，忙完一套家务的姐姐就趴在油灯下写作业、背书，还给母亲讲课文里的故事。

因为劳力少，家里口粮越来越少，锅里的粥也越煮越稀了。为了给父亲治病，家里欠下了一大笔债。这时，七岁的我也开始上学了。

舅舅见我家的境况如此凄凉，将母亲数落了一顿："为啥还不让大妮子回来挣工分？"

"手心手背都是肉，我咋舍得？"母亲红着眼睛说。

"女娃终究是别家的人，读书有什么用？"

母亲望了一眼姐姐，哭了；姐姐也哭了。但十五岁的姐姐已经懂事了，她知道一切已无法挽回，就强作笑脸对母亲说："妈，我回来吧，迟早要回来的……"刚说完，她就扑在母亲的怀里放声痛哭。

哭过后姐姐将书包收了起来，开始上工去了。第一次上工前，姐姐将她写剩的作业本塞进了我的书包，叮嘱说："弟，替姐争口气。"然后将我送上路。以后，每次放学，姐姐问我的第一句话就是："弟，今天的课文又讲到哪一节了？"接着就逼我去写作业。

晚上，检查完我的作业后，姐姐一边纳鞋底，一边背《农夫和蛇》，那是她学的最后一篇课文。"从前，有一个农夫，在路上看见一条被冻僵了的蛇……"母亲听了，难过地说："妮子，别背了。你一背书，妈的心里就不好受。"姐姐就躲着母亲背。有一次，姐姐正在背书，被母亲撞见了，母亲"呜"地哭了。姐姐见状连忙说："妈，我是瞎背的，背书没有一点儿意思。那位农夫真傻，那条蛇真狠毒……真的，我以后再也不背了。"母亲却哭得更凶了："妮子，别说了，你越说娘心里越难过……"母女俩又抱头痛哭了一场。

哭过之后，姐姐狠狠心将书烧了。从此，再也听不到姐姐的背书声了……

一晃十年过去了，这时姐姐已是一个三岁女孩的母亲。姐姐虽然才二十六七岁，却被太阳晒得满脸黝黑，被体力劳动磨炼得粗手大脚。姐姐虽然文化有限，但一直关注着我的学习成绩，为我的每一次得高分而骄傲，也为我的偶尔落后而着急。这一年，高考早已恢复，我有幸考上了一所师范大学。全家人高高兴兴地为我庆祝了一番。姐姐比谁都高兴，她用她家最好吃的东西招待我，还给我赶制了棉鞋和棉袄。我家离车站比较远，上路那天，全家人一起送我。但不久，姐姐便接过行李，对其他人说："你们都回去吧，我一个人送弟一程。"

姐姐背着行李，轻轻快快地行走在窄窄的山路上，似乎又回到了背着书包、领着小弟小妹上学的童年。

走着走着，姐姐突然问我："弟，你还记得《农夫和蛇》的课文吗？"

我说："那是多少年前的事，我早忘了。"

"我还记得。"姐姐说，接着又用十年前那种背书的节奏，给我一字不漏地背了一遍。

"姐，你的记性真好。"我由衷地赞叹道。

"我有空就背，一年总要背上几遍。"姐姐说。

"姐！"我想起了往事，便低下头，"本来，你也能上很多的学。"

"别说了。"姐姐异样地笑了笑，眼睛闪过一道莹光。"弟，我有一个要求，你答应不？"

"答应，答应，你快说。"

"姐这辈子没什么文化，等将来你外甥女长大了，你好好帮她一把，让她也考上大学，好吗？"

"一定一定……"我发誓说。

车徐徐开走了，姐姐还呆呆地站在那里望着我。姐姐的身影在我的眼前越来越模糊，突然幻化出一个十几岁的小姑娘，一边背着书包一边背着课文……我的眼前顿时蒙眬一片。

平凡中也有感动

赏析／梁兆阳

朴实无华的语言，平平淡淡的叙述，没有过多深刻细腻的刻画，没有惊天动地的事迹，却让每一个读者看后不禁潸然泪下。那是因为朴实、平凡中也会有让人感动的地方。

姐的形象是千千万万个劳动女孩中的一个。她爱学习，却不得不放弃；她渴望上学，却又不得不肩负起抚养弟妹的责任。所有的这些矛盾，让一位平凡的农村女孩在面临人生的抉择面前彷徨。但她终究还是选择了辍学，平凡的女孩做出了一个不平凡的抉择，这不禁让人为之震撼。是的，在这样一个每况愈下的家境下，难道还有别的退路和选择吗？

姐背书的细节，令人振撼，并让读者产生共鸣：那样的境况，那样的选择，每个人都会对姐产生一种同情与恻隐之心，这同情并非来自惊天地、泣鬼神的伟大事迹，单单是平凡的细节，就会让人深思和怜悯。姐一直背《农夫和蛇》，正是一个平凡女孩对于读书的执著和真诚！

姐爱弟妹，同样是天经地义，再也平凡不过的事。但在艰难时候的挺身而出，才会显示平凡中的深刻。姐就是这样，在自己的梦想被现实的残酷打破之后，她就把机会让给弟妹，这平凡的举动更显人性光辉。弟弟如愿以偿地考上了大学，这离不开一个平凡姐姐的抉择。

作品由平凡事例贯穿始终，但每一平凡之处无不闪耀出一种令人感动的光辉。平凡的人物，平凡的举动，平凡的细节，但扣人心弦，耐人寻味，始终让人的心仿佛接受了一次人性的洗礼般清净。

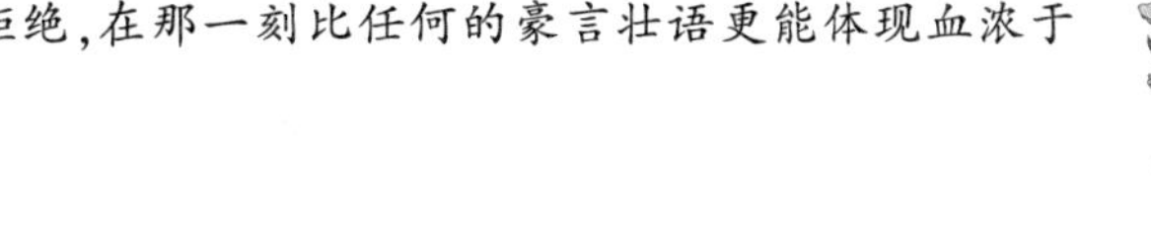

简简单单的一句拒绝，在那一刻比任何的豪言壮语更能体现血浓于水的兄弟情。

体　　检

●文/李夫建

中考成绩出来的时候，我们一家全然不知。

班主任郭老师骑着自行车一路找到我。那时，一家人正在豆田里拔草。

郭老师把车子停在地头，摆弄稳当。走进地里与爹寒暄几句，对我说："明天上县医院体检，可别误了，就一天！"回走了几步，又补充，"成绩下来几天了，你也没去看看。他们都到县里去了，明天一早你就去吧！""中！"没等我开口，爹抢先答了。

父母都很高兴。当晚，母亲把这个消息免费宣传到了小村所能到达的每个角落。第二天，天刚亮，我和三哥草草地扒了碗饭，三哥推上自行车，我俩向县城出发了。

本来通往县城有两班车，但为了省钱，三哥主动提出送我去。可能也有他自个儿的想法。三哥没进过城！

三哥骑，我坐在车后。一开始，可能是兴奋劲儿使的，三哥骑得飞快。但骑了二十来里后，速度就慢慢地减了下来。我从侧面看到成串的汗滴从三哥的鬓角往下淌。我说："三哥，我带你吧！"三哥不肯，说："别！到那儿你还得体检呢，得留点劲儿。"三哥说到这份上，我不好再争了。那年三哥十九，我十七，论说，我是能带得动三哥的。

太阳悄悄地爬上来，三哥通红的脸颊上，均匀地撒了一层淡淡的小盐粒。我到底还是不忍了，又说出要带三哥的话来。三哥扭过头，脸别向一侧："不要不要，你啰嗦个屁！"……

我俩到了县城，已是中午。我跟在车后，三哥推着车，两腿僵直地一叉一叉地往前挪，给人的感觉，若不是依赖着车子的支撑，三哥随时会倒下去。

进了医院的大门，迎头正碰上陈校长和郭老师他们出来。郭老师看见我俩，劈头就问："你们咋这时才来？"三哥的脸刷地蜡黄，我俩惊惧地望着郭老师他们。郭老师拿眼瞥向陈校长，陈校长说："咱们学校安排在上午，都检查完了。"又皱皱眉，"这样吧，我跟教委说说，等下午上班，你和外校的一块儿查。"

我们在医院里找了片树阴休息，没提午饭的事。其实三哥的兜里有十块钱，是我和三哥摘了一夏叶子卖的钱，现在不能吃掉它，那是我的体检费。躺下，话没说上几句，三哥就扯上鼾了，他上午骑了四十公里的土路，累了。

下午的体检进行得很顺利，因为我报的是师范，身高、视力、色盲、嗅觉这些都不太碍事，要求不严。正准备量血压，不知三哥啥时挤进来的，扯着胳膊把我拽了出去。三哥指着拐拐拉拉向上延伸的楼梯，急着说："四儿，快往上跑几趟！"见我犹豫，三哥又说："你血压太低，跑跑就上来啦！"我明白了。我家状况差，住校这几年，顿顿吃馍就开水。学校也卖包子、油条，有时也能买点菜，但那都是家庭条件好的学生才能吃的，我很少吃得上，身体可想而知，血压就更不用说了。

我欣喜三哥的好办法。拔腿就往楼上跑，可没跑出几步，就觉得头晕腿晃，扶着栏杆不敢动了。三哥见我停下，火了！冲上来，拉着我就往上跑。但我整个身体软塌塌的，没有一点气力，一层楼没跑完，三哥也撑不住了，蹲下喘了。

女医生量完了，摇摇头，又抬眼看着我，笔尖在纸上犹豫着绕了几圈，才写下"70、110"。体检出来，在医院门口又碰上陈校长，三哥把钱掏给他。陈校长迷惑了："啥钱？"三哥说："四儿的体检费。"陈校长笑了："今年咱学校中考考得好，体检费学校都报了。"蓦地，三哥的脸上露出难以掩饰的张扬的惊喜。又把钱塞进兜里。

我和三哥一前一后往回赶，从一家小吃铺里传出来诱人的香味。三哥停下来，往里探了探，又往前看看漫长的路。回过头，似是征求我的意见："四儿，要不咱吃点饭吧？"我也伸头往里瞅了瞅，咬着嘴唇，默默地点点头。

一声"哥哥"你会懂

赏析／刘煜斯

哥哥，简简单单的两个字，代表的不仅是血缘的关系，更蕴涵了一份血浓于水的兄弟情。

文中，"三哥"为了送"我"到县城体检，骑着自行车载着"我"走了四十公里的土路。从家庭环境看，"三哥"体质应该是比较弱的。但是，一份兄弟情，让他以瘦弱的身躯肩负起了送"我"出城体检的重任。一路上，"三哥"以让"我"留点劲体检为由，屡次拒绝了"我"希望骑车载他的要求，尽管成串的汗滴已从他鬓角往下淌，尽管他通红的脸颊已均匀地撒了一层淡淡的小盐粒。简简单单的一句拒绝,在那一刻比任何的豪言壮语更能体现血浓于水的兄弟情。

另外,"三哥"能够毫不犹豫地把自己与"我"摘了一夏叶子卖的十块钱作为体检费交给校长,亦可见"三哥"对"我"的关爱。那可是他一个夏天劳动的回报。十块钱对于当时一个贫困的农民家庭可不是一个小数目。"三哥"为了省钱,宁可自己骑着车送"我"出县城,但为了弟弟,他却肯一次拿出十块钱的巨款。还有什么能比这更好地诠释"哥哥"二字呢?

哥哥,一个人间温情的代名词!

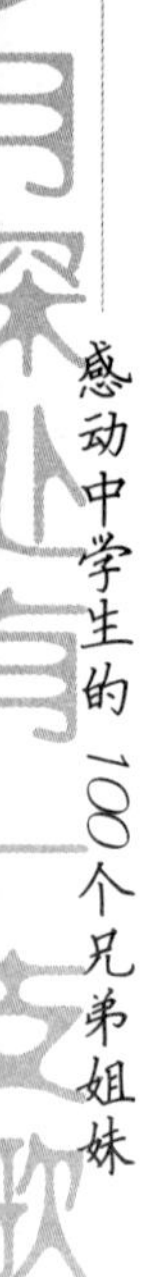

血缘是我们一辈子最不忍放手的！没有什么障碍过不去，只要彼此信任，彼此珍惜。

姐　　妹

●文/江　岸

白洁比白珊早来人世十余分钟，便有幸做了姐姐。更有幸的事儿还在后头：白洁在市政府某局做了几年打字员，年龄稍长，又被安排到科室做了干部。白珊可没有那么好的运气，技校毕了业，到工厂做了钳工，没过几年，厂子就倒掉了，只好下了岗。

下了岗的白珊很是垂头丧气一阵子。后来，开了一间时装门面，她才昂起头来。那时，她整天忙得脚后跟直打屁股，两头见星星。她白天要守摊位，货卖完了，还要连夜奔赴武汉的批发市场提货，一天恨不得掰成两天用。

白珊做生意，挣点血汗钱。她姐姐白洁跟着沾了不少光。街上流行什么，白洁就穿什么，怎么时髦怎么来，而价格却便宜得令人咋舌。不待见她的，背后称她为花瓶、绣花枕头，正眼也不瞅她；一样想穿得光鲜却不想挨宰的，都跟白洁套近乎。特别是一帮女孩儿们，整天白姐长白姐短地赶着叫她，叫得白洁心花怒放，怒放之后便免不了隔三差五地到白珊的铺子里拿紧俏的衣服。市面上风行一时的款式，即便再贵，只要白洁来了，便三文不值两文地裹走了。白珊看在眼里，疼在心里，也无可奈何，忍了几回，终于没有发作。

有一次，白珊进了一批时装，非常抢手，一个上午几乎脱销，只剩了最后一件。白洁来了，进门就相中了，直嚷嚷：嘿，今天真来着了，这套衣服小珠穿最合适。小珠是白洁他们单位新进的大学生，娇嗲嗲的，高挑个，穿衣服顶讲究的，跟白洁不止一次光顾过白珊的铺子。白洁说着，就要伸手去取。白珊拦住了她。白珊说：小珠穿，小珠穿得起吗？白洁不由得伸长脖子看价码，标着八百九十元。白洁不屑地一撇嘴说：这还不是你定的？得，给你一张总行了吧？白珊沉着脸说：不行，这是我给一位朋友留的。白洁听了，只得作罢。可是过了一会儿，白珊却以四百九十元的价位和一位顾客成交。顾客走了，白洁的小粉脸涨成了大紫茄子。

哟,你出息了,姐妹的情义一点也不讲了?

你咋不替我想想呢,我起五更睡半夜图的啥?

我不和你这个老财迷说了。

你清高,你喝西北风去吧。

姐妹俩话不投机,吵得一塌糊涂,闹个不欢而散。

白洁有些日子没去白珊的铺子了。一天,局长找到她,托她替他夫人买一套时装。白洁本欲不去,无奈局长开了口,只得硬着头皮去了。白珊见了,也不言语,只顾低头织毛活。白洁尴尬地转了一圈儿,无趣地走了。最后,她在市场上花高价买了一套时装,倒贴了几百元。此后,她再也没帮人买过衣服,在单位的人缘日益淡薄,大多数人都觉得她不够意思了,跟她只剩了点头的交情。

后来,机关分流,白洁第一批从单位里被撵出来,下放到鬼不下蛋的单位所属的公司,工资都不能按时领了。白洁把怨气都发到白珊身上。如果不是白珊小气,自己能沦落到这种田地吗?

白洁下午下了班,在夜市里鼓捣了个大排档。她手艺不错,人又殷勤,生意尚红火,收入自然不菲。一来二去的,她索性辞了职,专门做起了生意。

白珊的丈夫带了一些人,来请客,稀里哗啦点了一堆菜。吃完了,嘴一抹,正欲离去,才想起未给钱。白洁正生白珊的气,一分钱都没少收。白珊的丈夫鼓着一张脸走了。

说话年就到了。往年,白洁和白珊总是在正月初二那天一起带丈夫孩子回娘家,大家团聚一次,欢天喜地过个年。今年,她俩为了躲开对方,不约而同地在初一去了。白洁去的时候,白珊已然来了,缩在屋里不出来。白洁抬眼看见了院里停放的白珊的摩托车,连屋都不进了,转身拽着丈夫孩子打道回府。

一个好端端的年就这么搅和了。

娘是寡娘,心头一闷,闷出病来了。白洁和白珊分别来看娘,娘都劝:你们一母同胞,孪生姐妹,至亲骨肉,怎么能反目成仇呢?你们的爹下世早,多少年了,我都是为着你们才活下去。现如今你们俩闹成这样,我这当娘的还活个什么劲儿呢?娘劝着,呜呜地哭。劝白珊,白珊一个劲儿地梗着脖子,将脑袋扭在一边。劝白洁,白洁低垂着头,前思后想,发现自己从前的诸多不是,脸红了。

一日,白洁让白珊的儿子带回去一盘磁带。白珊狐疑着接过去,放进录音机,按下开关,一阵激越高亢的音乐骤然响起。少顷,一个女声奔放无羁地唱着:你是我的姐妹,你是我的 Baby (宝贝)……

白珊静静地听着张惠妹的《姐妹》,眼角慢慢溢出了豆大的泪珠,不听话的泪珠汇成了串儿,顺着鼻翼悄悄爬下来。

血缘的力量

赏析／林荣梅

白洁、白珊两姐妹闹翻，伤害了对方又伤害了自己，还连累了母亲。

她俩本是孪生姐妹，在诺大的母体里，汲取着同样的营养，呼吸着同样的空气，曾经最早悄悄地“对话”过。他们长大后，有了各自不同的工作经历、生活感受。

已下岗的白珊忍受不了白洁为了装饰“门面”，一次又一次替别人以超低的价格裹走自己的衣服。后来，白洁以同样的方式“回应”了妹妹。钱会去，会来，来了也会去。经过努力，白洁与白珊生活丰裕起来，而血浓于水的姐妹情却无人耕种，日益贫瘠。

“手心手背都是娘的肉”，可怜天下父母心。母亲含辛茹苦养大姐妹俩，一路看着女儿长大，工作，成家，女儿就是母亲的欣慰、孤独的驱逐者。而如今，至亲骨肉却反目成仇，这等于是抽走了母亲的精神、生活之柱。做娘的痛心疾首啊！

但母爱又是博大的，如温暖的阳光融化了两座对峙的冰山。姐妹情又是由生而来的厚重，在母亲病床前，一切便释然了……

生活掰不倒厚重的亲情。血缘是我们一辈子最不忍放手的！没有什么障碍过不去，只要彼此信任，彼此珍惜。兄弟，姐妹，父子，母女，永远的血缘，承载着世间最博大的爱，握紧它，我们会幸福！

岁月深处有一支歌

写间房子给哥哥

血浓于水，亲情是永远的，父母、兄弟的生命始终与你拥抱在一起，不会因你境遇的改变而离开；亲情是无私的，它只讲付出，不讲回报。你的拥有也代表亲人的拥有；亲情是纯洁的，利欲熏心的社会里，惟有它，像无暇的玉石，任金钱之刀镂刻，依然晶莹剔透。

亲情是一种幸福，更是一种信任。我们在亲情的襁褓中长大，我们也有必要尽自己的能力，帮助保护自己的亲人。毕竟，人生路上风雨无常，只有相互扶持，才能渐行渐远。亲情就像一把伞，随时打开你都可以获得一方温馨的空间。连雨伞都丢掉的人，谁来怜惜！

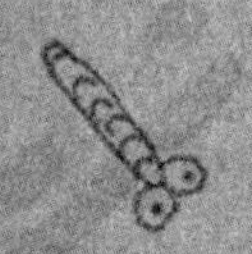

在这里，我读懂了无私的爱，读懂了浓浓的亲情！

大哥逐渐高大的形象在《一块旧表》中表现得不露声色，感动在我们心中却越演越烈！

一块旧表

●文/相裕亭

父亲生病住院时，我写信给乡下的大哥，让他来服侍几天。我跟大哥说，父亲一生病，二十四小时都要人侍候，我们夫妻俩都上班，实在是忙不过来。大哥接到信就急匆匆地赶来了。

大哥人很厚道，一到我们家就全揽下父亲住院陪护、做饭、送饭的事。我和妻从内心感激。过了些日子，大哥看父亲能下地走动，生活能自理了，就想回去了。大哥说家里的玉米该收了、黄豆也早该割了，还不知你大嫂在家忙成什么样了。

我跟妻说，大哥出来不少天了，让他回去看看吧。妻也是这个意思。

临启程的那天中午，妻做了一桌好菜，让我陪大哥好好喝两盅。说这些天，多亏了大哥早早晚晚地往医院里跑。要不，我们连班都上不了了。大哥说，这些话都不要说了，自己亲亲的年老的父亲，还有什么不应该的。大哥问我有没有不爱穿的旧衣服什么的，给他几件带回去穿。我告诉他都给他弄好了，有他能穿的，也有大嫂和小侄子能穿的。大哥很高兴，又问我有没有我不爱戴的旧表什么的给他一块。大哥说，能跑个钟点、大差不差的就行了。大哥说在乡下，整天泥里一把、水里一把的，有块好表也戴不出来好。

说心里话，家里哪有什么旧表。但我忽而想起抽屉里有块新"瑞士"。那是我一篇获奖小说的奖品。感情大哥整天在家没事，把什么都翻到了。

当下，我有些不大高兴，我跟大哥说，家里没什么旧表。对他说现在表不值钱了，花个二三十块钱，买一块就是了。大哥说，你窗台上不是有块旧"苏州"表吗？这时间，我才想起窗台上那块旧"苏州"。那块表，是我考上大学那年秋天，父亲送我到徐州时给我买的，也是我考上大学后，父亲给我添置的惟一一件东西。这些年，尽管我有了更好的表，不戴它了，但我一直都珍藏着它。我觉得父亲在当时能给我买那块表，实在是太不易了。我们家兄妹多，我考上大学那年，大哥刚成家分出去过了，小妹和三弟，一个读高一，一个读初三，家里处处都需要钱。可父亲就是在那样的情况下，硬是咬着牙给我买了一块当时能值八十多块钱的“苏州”表，它让我在以后的日子里，增添了好多骨气和勇气。可现在大哥要它，我真有些舍不得。我跟大哥说，那是父亲给我买的。妻却一旁鼓动大哥，你别听他那一套，趁早拿走了事，省得放在家里，戴也不是，扔也不是的。大哥笑，举杯跟我说喝酒喝酒。

回头，也就是我和妻要上班先走的时候，大哥还在不紧不慢地喝着。我和妻都提醒他，不要忘了返程的班车时间和桌上那块旧“苏州”。

大哥挥挥手说他忘不了，让我们放心好了。谁知，傍黑我和妻下班进家，大哥人是走了，可那块旧“苏州”，却仍旧放在桌子上。妻一看那表，半是牵挂，半是惋惜地说，大哥中午喝多了。言外之意，连表都忘了。

我没吱声。我知道大哥不是忘了带那块表，而是不想夺我所爱。当晚，我和妻合计了一下，第二天一大早，便把那块新“瑞士”给大哥寄去了。

平凡里的感动

赏析／何林培

厚道的大哥重感情、讲大义。当他一听说父亲病了的时候，就急匆匆地赶来，可见他心里很挂念父亲。尤其是大哥一到“我”家就包揽下照顾父亲的所有活儿，一颗赤诚之心可见一斑。当“我”和妻感谢大哥时，大哥却说，照顾自己的父亲是他应该做的。大哥把自己所做的一切都看成是“应该的”，这正是从大哥骨子里透出来的厚道品格。大哥是平凡的乡下人，却给人不平凡的感动。

大哥很朴实，朴实得像一块“木头”。在富裕的弟弟家里，他没有向弟弟倾吐他的艰辛，更没有向弟弟提出非分的要求，他要的只是一些对于弟弟来说是多余的东西，如果察觉弟弟还有一点点舍不得，他就不拿。

那块旧表，对于“我”已无实在的用处，只是还有一点纪念意义，只是“我”又不好拒绝大哥，大哥本可以拿走的，他不想夺“我”所爱，就留下了。这是多么朴实的心灵啊！大哥没有说一些能打动弟弟的附和话，只是老老实实地说了自己的情况和小小的愿望。大哥是很容易满足的，他的要求很低，低到只要手表“大差不差”就行。一句很朴实的话是大哥的最好心灵写照，尽管平凡，却让人感动。

大哥还很懂得体谅他人。这主要表现在他的行动上。当“我”的妻鼓动他拿走旧表时，他只是笑，并没有责怪弟弟的意思，但他心里明白弟弟很在意那块表。他也不说破，以“喝酒”转换注意力。当“我”和妻子上班时，提醒大哥不要喝醉，大哥摆摆手，让“我”们放心。其实大哥并不真想喝酒，是为了掩饰他的真意，不至于让弟弟难过。大哥假装喝醉而留下旧表，这样大家都不会难过，这是一种大度的行为，也正是平凡大哥给人的不平凡的感动。

大哥逐渐高大的形象在《一块旧表》中表现得不露声色，感动在我们心中却越演越烈！

守着那一柱炊烟，守着儿时的回忆，守着回家的梦，在别人奇怪的目光中，忘不了带着炊烟的家乡和亲人。

一扭一扭的炊烟

●文/刘靖安

四娘站在村口。

四娘理了理贴在额前的一缕白发，抬起头，在村子上空寻找着。终于，像雾一样的炊烟从一间屋子里飘溢出来了，散散漫漫地铺在房顶。慢慢地，炊烟开始拥聚在一起，形成一根灰白的烟柱，一扭一扭地升上了天空。四娘抽泣起来，泪水一涌而出，流进了脸上刀刻一样的皱纹里。阳光中，泪水荡出的波光像汹涌的浪。

姐，回家吧！剩子上前扶住四娘，哽咽着说。剩子话没说完，自己反而哭出了声，泪早已流成了小溪。

回家？回家吧！四娘喃喃地说。

屈指一算，四娘已经有五十多年没回家了。

那一年，爹病倒了。七岁的四娘到集上去给爹拣中药回家迷了路，遇到一个陌生男人。男人说带四娘回家，可是，男人却把四娘拐到浙江一个偏僻的小镇上，卖给了一个中年女人。四娘不依，又哭又闹，不吃不喝，吵着要回家。女人开始是哄，然后就用鞭子抽。后来，四娘长大了，出落成了一朵花，又被女人卖到了县城一家妓院。幸好，没过几年四娘就自由了，然后就找了个老实本分的男人。现在，已经是儿孙满堂了。可是，四娘却忘不了家乡，梦里老是病快快的爹，累成枯藤一样的娘，还有只有五岁的弟弟以及茅草房上那一扭一扭的炊烟……可是，家乡在哪儿？连省份也说不上的四娘到哪儿去找呢？

剩子找到四娘，还得感谢村里的二毛。

年前，二毛到浙江打工，和他同室的工友叫张力。有一次，张力和他闲谈，偶然说起了他们村里的一个怪人。二毛就问怎么个怪法。张力说，她自己也不知道姓啥，非让人叫她四娘不可。还有，现在啥年头了，家家户户用上了煤气。她还是几十年前的老样子，非烧柴草不可，有时还一个人跑到山坡上看着房上的炊烟发呆。儿子们怎么说她都不听，把新房弄得黑不溜秋的，她还高兴哩。二毛问她的名字，张力就说他不知道，反正大家都叫她四娘。说者无心，听者有意。二毛想起剩子说过他有个姐叫四娘，于是，二毛就给剩子打了个电话，讲了这事。剩子第二天就动了身，找到二毛和张力。周末，一行三人就回到了张力所在的小镇。

到了！张力指着两间漂亮的琉璃瓦房说。

瓦房上，飘着一笼一笼的炊烟，一股浓浓的柴草味漂浮在空气中。过了一会儿，门里出来了一个老太婆，一拐一拐向他们走来。老太婆走到他们面前的时候，房上的炊烟就变成了烟柱，一扭一扭地升上去，像女人扭动的腰身。老太婆看了他们一眼，不再理会，自顾自痴痴地看起炊烟来。

姐，你一定是我姐！剩子跨上去，抓住老太婆的手，激动地说。

你是？老太婆一双迷茫的眼睛深深陷在了皱纹里。

我是剩子呀，姐！剩子一双手摇晃着，老太婆的身子也跟着摇晃。

姐，你忘了？小时候，你最爱看炊烟了，只要娘生火做饭，你就带我到村口，指着房上的炊烟，身子也和炊烟一样不停地扭，还问我好不好看。姐，你忘了？剩子急急地说。

你真是剩子，真是我的弟弟！四娘号啕大哭。

晚上，剩子和四娘全家一起吃了团圆饭。四娘先是说死去的丈夫。然后，又说起了爹娘，她一边抹眼泪，一边骂人贩子，说如果爹吃了她买的药，就不会那么早死了。说她对不起爹，对不起娘，她要回去给他们烧炷香，向他们赎罪。一个晚上，四娘絮絮叨叨地说着话，一会哭，一会笑，像个疯疯癫癫的小孩。直到天蒙蒙亮的时候，四娘才和家人商量好了归期。

第二天，剩子给儿子打了电话。电话里，剩子给儿子报了喜，然后让他们把家里收拾好，说四娘要回来。对特别紧要的事儿，剩子还再三强调了好几回。三天后，剩子陪着四娘回到了家乡小镇。在小镇上，剩子又给儿子打了电话，问准备得如何，儿子说全准备好了。

现在，四娘又看见炊烟了，和记忆中的一模一样。

四娘足足看了一个时辰。一扭一扭的炊烟，一扭也是一个时辰。泪眼蒙眬中，四娘仿佛看见了自己小时随着炊烟扭动的瘦弱的身子。

村里所有人都来到了村口，密密匝匝好大一片。四娘擦了把泪，被一句句滚烫的问候簇拥着，走进了剩子的家。

剩子的家是一幢二层砖瓦房。

屋里，充满了浓浓的烟雾，熏得人睁不开眼睛。

四娘坐在柴火边，埋下头，一边擦着被烟熏出的泪，一边噘了嘴，吹着火星子。

柴火哄地一声燃起来,把她的脸映得红红地亮。

姐,出去透透气吧。剩子拉着四娘走出了烟雾的包围。

四娘朗朗地笑着,抬起头,四下里打量了一番,说,弟弟呀,看你们条件也不错,怎么还烧这个呀?

剩子搓着手,嘿嘿地笑。

我们用电啊,只是今天姑姑你回来才烧的。爹在电话里说,还要没干透的湿柴,我就是不懂,烧这个干吗?剩子的儿子在旁边插了话。

说你也不懂。剩子白了儿子一眼。

四娘点点头,皱纹笑作了一团。

感动点点滴滴

赏析/谭雨凤

一、"一扭一扭的炊烟"的感动

炊烟本是无情物,化作感觉便有情。

那一扭一扭的炊烟,飘溢在四娘的心底,是四娘对家乡、对亲人、对童年最深的印象,四娘在弥漫的柴草味中想念记忆中模糊的家乡,模糊的画面中有病恹恹的爹爹,累成枯藤似的娘和只有五岁的弟弟;一扭一扭的炊烟承载着四娘五十多年的思念,也引导出剩子对失散多年的姐姐不曾放弃的寻找。当姐弟俩隔了半个世纪再次重逢,他们由年幼的儿童变成了历经沧桑、脸上爬上岁月皱纹的老人,当失落的亲情回归,同看那一扭一扭的炊烟时,怎能不泪流满面?

二、感动于四娘的执著

四娘,七岁时被贩卖到一个陌生的地方,孤身一人走过了五十多个春秋的辛酸甜蜜。守着那一柱炊烟,守着儿时的回忆,守着回家的梦,在别人的奇怪的目光中,忘不了带着炊烟的家乡和亲人。她痴痴地看了五十多年的炊烟,即使家乡在哪里她都不知道,即使回家的希望太渺茫,她仍用自己的方式在坚持,执著着。

像雾一样的炊烟从一间房子里飘溢出来,一扭一扭地升上了天空。一个老太婆在一旁痴痴地看着,似乎要把那一柱炊烟看进心里。我知道,四娘为这个画面,执著了半个多世纪。

三、感动于剩子的坚持

五岁的小男孩总是记着爱看炊烟的姐姐，这记忆牵引着剩子的坚持。整整半个世纪了，倘若没有剩子的坚持，姐弟恐怕只能天各一方，带着思念和回忆埋入黄土。“姐，你一定是我姐！”如果没有日夜的记挂，如何唤出这一声啊！一瞬间认出失散五十多年的姐姐；千叮万嘱地准备好姐姐回乡的事宜；要儿子用没干透的湿柴燃出滚滚浓雾；剩子为姐姐做的一切一切，源于他对一份亲情的坚持，坚持那血浓于水的情义。

没有感天动地、轰轰烈烈的故事，一缕朴实的真情，用心品读，感动依然点点滴滴。

亲情就像是佳酿的酒，越放越醇，越放越香，只有经过岁月的珍藏，我们才能发现它的香醇。

姐　姐

●文/[美]詹·马赫莱　邓笛　译

我很小的时候一直以为，姐姐就是为弟弟操心的人，我有三个姐姐，她们对我很凶，认为我是一个惹是生非的捣蛋鬼。

我的妈妈成天忙于洗衣烧饭，算计着怎么合理地花每一分钱，所以就经常让我的三个姐姐来照顾我，姐姐们很尽责。她们喜欢肥皂和热水，每天总会给我洗三四次澡，比我大一岁的三姐在五岁的时候就是大家公认的完美主义者。她经常用手抓我的脸，嫌我脸上的雀斑有碍观瞻。她认为我的雀斑丢了全家人的丑，于是请求妈妈不让我出门，以免丢人现眼。

我的姐姐们都不喜欢棒球棍、铁锤、木条、石块和所有那些我高兴起来会舞弄的东西。她们说这些东西会弄死人的。我的姐姐肯定认为人的手只是用来抓食物、戴手套和祈祷的。

在那年月，“姐姐”在我看来就是长得又丑又瘦又大的人；总是想把生活弄得没意思的人；喜欢吃蔬菜喝牛奶，随身带有镶着花边手绢的人，喜欢洗澡、上学、听老师的话，作业总是做得很整洁从不沾上墨水的人。

当阳光明媚和风宜人的时候，我很想去草地上玩，可我的姐姐们会把我拦在门前的台阶上。我只有痛苦地梦想着自由，而她们却在玩那些乏味的、半天也编不成什么像样图案的绷毛线的游戏。

有的时候我也设法摆脱她们，去寻找我的快乐。我的姐姐们就会拼命追我，仿佛我是一条发疯了的狗，她们在我身后喊着要我当心之类的话，好像这世界到处充满了危险。

偶尔，我的姐姐们也会带我去看电影。尽管她们往我嘴里塞了饴糖，但我还是不会老老实实地坐在座位上，我会在磨光发亮的大理石地面上打滚，冲着屏幕上的坏人大喊大叫，常惹得引座员和影院经理过来喝止我。

我的姐姐们会想办法管我。她们会放下座板，把我夹在座板和靠背之间。我被夹得难受，请求她们放我出去，但她们就是不听。一旦我抽身逃脱，我就会躲在某个角落里，用弹弓向观众席射纸团。然后，我的姐姐、引座员和影院经理就来追我，于是我在过道和空行之间左奔右突，直到他们捉住我为止。

由于我的种种“罪行”，姐姐们就对我实施报复。她们会在妈妈上街采购时，用绳子将我扣在后院的栅栏上，或喂我吃烧不烂的菜根。

我十一二岁的时候，大姐和二姐就开始和男孩子约会了。这时每到星期六我就进行噩梦行动。我会把她们用来臭美的那些鞋子、腰带、裙子、丝巾藏在不同的地方。当她们大喊大叫，歇斯底里的时候，我就和她们谈价钱，让她们答应，为她们每找到一样东西，就要给我二角钱的酬劳。她们恨死了，但也拿我没办法。每个星期六我都能从她们手上挣到一元多钱。

有姐姐还是挺有趣的，当然这不但因为我每周六可以从她们那儿得到一笔零用钱，而且我还能从她们那儿寻到开心。自从她们开始谈男朋友，就常有电话找她们，而我就成了捎口信的。我的大姐回到家就会问：“有我的电话吗？”我会说：“一个叫逗什么的先生给你打了一个电话。”她很容易就会上当，问：“逗什么？”我会大笑着说：“逗你玩！”

我还会从糖果店往家里打一个电话，叫我的三姐听电话。那时她最崇拜影星琼·克劳福德，走路说话都模仿她的样子，连发式也不例外。

当她拿起话筒，我就说我是好莱坞的电影导演，有一次在糖果店看到过她，被她走路的姿态、头发的式样吸引住了，所以想请她到好莱坞当一个替身演员。她立即就用琼·克劳福德的声音询问道：“为谁当替身？”见她这么轻易上当，我禁不住想笑，但还是竭力一本正经地回答她：“金·多朗（著名男丑星）。”

我们之间的小小战争很快就停止了，我发现我的姐姐们漂亮、善良、充满人情味。仿佛是一瞬间，我由一个爱捉弄她们的人变成了她们的忠实卫士。我允许那些个开着雪佛兰牌汽车油头粉面的小伙子进我们的家门，并热情地招待他们。

我还发现，姐姐们对我慷慨大方，在圣诞节或我过生日的时候我总能收到她们为我精心准备的礼物。我入伍离家时，她们流下了许多眼泪。在部队，我常收到她们写的一封封情真意切的信，这些信息能给我温暖。

在我回忆这种种恶作剧的时候，我对她们给予我的宽容和爱心表示敬意，我同时也感谢缪斯女神将她们带进了我的生活。

成 长

赏析／曾祥影

《姐姐》这篇文章主要是通过“我”，进而侧面描写“我”的三个姐姐，但是从另一个侧面来看，我看到了姐姐与“我”的成长经历以及“我”在成长中的心理变化。

男孩与女孩的兴趣、爱好是不同的。从文章中也能看出来，“‘姐姐’在我看来就是长得又丑又瘦又大的人；总是想把生活弄得没意思的人；喜欢吃蔬菜喝牛奶，随身带有镶着花边手绢的人，喜欢洗澡、上学、听老师的话，作业总是做得很整洁从不沾上墨水的人”。而“我”喜欢的，在姐姐看来是会弄死人的。“我”的童年是受到姐姐控制的、无自由的。然而换一个角度来看，姐姐是关爱着他的。控制他是因为他是一个“惹事生非的捣蛋鬼”，他的顽皮，必定会闯出祸来，也许会伤害到自己或他人。年幼的男孩子，顽皮、大吵大闹，喜欢打打闹闹，爱冒险，却没有自制力，分辨能力也差。所以“我”受到姐姐的管束，所以讨厌姐姐的一切行为，但其实也正是这些吵闹，加深了“我”对姐姐的情感，以及姐姐对“我”的关爱。

十一二岁的“我”，又是另一个样子了。“我”会因姐姐的约会获得报酬和可以捉弄到姐姐，让“我”感到很快乐。那时候的“我”是以捉弄姐姐为趣，开始喜欢姐姐，对她们已不再是讨厌了。也许就是这样的一个转折阶段，使“我”与姐姐的小小战争停止了。“我发现我的姐姐们漂亮、善良、充满人情味”。“我还发现，姐姐们对我慷慨大方”。在部队里，“我”收到了姐姐“一封封情真意切的信”，这些信让“我”感到姐姐对“我”的爱。“我”对姐姐的爱不仅仅是喜欢，而是敬意。

人要经历很多事才能成长，仿佛“我”的感情也是一样，由过去的讨厌到喜欢，再到敬意，“我”不仅仅是年龄的长大，“我”的思想、感情也长大了。

亲情就像是佳酿的酒，越放越醇，越放越香，只有经过岁月的珍藏，我们才能发现它的香醇。

当别人欺负你的时候，你别哭；当你遇到挫折的时候，你别哭；当你跌倒的时候，你要站起来！

哥哥，我不哭

●文/老 福

我是地道的庄户人家的孩子，父母生下我们姐弟四人。姐姐最大，为了供我们读书，她十二岁就扛着一条大扁担，去"深挖洞"了，瘦小的姐姐没上过一天学，认识的几个字是在扫盲班上学会的。哥哥的学业也完成得很艰难，赶上"文革"，在联中草草读完九年，就下乡劳动了，因为那时我们家里很穷，既要供二姐和我读书，又要维持一家人的生活。

一九八一年我们家发生了变化。二姐考取了扎兰屯林业中专，这在我们村成了一件了不起的事。家人喜，村人贺，一时间家里人来人往，好不热闹。

二姐上中专去了，哥哥拿出家里仅有的积蓄，赶着驴车，将二姐送往县城。尔后，他便拼命地挣钱，为了二姐，也为了两次高考落榜的我。哥哥每次到县城看我，总是对我说："好好念，咱家有钱，咱们要争一口气，千万别报熊！"当他将兜里仅有的两元钱硬塞给我时，我的眼睛湿润了：我不会报熊，为了父母的希望，也为了哥哥含辛茹苦的劳作。哥哥为了供我们姐弟读书，起早贪黑，披星戴月。家里承包了许多地，可他还是觉得收入少，农忙过后，只身赶着驴车，往返于霍林河和林东之间，为了多挣几个钱，说不上他在野外度过多少个夜晚。风霜雨雪，蚊虫叮咬，他都熬过来了。听妈妈说，一次做买卖时，黑夜遭抢劫，一车瓜全被抢光，他还挨了歹徒的拳脚，脸肿了半个月。

一九八三年，我考上了大学，哥哥乐得合不拢嘴，他用布满老茧的手摸着我的头说："小弟，有出息了，哥就盼着这一天！"他到县城扯来新布，让嫂子为我做好一套被褥。临上大学的前一天，他用自行车硬是把我带到县城，精心为我买了一块手表。我说："咱家没钱，别买了。"哥哥脸一黑："给你买，你就戴上，再穷，哥也有办法。再说，你是大学生了，没有块表，也让人笑话！"他把买来的表，让修表匠仔细看过，在耳边听了又听，觉得行，才在兜里拿出钱把表买下。他把手表戴在我的手上，笑了："这下，行了！"可我的心却是酸酸的。

哥一直把我送到县城，临上车，他还叮嘱："没钱就来信，别硬熬着！"车开动了，我发现哥哥站在九月的风中朝我挥手，我的视线模糊了。

尔后，四年大学，每到腊月放寒假，哥总是提前写信："放假早点回来，路费够了吗，不够，哥再给你寄去。咱家的猪还没杀，等你回来再杀。"庄户人，过年杀一头猪就是全部的年货了，哥哥非等我回家再杀。期末考试复习我总是认真，不敢松懈自己。考完试，便早早踏上归途。

毕业了，我分到了县城教书，哥经常赶着驴车来看我。他害怕我的同事知道他是我的哥哥，总是躲躲闪闪。他跟我说："哥穿的破，又不会讲话，别影响了你。"我急了："你是我哥，这谁能笑话！"可哥还是悄悄地来，悄悄地走。那年我成了家，哥跑前跑后，一切都安排妥当，他却没有到桌上喝一杯酒，更不敢看一眼弟媳，他羞红着脸讷讷地说："好好过日子吧！"

每逢我下乡采访路过家门，哥总是问妈："听说老福（我的乳名）回来了呢，他没回家吗？"妈妈便告诉他，车不方便，一大车人，咱家地方小，哪能带回来呢。听了这些，哥的目光便有些呆滞。

日子一天天好起来，哥却不肯清闲，他又操起了皮货，将家搬进县城，他说："咱们姐四个都在一块，互相都有个照看。"

皮货生意倒不错，可在安全上出了大问题。一九九三年十月二十八日下午五点，二姐急急地叩开我的房门："不好了，哥哥他们的拉皮子车翻了，听说……"二姐大哭。我镇定了一下，安慰她："不一定像你说的那样严重，我们打听一下再说。"

打听的结果简直让我无法相信，翻的车正是哥哥的拉皮子车，车上已有二十二人死亡。

我忍住悲痛，找到朋友，借上车，便急急驶向出事地点。我的心里不停地翻腾往事：哥哥，帮我学习，帮我劳动……一幕一幕，最使我难忘的是：有一年放寒假没钱，哥哥接到信后着急了，硬是连夜踏着没膝的雪走了四十里地，到邮局汇了钱，又踏着雪回去。

哥哥，难道你的命就这样苦吗？难道老天就这样瞎眼吗？好人一生平安，可谁平安过？

晚上十一点，车到了出事地点，父亲、姐姐、嫂子和我几乎都晕了过去：三排用白布裹着的二十二具尸体，翻的车，死的人，在凄白的月光下，我们痛不欲生。老天，也是个昏庸无能的东西，你专门把灾难落到好人头上！

丧事处理了，哥哥草草地走完了一生。

欲见音容云万里，聆听教诲月三更。夜深人静，我伏案沉思，只有表声依旧，仿佛哥哥就站在我的面前。每每想到往事，每每重新想起哥哥的教导，我便检查自己的行为，我就劳作不已。

台湾电影《汪洋中的一条船》中主人公说得好："当别人欺负你的时候，你别哭；当你遇到挫折的时候，你别哭；当你跌倒的时候，你要站起来！"是的，哥哥，我不哭，有你的鼓励，有你的教导，天塌下来我也会撑得住。哥哥，我不哭！

表还在，表声清脆，这声声敲打，就仿佛是哥哥一次又一次的教诲。这声音亲切，这声音亲近。哥哥，有你伴我，我会更加努力。

哥哥，你为我买的表，就是为我指定的方向，就是对我永恒的帮助。

哥哥，再爱我一次！我从心底里呼唤。

哥哥，表声依旧，你的音容笑貌依旧，你看到了你的弟弟了吗？

哥哥，我不哭！

爱的表现

赏析／曾祥影

人间布满爱，每一个人的出生都能获得爱与被爱的权力。"我"虽然出生在一个贫困的家庭，但是"我"获得的爱绝不会因为"我"的家境而匮乏。爱是不能用金钱去衡量的，爱是发自内心的，是不求回报的。

"二姐"考上了中专，可以说是喜忧交集。喜的是她考上了中专，为家里争了气，也没有辜负家人的期望，那是一件让村里所有人都自豪、高兴的大事。然而，考上中专，却又带来了另一种负担了，对于一个贫困的家庭来说，那是一笔很大的花费啊！"哥哥拿出家里仅有的积蓄，赶着驴车，将二姐送往县城。"仅有的积蓄没有了，哥哥就拼命地挣钱，为了维持一个家庭的生活，为了两个人的学业。

"我"似乎是一个不争气的人，考了两次高考也上不了大学。然而哥哥对"我"的态度却是"好好念，咱家有钱"。真的有钱吗？这不过是一句安慰话语罢了。但是就是这样最普通的话语，却可以深深地打动每一个人。亲情不需要什么华丽的词藻来修饰，仅只一句简单的安慰、鼓励，就是人间最动情的话了。

"我"不是一个愚笨的，没有责任感的人了。"我"明白家里的一切，明白哥哥的目的，明白哥哥的用心良苦，明白自己身上的任务。所以"我"努力学习，终于考上了大学。哥哥是爱护“我”的，家里依旧很穷，但为了“我”在大学里不失脸面，他为“我”准备被褥，买手表。这钱从哪来？是哥哥用生命熬出来的，对弟弟，哥哥是大方、慷慨的，因为他爱着弟弟，不因为贫困而减少对弟弟的爱，反而进一步给予弟弟更多的爱。

哥哥在车祸中离去，然而他在死之前还在为这个家奉献，到死还挑着家庭的重担。

表声依旧，赠者已不在了。哥哥已走完他的一生了，但他的教导和音容笑貌永远留在“我”的心中。虽然人走了，但爱却依然存在的。“我不哭”就是希望哥哥能安心地走，不再为“我”担心。

我想，正是因为父亲一直以来都没有端平那一碗水，所以他没有教会儿子怎样把握心中的水平面。

一碗水

●文/杨 树

父亲一辈子养育了我们兄弟姊妹五个，我本来是老大，只因是女的，结果，四个弟弟依次成了老大、老二、老三、老四，我这个正经八百的老大，反而成了嫁出去的女儿，自然也就是泼出去的水了。

不经意间，大弟——也就是老大，在外面七折腾八折腾，一不小心就把腰包折腾鼓了。人说富贵不还乡，如衣锦而夜行。老大开着小车回到故乡小城，拿出老大的气派，一甩手给了老二、老三各十五万元，连我这“泼出去的水”也一分不少。轮到老四了，却只给了九万八千八百八十九元。

老四嘴上不说，脸色却难看至极。老四媳妇儿不管这些，跳起来指着老四的鼻子：你这个没长屁眼儿的，到底做了什么缺德事？让老大这样刻薄你？你倒是去问个子丑寅卯呀！

老四不敢当面问老大，只好拐弯抹角问父亲。父亲为这事窝着一肚子的气，叫来老大劈头就问，一碗水要端平，你是老大，这个理你也不懂？给老二老三十五万，连你姐也给了十五万，给老四的十万不到，到底是个啥讲究？

老大说，没啥讲究，我自个儿的血汗钱，想给谁给谁，不想给谁不给谁。

父亲说，这就怪了，老四既不是野种，也不是后娘养的，你凭啥不待见他？

话到这份儿上，老大说，其实也没什么，这些年我不在您身边，就老二他们两口子还算尽孝道，我多给老二五万不算过分吧？

父亲说，老二他们炖了鸡，端给我的尽是鸡肋骨。老大就笑了，老三老四他们不是连鸡肋骨也没端过吗？父亲接道，就是哩，那你凭什么多给老三五万？

老大叹了口气，说，那年做生意赔了，走投无路，除了大姐偷偷塞给我一千，就老三卖了他们家要下小牛犊的母牛搭救我。想起这事，我给老三五百万也不算多，多给五万算什么。

提起这事,父亲不由得一阵心酸。当时老大混得人不人鬼不鬼的,差点儿揭不开锅。父亲无能为力,只能干着急,老四不问不管也就罢了,还在一旁幸灾乐祸说了许多风凉话,原来老大都记着哩。见给老四加五万没指望了,父亲长叹一声说,老四是小的,打小儿难免多娇惯了些,惯得这狗日的没肝没肺。但不管怎么说,到了天边你们还是亲兄弟,你要给就给个整的吧,怎么又弄出一个怪怪的数?这叫外人知道怎么说?

老大笑道,我给老四的本来是十万,有几笔钱扣下来了。一笔是那年他生病住院,大老远地打电话要我回来给他交住院费,一场院住下来,他反从我这里赚了一千;另一笔是早先和他合伙做一桩小生意,他不声不响多拿了一百;还有一笔是那年他穿走我刚买的一件衬衣,既不还衣服也不给钱,我扣了他十块;最后一笔,那年他打酱油从我手里拿了一块钱零钱,一直没还,我也扣下来了……

听到这里,父亲忍不住生气了:你怎么一块钱也记得?你现在也不差这几个钱,为这几个钱让老四难堪,这不大好!

老大说:我是不差这几个钱,不过该给的给,该扣的就得扣,这才是不偏不倚,一碗水端平嘛……

这一说,倒让父亲一惊:搞了半天,拐一个大弯,这才叫一碗水端平!

当晚,父亲找到我,平生第一次开口借钱,而且一借就是五万。我说老大已把您养老送终的事都包下来了,您又借钱干什么?父亲叹道,老大那鸡肠狗肚的一招儿,是软刀子杀人!他的那碗水端平了,我的一碗水端不平!老四那十五万,我得想办法替他补齐,就说是老大补的吧,我不想让老四被别人的唾沫星子淹死。

我实在找不出任何理由让年过花甲的父亲为端平他的“一碗水”为难,没办法,权当老大少给我这个做姐姐的五万罢了。

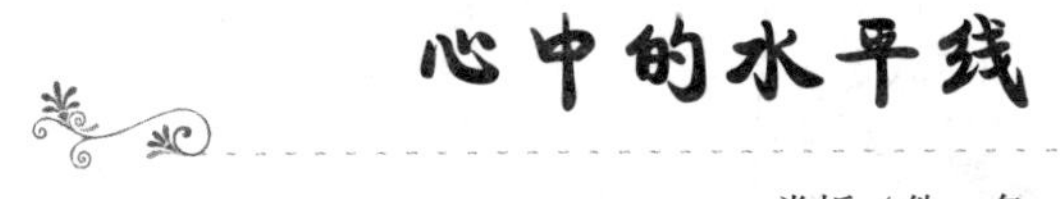

心中的水平线

赏析/佚　名

“一碗水要端平”,可是如何才能端平?

当我们从俯视或仰视的角度去测量水平面时,水面肯定会向一边斜。当我们以平视的眼光去衡量水面时,才能端平那一碗水。然而,每个人的立场、看问题的角度不一样,所以,每个人心中的水平面就不一样了。

文中以“老大分钱”、“父子论钱”、“父亲向‘我’借钱”为线索,引出了一个家庭内的种种矛盾，也引出了他们心中的水平线。

老四从老大身上偷偷地“赚”了不少钱，从一块到一千块不等。这些数目，老大一清二楚。在老大走投无路的时候，谁慷慨解囊、谁说风凉话，他也心中有数。兄弟之间的尔虞我诈、斤斤计较，让人看了也心凉。在老大看来，手足情是用钱来度量的，心中水平线是以钱为标准的。这是一个被金钱腐蚀了的灵魂。

老四从小娇生惯养，“惯得这狗日的没肝没肺”。而“我”呢？嫁出去的儿女，是泼出去的水。他向“我”借钱给老四，难道就没有想到这对“我”不公平吗？难道就不知道那水平面斜向老四那边了吗？我想他压根儿没想到，因为他心中的水平面以老四为定点。父母是孩子的第一任老师。我想，正是因为父亲一直以来都没有端平那一碗水，所以他没有教会儿子怎样把握心中的水平面。我替这位父亲担心。“老大那鸡肠狗肚的一招儿，是软刀子杀人！”这样的儿子靠不住。他有能力的话就会给父亲一顿饭，但不会问一声穿得暖不暖。而老四呢？虽然没有正面出场，但我们已经看到他自私贪婪的嘴脸，他的良心已经在父亲溺爱的海洋中淹没了。

这样的父亲，这样的兄弟，在日常生活中有多少？现代社会，金钱的力量越来越大，它的阴暗面已经蔓延到家庭里，正在侵蚀亲情。可是，随着时代的进步，父亲那重男轻女的封建思想怎么还没有消退？

当身处逆境之时，不要意志消沉，而要发奋图强，因为这可能是“走进天堂的门票”。

走进天堂的门票

●文/江峰青

有一对孪生兄弟，同时进入高考考场。结果，哥哥收到了大学录取通知书，弟弟则以两分之差名落孙山。兄弟俩长相酷似，性格各异。哥哥忠诚敦厚，弟弟活泼机灵；哥哥拙于言词，弟弟口若悬河。哥哥拿着大学录取通知书面对贫病交加的父母默默无语，弟弟关在房里不吃不喝，长吁短叹“天公无眼识良才”。

愁眉不展的老爸默思了两个通宵，终于眨巴着眼睛向大儿子开口了：“让给弟弟去读书吧，他天生是个读书的料！”

哥哥把大学录取通知书送到弟弟手中，并在弟弟身旁说了这么一句话：“这不是走进天堂的门票，别把太多的希望放在它上面。”

弟弟不解，问：“那你说这是什么？”

哥哥答：“一张吸水纸、专吸汗水的纸！”

弟弟摇着头，笑哥哥尽说傻话。

开学了，弟弟背着行囊走进了大都市的高等学府。哥哥则让体弱多病的老爸从镇办水泥厂回家养病，自己顶上，站到碎石机旁，拿起了沉重的钢钎……

碎石机上，有斑斑血迹。这台机子上，曾有多名工人轧断了手指。哥哥打走上这个岗位的第一天起，就在做一个美丽的梦。他花了三个月的时间，对机身进行了技术改造，既提高了碎石质量，又提高了安全系数，厂长把他调进了烧成车间。烧成车间灰雾弥天，不少人得了矽肺病，他同几个技术骨干一起，殚精竭虑，苦心钻研，改善了车间的环保设施，厂长把他调进了科研实验室。在实验室，他博览群书，多次到名厂求经问道，反复实验，提炼新的化学元素，经过一次又一次的创新实验，使水泥质量大大提高，为厂里打出了新的品牌产品，水泥畅销华南几省。再之后，他便成为全市建材工业界的名人……

弟弟进入大学后，第一年还像读书的样子，也写过几封信问老爸的病；第二年，认识了一个大款的女儿，就双双坠入爱河。那女孩成了他取之不尽、用之不竭的钱包,整整两年他没向家中要过一分钱,却通身脱土变洋,“帅呆”、“酷毙”了。进入大四后,那女孩跟他“拜拜”了。他便整个儿陷入了“青春苦闷期”。泡吧、上网,无心读书、考试靠作弊混得了大学毕业文凭。他像一只苍蝇飞了一个圈子又回到家乡所在市求职,他还有那么一点羞耻感,不愿在落魄的时候回家见父母。经市人才中心介绍,他到一家响当当的建材制品公司应聘,好不容易闯过了三关,最后是在公司老总的办公室里答辩。轮到他答辩时,老总迟迟不露面。最后秘书来了,告诉他已被录用。不过,必须先到烧成车间当工人。

他感到委屈,要求一定要见老总。秘书递给他一张纸条,他展开一看,上书八个大字:“欲上天堂,先下地狱。”他一抬头,猛见哥哥走了进来,端坐在老总的椅子上,他的脸顿时烧灼得发痛。

欲上天堂,先下地狱

赏析/陈艳芳

一对孪生兄弟,性格各异,开启了不同的命运之门。

哥哥善良厚道,积极上进,踏入成功的天堂;弟弟自私自利,掉进落魄的地狱。

两兄弟同时参加高考,哥哥高中,弟弟落榜。无奈家境贫寒,哥哥忍痛割爱,放弃了自己美好的大学道路,成全弟弟走入“天堂”的梦想。哥哥说大学通知书是一张吸水纸,专吸汗水的纸,因为这是他用勤奋的汗水换来的学习成果。哥哥还说,这通知书不是通往天堂的门票,因为天堂之门还遥不可及。然而,弟弟笑哥哥尽说傻话。

哥哥辍学,来到水泥厂的碎石机旁,也就来到了磨砺人的地狱。然而,他从碎石机旁走进烧成车间,再走进科研实验室,最后成为全市建材工业界的名人。勤勤恳恳地工作、刻苦钻研的精神,是他从地狱走向天堂的阶梯,也是他购买通往天堂门票的资本。

弟弟来到大学,不思进取,玩物丧志。大学对他而言,只不过是天堂的海市蜃楼罢了。

弟弟毕业之后,无意中来到哥哥的建筑公司,被安排到烧成车间当工人。在他看来,这是大材小用。他落入了精神上的地狱,痛苦不堪。此时,哥哥给了他一句忠告:欲上天堂,先下地狱。是的,“天将降大任于斯人也,必先苦其心志,劳其筋骨”。在烧成车间这个磨砺人的地狱里,弟弟是否可以领悟哥哥的良苦用心,是否可以买到通往天堂的门票呢?

福兮,祸之所伏。当身处顺境之时,不要得意忘形,而要乐而思进。因为短暂的享乐可能是地狱的糖衣炮弹。祸兮,福之所倚。当身处逆境之时,不要意志消沉,而要发奋图强,因为这可能是“走进天堂的门票”。

我们应该庆幸有那么一群"傻子"愿意在这样艰苦的地方落地生根，为那里带去现代文明，为那里的孩子带去一点点希望。

弟弟的来信

●文/于心亮

中师毕业的弟弟高高兴兴去清泉乡小学报到，以为那是个好地方。两天后回来了，垂头丧气地闷在屋里，我问了许多遍，弟弟才闷出一句：那不是人呆的地方。

一天后弟弟又走了，是被爹拿着木棒撵了二里多地撵回去的。爹一直在骂：咋不是人呆的地方？只要有人住，就是人呆的地方！你个兔崽子，要再随便跑回来，瞧我砸断你的腿！

于是我就不能瞧见弟弟的人，只能隔上一段时间天外来客似的瞧上弟弟的信了。弟弟说：这是兔子不屙屎的地方，没有电，没有水，如果拍鬼子进村的电影，这里合适。爹听完哼一声，说：放狗屁！

后来弟弟又来信了，说：经常能吃到乡亲送来的肉块，因为他们的孩子认字了。那种肉块红红白白很好吃，吃得很多，后来知道是蛇肉和耗子肉，又全都呕了，呕得很多。我笑着读完信，爹却一脸郑重："那肉我吃过，味道很好。"我问哪一年吃的，爹说三年灾荒时候。

再后来，收到一个包裹。抖出来，原来是一件毛皮坎肩。爹摸摸，惊呼："黄鼠狼皮的，不容易。"弟附信送来几句话："乡亲给的，想爹年事已高，送与爹吧。"爹把坎肩摸了又摸，说："寄回去。"我取出纸笔记："捎带着写封信吧？"爹蹲在门槛上抽烟，闪闪一口，闪闪一口，闷了半宿，爹终于大开金口了："勿牵挂。"

那件黄鼠狼皮坎肩弟弟后来卖了，换来一点钱，买了些粉笔，教具之类，信中说，没有粉笔的日子，就用抹布蘸了水写，然后再洒上尘土，黑板上就显出字了，水一干，字就消失了。还别说，这反倒提高了学生的阅读速度，全乡比赛，夺了头名！弟弟寄回一张奖状。爹看了又看，说："贴上，哪里显眼就贴哪！"

没有粉笔使用的事情吓了我一大跳，小心翼翼寄封信去问。弟弟回信说："张艺谋拍的《一个都不能少》看过吧？人家小魏老师还能有个学生跑去打工，她去找，最后不仅找回学生,还找了一车学习用具回来。我呢?我的学生让他少都少不了!因为,乡亲们就算累死饿死,也绝不让儿子休学!”

再后来来信,弟弟提他自己的事情就少了,提他的学生渐渐多了,全是些猫三狗四的名字,谁谁名次提前啦,谁谁考了满分啦,谁谁到乡里,市里比赛啦等等。我高声读信,爹在一旁就直点头。我把信读完了,爹还在点头:“不孬,咱于老三的儿子,不孬……”

我把爹的夸奖给弟弟寄回去,弟弟来信说他哭了。

过春节的时候,弟没有回来。爹在村头提个红灯笼站着望了半宿。弟弟还是没有回来。

年还没有过完,爹终于按捺不住了,闯关东似的把全身挂满物品,找小儿子去了。

爹是哭着回来的,爹泪汪汪地望着我:你知道吗?你弟不回来,是舍不得那几十块的车票钱,你知道吗?爹说他瞎子似的在山里转,好容易逮着个人,上前说:兄弟,问个路。那人一回头:“啊呀——是爹!”

这以后,爹就一直闷着气转悠。问他他就说:“那不是人呆的地方!”

爹让我去信把弟弟叫回来:“不用教书了,跟爹在大棚里种反季菜,抓钱!”

弟弟很快就回信了,说:“决定了,不回去!”弟弟还在信中说春天到了,许多花儿都开了,学生们去山上采花,不是掐断,而是连泥挖回,种在教室外,有许多蜂儿来舞,很美丽……

选　　择

赏析/邓洁雯

本文由两条线索牵引着“剧情”的发展。一条线索是弟弟内心的变化过程:先是对清泉小学的期待,然后是失望,继而不情愿呆在那儿,到最后慢慢地接受并爱上了那学校以及那村落。另一条线索是老爹的内心变化,恰巧与弟弟的变化过程是相反的。这两条线索交错在一起让人读起来更加深刻,更让人觉得弟弟的真实与无私。

生活在繁忙城市的人们,对物质财富的欲望日益强盛,像弟弟那样不顾生活艰苦,去追求精神上的满足实在很少了。事实上,弟弟确实很“傻”,愿意放弃原本好好的生活,去那里“自讨苦吃”。而现实中又有很多像他那么“傻”的人。也许,他们开始时也会像弟弟那样觉得“那不是人呆的地方”,可过了好些日子后却不愿意离开。或许是因为乡亲的友好,或许是因为孩子们那渴望知识的眼睛,或许因为其它原因。但是他们最终还是选择了留下来。国家的发展虽然迅速,但广大农村地区还处于十分低下的生活水平,事实上有很多人连吃的都无法自给自足。我们应该庆幸有那么一群“傻子”愿意在这样艰苦的地方落地生根,为那里带去现代文明,为那里的孩子带去一点点希望。

也许,从小养尊处优的我们现在无法体会到其中的艰辛苦闷,但我们仍用我们真挚的心去祝福他们。因为他们的存在,让站在同一片蓝天下的孩子们都可以获得一笔无价的人生财富。

更深刻地说，那两只系在一起的袜子，就像慈爱的母亲和懂事的女儿生活在一起，心连在一起，难道不幸福吗？

妹　　妹

●文/修祥明

妹妹是我们兄妹中惟一的女孩，但用母亲的话说，从没把妹妹当女孩拉扯。

在那个贫穷的年代里，长到十五六岁，妹妹还没像模像样穿一身女孩的衣裳。

为了节省布料，每年做衣服的时候，父亲从供销社扯回一块布料，给我们一人做一身衣裳，所以妹妹的褂子、裤子、棉袄、棉裤和我们兄弟三人的是一样的装束。甚至连脚上的鞋和我们的也一样，总是一色的黄胶鞋，或者是棉靰鞡。当然，母亲常常把妹妹搂进怀里，将她的头发编出两个小辫儿，用红头绳扎着。过年的时候，父亲给妹妹买一条绿围巾，母亲给妹妹的脸搽上些粉，这时的妹妹才有个女孩的样子和丰采。

那年夏天，在四川当工人的三舅到我们家来，送给娘一双尼龙丝袜子。

三舅走后，娘和妹妹一人穿到脚上试了一遍，娘喜得眉笑眼开，妹妹欢喜得走里走外，好像是家里添了若干东西似的。

脱下袜子，妹妹说："娘，把这双袜子给我吧？"

母亲满口应承："好，嫚，给你吧，从没给你买双像样的袜子。"

但眨眼一想，母亲又改了口："不，嫚，我哪舍得给你。这样吧，袜子是咱两个的，谁有要紧的事谁穿。"

妹妹觉得这样合适，把袜子穿到娘的脚上，动情地说："娘，这是俺三舅给你的，你穿穿新吧，今晌午别脱了。"

一双新袜子，给贫穷的日子带来了莫大的欢乐，父亲和我们兄弟三人也露出笑脸，就像阴雨的季节忽然见到了阳光那样畅快。

这是个下着大雨的晌午，吃过午饭，雨停了，汹涌的河水像一群群牲畜一样向下游扬蹄奔去。这时，女人们端着脸盆和衣服来到河边的石蓬上，一边洗衣服，一边看河水奔腾向前的千姿百态。

母亲脱下袜子对妹妹说："嫚，平常咱哪舍得穿这双新袜子，你到河里去洗洗放起来，有要紧的事再穿。"

妹妹爽快地去了河边。但不多时候，妹妹抹着泪回到家中。不用说，是袜子让水冲走了。

妹妹扑进母亲的怀里放声哭着，母亲两眼向门外瞅着，心疼的泪水噙满了两眼。

母亲说："嫚，你怎么这样粗心，我欢喜还没欢喜够呢。心疼死我了，嫚！"

母亲难受的样子激怒了我，我走上前去，狠狠扇了妹妹两个耳光说："败家子，你赔娘的袜子！"

妹妹疼得尖声哭起来，一头扎到炕上哭个不停。

母亲喜欢袜子，但更疼妹妹，就埋怨我说："孩子，你怎么这样没轻没重地打你妹妹，不就是双袜子吗！"

我自知理亏，扛起筐子到坡里去剜菜，母亲见哄不住妹妹，就叹了口气，到厢屋里摇起了纺车。

一个时辰后，我剜了一筐子菜回到家中，母亲又惊又慌地问我："你妹妹呢？"

"不知道呀。"

我的心吓得提到了喉咙口。

"都是你惹的祸！"母亲害怕地说，"村里我找遍了，走，到河边看看去。"

来到洗衣裳的河边，没有妹妹的影，只有浑黄的河水急急地向下游翻腾而去。

要是妹妹寻了短见——我和母亲都显出十分慌张的神色，只好默默地往村里走。

走到家门口的时候，妹妹披头散发地向我和母亲跑来，高兴地喊道："娘，袜子找到了，找到了！"

原来，娘摇纺车的时候，妹妹来到河边，从她刚才洗袜子的地方往河下游走，只要有个积水湾，只要河边的树上挂着浮柴，妹妹就过去寻找，这样一直往下找了八里地，真的在一棵歪在河边的柳树上找到了袜子。

妹妹的裤子和褂子湿得透透的，腿肚子上划出一道血口子，妹妹却像没觉得似的，欢喜地说："娘，亏我的心细，把两只袜子系到一起，咱两个真有福！"

娘没看袜子，而是把妹妹搂进怀里，含着泪说："嫚，刚才把我的魂都吓没了。不用说一双袜子，就是一千双袜子，用全世界的金子换你们，我也不应。"

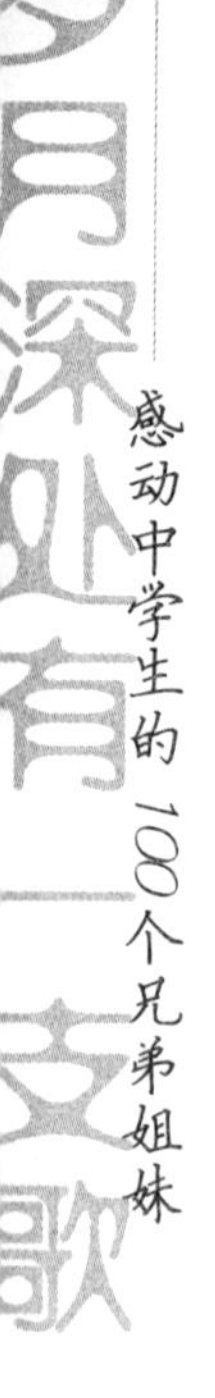

袜子上的爱

赏析／陈艳芳

在那个贫穷的年代里，妹妹从小到大都没有穿过一身女孩的衣裳。她平时的装束与哥哥们的是一样的。然而，女孩爱美的天性是不会被贫困所磨灭的。母亲也不例外。一双新的尼龙丝袜子，给母女俩带来了莫大的欢乐。娘穿着袜子，眉开眼笑；妹妹穿着袜子，走里走外。

“好，嫚，给你吧，”娘答应了妹妹的请求。

“不，嫚，我哪舍得给你”，娘又改了口。娘很爱袜子。

“你穿穿新吧，今晌午别脱了”，妹妹动情地说。她爱袜子，但更爱娘。

娘叫妹妹洗袜子。汹涌的河水把她们心爱的袜子冲走了。妹妹扑进母亲的怀里放声哭着，流着悔疚的泪水。这时，她多需要听到安慰的话。可是，娘说她粗心；哥哥狠狠地扇了她两个耳光，骂她败家子。可怜的妹妹！她那颗善良的心怎么能承受这样的责怪？于是，她去找袜子，去找回娘的笑容，找回家人的原谅。

浑黄的河水翻腾而去。妹妹难道没有感到心寒？难道就没有想到危险？她应该想到的，只是对袜子的渴望战胜了这一切吧。

娘也喜欢袜子，但更爱女儿。当她猜想妹妹会去河里找袜子时，她几乎魂都吓没了。“不用说一双袜子，就是一千双袜子，用全世界的金子换你们，我也不应。”这就是伟大的母爱，不为金钱物质所改变的母爱。

妹妹说她“把两只袜子系到一起，咱两个真有福”。是的，一下子找回了两只袜子，以后她们又有袜子穿了，真的很幸福。更深刻地说，那两只系在一起的袜子，就像慈爱的母亲和懂事的女儿生活在一起，心连在一起，难道不幸福吗？

一双尼龙丝袜子，它上面凝聚着两个女人在贫困年代里对美的爱，也凝聚着母女之间深切的爱。

我想找一个山涧，为这一份爱情作一次祭奠，让清冷的溪流涤荡干净我心中关于这份残缺的爱的缕缕忧思。

世界上我最爱的女孩嫁了

●文/吕高排

整整一个下午，心情都是黯淡的，魂儿被春晓的电话牵出了好远好远。没有魂儿的身体，像一座没有生命的定型石雕，举步艰难。

童年好友春晓在长途电话中说：夏琪结婚了。还说，她不要他告诉我。春晓又说，因为都是好朋友，他忍不住还是说了。

春晓肯定听出我的情绪，声音里带了许多歉疚。

感觉世界上所有的颜色都苍白寡淡了，那一刻，我终于明白，我对夏琪很在乎。

对夏琪最初的印象，仍是那个扎小辫的小姑娘。那一年，母亲带我和弟弟去表姨家，表姨将一个小姑娘揽在怀里，不无骄傲地对我说："快，叫她表姐！"

我呆呆地盯住了表姨怀中的女孩，女孩也信心满怀地期待着我亲切的呼唤。那一刻，我觉得这个小辫女孩像商店里的外国布娃娃：头发黄黄的，眼睛大而漂亮，睫毛很长，每一次忽闪都让人产生出美妙的联想。倘若不是第一次见到，我会情不自禁地抱住她。

就在我这样想着的时候，表姨又一次催促了我。结果却令全家人失望：我最终没有叫出"表姐"两个字。

那时我六岁。六岁孩子的嘴巴是最甜的时候，我的表现自然引起表姨的不悦。表姨甚至还动员母亲带我去看看医生。

母亲自然理解我的腼腆，她无中生有地辩护说：夏琪也就比我家聪儿早十来个小时，让他叫夏琪表姐，也着实有点委屈，你也要考虑一下小男子汉的尊严吧。

自此，我知道了那个扎小辫的女孩叫夏琪，而且知道了我天经地义地应该叫她表姐，虽然她只比我早十个小时来到这个世界上，虽然我们是转了好几道弯子的远亲。

但我不想这样叫，说不清为什么。

四岁的弟弟却是痛快淋漓的，表姐长表姐短，叫得满院子都是。刚才还不屑一顾的表姨自然高兴，对母亲说："你家老二的智商绝对不低。"

应该享受的待遇没有得到，小小的夏琪自然对我没有好感——虽然"表姐"这个词对她来说并不重要。

后来的许多日子里，夏琪一直用她不满的眼光与我碰撞，直到她与我弟弟之间发生的那场冲突。

其实，那场冲突的起因也由我挑起。夏琪、我和弟弟，还有其他的孩子们在表姨家门前的樱树下玩搭积木，我和弟弟的"房子"恰巧缺少一块"方砖"，便向夏琪求援。夏琪给我出了难题：不叫表姐就不给！

我自然没有妥协；夏琪自然也没有示弱。

然而，弟弟却表现得非常果断，他行侠仗义一把抢过了夏琪的"方砖"。夏琪不乐意，争起来，两个人厮打在一起。弟弟为了表现自己男儿的勇敢，一拳将夏琪的鼻子打出了血。

我的拳头比弟弟还硬——却是针对弟弟的。弟弟在委屈的嚎啕声中，不解地看着我抱着夏琪奔向街头的一家医院。那时候，夏琪娇小的身躯乖乖地躺在我的怀抱里，时断时续的嘤嘤哭声让人怜惜。

这种感觉对我产生的深远影响直至今天，以至我在以后的许多日子里，一直认为夏琪应该是我臂膀下呵护的一个恋人。

夏琪的鼻子根本没有看医生的必要。医生友好地摸了摸我的脑袋，没有开一片药就打发走了我们。

后来常想，也许正是那次的小题大作才赢得了夏琪多多少少的谅解。至少，夏琪再也没有因为我不叫她"表姐"而不愉快。但那一次之后的我和夏琪，却像被一个无形的屏风隔开了，她总是在就要进入我视线的时候，悄然躲到遥远的角落里。

尽管在同一个班里读书，我们的话却很少很少。念初二的时候，夏琪不仅成绩拔萃，在那所遐迩闻名的学校里也是小有名气的校花。她因不同凡响的美丽而得到许多莫名的关注，其中就有与我极为要好的同桌好友春晓。说不清是一种什么样的动力和心思，作为班长的我顿生勇气和胆量，向班主任奏过一本后，又找了个莫须有的借口与身高体大的春晓干了一架，直到班主任将春晓调到另一个班级。

后来，与我和好如初的春晓在成为另一位女孩的先生时，把我当年的那一举动用一个词明了地概括出来：重色轻友。

这起打架事件的发生，使我和夏琪的语言更少。

高中毕业后，我成了一名海军战士，夏琪考上了当地一所师范大学。

那一天，我身着戎装，耀武扬威地在母校的小会议室里与同学朋友告别。当全班同学都从我的视线里消失的时候，我的心里失落落的。

夏琪没有来。

我一个人走在空荡荡的大街上，心境与兴冲冲地奔向校园时迥然不同。

我悲壮地去了军营。送行的亲人很多，包括那位并不喜欢我的表姨，可仍然不见夏琪的身影。

那时候，我还没有想到缄默的夏琪居然和我有着同样的心境，而她对待这种不求自来的情愫的方式便是逃遁。

我更没有想到，夏琪像一个聪明的小精灵，钻进了我的心灵，即便在浩波万里的大海上，夏琪也没有走出我的生存空间。班长时常拿我若有所思的傻样逗乐，并一定让我承认是在想媳妇。心里这才明白，我是真正爱上夏琪了。

后来受的教育多了，觉得自己已成了大人，意识到这份感情纵然落花流水，也不可终结良缘。但对夏琪的感情却并没有因此收敛。

于是，不再孩子似的故意疏远这种本来就有的感情。我开始给夏琪写信，这些信，完全是以一种亲情的架势在祝福和问候她——虽然我仍没有称她表姐。

煎熬了好长一段时间，夏琪终于来了信。夏琪的信尽管写了足有三页，却也是淡淡的，除了那种令人感动的关怀，便是各自的工作和生活琐事——她也长大了。

将夏琪的每一句话都读进心里，便有强烈的激情，迫使我马上铺开信笺，涂抹下许多的文字——却没有寄出。我知道，需要冷静地压抑这份沉重的情感，就像磐石扼杀一颗脆弱的小草而不使其生成青枝绿叶一样。

很难。却不得已。

这样不明不白地写了许多的信，没有中断，也不似雪片。

这期间回家省亲，心急如焚地渴望见到夏琪。夏琪站在樱花如霞的家门前，高兴的眼睛里充满忧郁——那一年，夏琪失去了父亲。失去了父爱的女孩更让人怜爱，我不知道怎样安慰她才好。

我只能用默默的踱步来掩饰内心里复杂的情感。夏琪也如此。没有语言，一起走过的路却并不短。整个假期，都这样悄然度过。就要回军营的时候，我又去了夏琪家。表姨出了远门，家里只有夏琪留守。

表姨家的长桌摆在客厅的正中央，夏琪坐东，我坐西。屋里没有音乐，也没开电视；夏琪没有给我倒水，我也没有吸烟。我们互相对视看，互相沉默着，只让感情之电在交流。这种只有钟表滴答声的故事坚持了整整五个小时。

我不想说，但还是说：我该走了，明天还要赶路。

夏琪说：不能再留两天吗？

我说:我是军人。

夏琪便背转了身,去找毛巾擦脸。没有看见夏琪流泪,但我能感觉她是在用毛巾拭掉流落的泪水。

当我真要离开的时候,夏琪拿出一件精致的手织毛背心,喃喃地说:海上风凉……

夏琪将我送出大门外。在我跨出门槛后,夏琪将双扇大门关起,留下的小小门缝里,只剩下她那张美丽的脸蛋——夏琪就这样注视着我踽踽走远。此后,那张出现在门缝里的面孔久久地回荡在我的眼前,我时常感觉我的每步路每个举动都处在那双眼睛的视野之中。甚至常想那扇没有全部关闭的门是为我而准备的,我如果在门缝中去接纳夏琪温热的唇,夏琪肯定不会拒绝。可是,我没这样做。

后来,夏琪给我来信,说有件事想请我帮忙参谋一下:学校里有个男孩子在追她,该不该理他。

我心里飘过一片悲凄的云。我知道这已经不是几年前,我可以用拳头无赖般地教训追她的男生——她已经有了恋爱的权利和自由。

我无言,我违心地写下了许多话。譬如:倘若这个男孩非常优秀的话,你不妨答应下来。但这个男孩子必须是正直的、向上的、努力的、真诚的……

写完的时候,我不知道夏琪所说的那个男孩子是否具有这些十全十美的条件。反正,在我的潜意识中,没有哪个男孩子有资格向夏琪求爱。

夏琪后来回信说,那个男孩子已经退学做生意了,现在是一家公司的副总裁。

我似乎抓住了某种时机,几乎没有犹豫地写信给夏琪:一个在学业上不求进取的人,他不值得你爱!

夏琪很快吹掉了这个本来很优秀的男孩。

以后,夏琪又两次请我做她的参谋,并将男孩的照片寄给我审查。我像挑选一部重要影片的男主角,进入眼底的只是对方的缺点——我几乎一点也看不见这些男孩的优秀之处。自然,夏琪完全按照我的旨意将他们抛得很远。

在爱情上,夏琪依然请我参谋。那时候,她已经束上了本命年的红腰带。我知道,我是不会为她选出才郎佳子了。在我看来,她冰肌玉体,是上帝专心制造的尤物,此等尤物,何辈能配?

可我不能再错过她的良缘。甚至,我们都明智地减少了彼此的通信,惟恐那份感情暴风骤雨般袭击了已经脆弱无比的情感世界。

又过了许多日子,我便接到了好友春晓的电话,知道了我的表姐——夏琪已经做了他人的新娘。春晓没有提起那个男孩的点滴情况,只告诉我说,在他们新婚燕尔的那一天,世界被雨笼罩了……

哦,世界上我最爱的女孩嫁人了!当我坐在海港的这间小屋里,心境被大海的狂涛搅乱了的时候,有雨悄然落下来,落下来……

爱的祭奠

赏析/谭伟开

我仿佛承受了几个世纪的重压,心中尽是郁闷和遗憾。我想找一个山涧,为这一份爱情作一次祭奠,让清冷的溪流涤荡干净我心中关于这份残缺的爱的缕缕忧思。

作者用极为细腻的文字叙述了自己和爱人的千丝万缕。虽然他竭力想留住这份爱情,但它还是在不知不觉中消逝了,如风中飘逸的一丝青烟,风一吹,便散了,消失得无影无踪,只空有一腔爱意在心中激荡,却永远也找不到支撑点。我的心被文字中所倾注的感情紧紧地揪住,痛惜起主人公来。他们原本彼此相爱,然而却让它消散了,终落下一生的遗憾,余下一片无尽的悔恨。这便是整篇文章的精魂所在。

然而文章的亮点远不止这些,在男主人公回家探亲时在表姨家与夏琪对视的时间里,这无疑是破除一切障碍的绝佳机会,然而作者在这里开了一个玩笑,谁也没有向对方说出内心深藏着的话,致使爱情在又一次的沉默中与主人公失之交臂,这一别,也就是对这份感情的诀别了。直到有一天,男主人公接到朋友的电话,得知她已经嫁了。这是何等的凄凉,男主人公的心再也不能平静,他开始悔恨,悔恨自己不该错过一段如此美好的爱情。文章用朴实无华的语言叙述了这一坏消息却感人至深,催人泪下。

爱情对人最重要的惩罚莫过于两个人相爱,却互相没有倾诉出来,深藏于心中,待到尘封已久时才猛然醒起,却已迟了,对方已经真正地离你而去了,再也找不回来了,那种曾经的感觉就这样飘散于心中。文章也正抓住了这一点,用淋漓尽致的笔法叙述了这一人生悲剧,给人以震撼、伤感。

不知不觉中,我们便被文章同化了,陪着文中的人物一起经历痛苦的无情吞噬,感受泪落的悲楚时分。静静地,默默地,我们开始祈祷,希望这样的锥心之痛不要重来。

亲爱的哥哥，不仅有一双宽容、关心妹妹的眼睛，还有一颗无私奉献、保卫祖国的高尚灵魂。这样的好哥哥，能不让人深情地呼唤吗？

叫声哥哥

●文/佚　名

去西藏前，父亲将我打好的三大包行李拆开，很认真地重新收拾一遍，然后筋疲力尽地瘫在沙发上。我注意到，父亲没有去擦他那一脑门子的汗水，只是凝神地盯着我的行李，流露出对女儿的不尽担忧，那目光使我的心隐隐作痛。

为了缓和一下气氛，母亲开玩笑说："养个女儿真麻烦，还是儿子爽快，说走第二天就自己打上背包走了，一点儿都不用我们操心。"

母亲说的是我哥哥。他比我早一年从军校毕业，早一年去了西藏，记得我哥哥临走的那天，我因在军校上课不能去送他。听母亲讲，哥哥只回家住了一夜，第二天将洗漱用具往军用挎包里一塞，就很干脆地走了。父母很满意，仿佛第一次从儿子身上看到自己当年参军离家时的影子。

不久，有信和照片从西藏来。照片是哥哥那批赴藏的四十名学员刚下飞机时照的。哥哥特意注明这个机场的地名：贡嘎。背景是那只送他们去实现美好理想的"银燕"。女学员以队列训练的正规姿势蹲成两排，男学员则很潇洒地将两条胳膊那么一抱。我的目光久久停留在我哥哥身上，觉得他是照片上所有人中最洒脱的一个，甚至我还认为其他男学员的那副姿势全是模仿他的。

这之后，我便每隔一星期收到他用漂亮的隶书写来的航空信。每一封信都是一篇抒情散文——一碧如洗的蓝天，还有豪放高歌的人……当然，更有照片为证，每一张照片都是一页精美的明信片，是完全可以上风景挂历的那种。但比这些更为精彩的还是我哥哥的单人照片。我拿着照片，看着这个与我从小依傍的人，突然间感到他却原来正是我应该崇拜的偶像。这不仅仅是我个人的感觉，连我的一些同学也这么认为。她们传看他的照片，她们听我读他信中的某些段落，不说一声"你哥哥真是太棒了"我是决不甘心收场的。当然我也很希望我哥哥能听到这句话，听到后红着脸露出他的那颗小虎牙。

其实，在哥哥去西藏之前我是并不崇拜我哥哥的，我也没有叫过他一声哥哥。

哥哥只比我大一岁零五个月，从小生得白嫩细腻，举止温文尔雅。他使用剪刀，定像女孩家那样翘起一根“兰花指”；他讲究整洁，任何人不敢随便搬弄他的东西。有一次我奶奶去保育院看他，在他床上坐了一会儿，临走时刚一起身他就急着整理床铺。然而，在我们这个家庭里的所有大人都不认为这些是缺点，反而加倍宠他。

最奇怪的是，很多人总认为我是他的姐姐。时常听见有如对我闷闷一棍地问话：“你弟弟呢？”他当然也有如此相同尴尬，所以，他是极想让我叫他“哥哥”的，然而，我偏不。

又过了一段，他念中学了，这下跟我拉开了“档次”。于是，他邀一帮正在长喉结变嗓门的同学来家里做客。瞅个机会，他到我房间里，很狡黠地讲了他谋划已久的主意——要我当众叫他“哥哥”。我可能是点了头，就见他满意地立刻回客厅，加入到激烈的“唧唧呱呱”当中。我出去给他们沏了茶，然后，对那个朝我频频暗示的粉色脸蛋发一声黑色的回应：“高卿，你的茶！”

立时，他的脸蛋不粉了，变成紫色。

我看见他狼狈地接过茶杯，低下头，只顾着尽快将那紫色掩藏掉。从此，他再也不敢奢求我叫他哥哥。

没想到，此时我却特别想叫他哥哥。当我登上飞往西藏的飞机，第一个念头就是给自己下道死命令：见了哥哥一定要叫他一声哥哥，当着所有人的面叫，扑到他的怀里叫，歇斯底里地叫……

我想像着他在飞机舷梯下面迎接我，听我喊了“哥哥”以后，像西方人那样拥抱我，然后扛起了我的行李，领我朝早已停候在不远处的汽车雄赳赳地走去……

下了飞机，我所想像的这些情形真的看到了，但不是我的，全是别人的。我四处寻找，到底没有他的影子。我喉头一阵紧，鼻子酸酸的，差点就要“妹妹找哥泪花流”了……这不能怪他，他所在的连队驻在一个偏远的边境小镇——亚东，他来拉萨一趟很不容易。这是我后来才知道的。可能是怕父母担忧，过去他在信中对亚东的偏远只字不提。

我被分配在军区总医院。当天下午，跟哥哥一起进藏的一个女学员赶来看我。我急急地向她打听我的哥哥。

“你哥哥电话里说你要来，嘱我只要你一到就马上见你，他急得要死。”

“给你打电话？那他自己为啥不来？”

“你以为还是内地呀，这儿可是高原。亚东那地方离这儿远着呢。”我听后很泄劲地问她："怎么我哥哥没有留在拉萨而去了亚东呢？"

哥哥的同学告诉我："那完全是你哥哥自己要求去的，去了以后又主动申请守乃堆拉哨所。其实他去也是对的，目前我们这批学员只有两个人入党，他就是其中的一个。当然，我知道他去那儿不是为挣党票，好像多少跟个人感情有点关系……"

个人感情？我当时百思不得其解。

数月之后，哥哥捎信说，他就要来拉萨看我了。我在兴奋之极的过程中失手打碎了一个崭新的八磅暖水瓶。然后，我便全身心地投入到打扫和整理房间上。想想看，他是怎样的讲究又讲究。

这天傍晚时分，一辆扑满灰尘的吉普车出现在我窗下，不待车停稳，我已连蹦带跳地朝汽车飞身而去。然而，来人却不是我哥哥，而是我哥哥一个单位的战友，他替我哥哥送来了一筐亚东苹果，还有一封信。我拆开信，眼前映出了哥哥的字迹——

"太对不起妹妹了。前天要不是太激动，忍不住跑去跟战士们摆龙门阵，也许我们就见面了。这一摆就摆出了问题，事情是出在炊事班的李老兵身上。他当了三年的'伙头兵'，忙着给大家做饭，一直没机会到西藏军区的大院里去看看。这是他退伍前最大的遗憾。军区大院我曾去过，还在那里洗过一次澡（在我们亚东边防，一般来说一年才能洗上一次）。为了不让李老兵把最大遗憾升级到终身遗憾，我斗争了一晚上，还是决定把吉普车上我的那个位置留给了他……很想见你的哥哥。"

读完信，泪就忍不住流下来。捡起个苹果，猛地大咬一口，竟咬出像哥哥的脸庞——我分明看到他的眼神有欣慰的光芒流露。那么，你是什么时候开始学会遏制自己的要求而谋求他人幸福的呢？难道这就是你所要寻求的"个人感情"？也许你品尝到了人类之爱的辛味，便是这辽远宏大的神奇高原给予你的馈赠吧！

可惜我不能像母亲那样去体贴你，也不能像恋人那样去温存你，但我却可以感觉到相同血缘的那条脐带将我们紧紧相连，并通过脐带两端的无限延伸，向你致以"姐姐"似的嘘寒问暖……然而，当这"姐姐"的念头产生的时候，我却忍不住高喊了一声"哥哥——"但愿这声音能传达到那风雪高原，千里边关，并将"哥哥"这两个字镶嵌在你守卫的乃堆拉山头上……

哥哥沉甸甸

赏析／梁建瑜

“我”终于忍不住高喊了蕴藏多年的一声“哥哥——”，这声“哥哥”是多么沉重。因为它饱含着不可度量的伟大的爱。

在哥哥去西藏之前，“我”从来没有叫他一声哥哥，因为他从小生得白嫩细腻，举止温文尔雅，很多时候，被人误认为是“我”的弟弟，更是因为“我”这个妹妹太任性，总是以“姐姐”的姿态高高在上，不愿满足他想“我”在他同学面前叫他一声哥哥的要求，反而让他难堪，发一声黑色的回应：高卿。

可是哥哥却宽容“我”，他身处遥远的西藏，每隔一个星期都寄来充满思念之情的航空信以及精彩的照片，无声地关心妹妹的成长。“我”对哥哥的情感因而渐渐从不屑到了崇拜。这都是哥哥努力的结果。

当妹妹要踏上西藏这片高原，他不能来接机，“急得要死”地嘱托别人来看妹妹；终于有一次机会来看妹妹了，一连激动了好几天，可是后来却放弃了和妹妹相聚的机会，他把车座让给了战友，为了不让老战友把最大的遗憾变成终身的遗憾。人尽皆知，他是强忍着多大的遗憾，而这是替战友承受的。

文雅书生般的哥哥，义无反顾地来到生活艰苦的西藏高原过部队生活；讲究整洁的哥哥，坚守在一年只能洗一次澡的亚东边防。他的胸怀就像神奇的高原一般辽远宏大。

亲爱的哥哥，不仅有一双宽容、关心妹妹的眼睛，还有一颗无私奉献、保卫祖国的高尚灵魂。这样的好哥哥，能不让人深情地呼唤吗？

他们的爱几乎超越了人性的本能，甚至让人觉得他们是爱傻了。

谎言如诗

●文/张晓枫

滩头村的学文和学武兄弟俩今年都参加了高考，一估分，都在五百分以上，老师说这个分数能上本科线。这本该是高兴的事，王兴礼却高兴不起来。王兴礼的老婆三十来岁就下世了，王兴礼身体又不太好，不敢到城里打工，只会在土里刨食，把两个孩子拉扯大读上高中头发就累白了。现在两个孩子同时考上了大学，就是把家产卖光也不够两个孩子的学费呀！孩子上了大学，吃什么花什么呀！王兴礼是个老实巴交的庄稼汉，没有办法可想只会坐在那儿掉泪。

两个孩子都懂事，学文说爹你别难过，我去外面打工，你在家种地，让学武一个人上大学吧。学武说我的身体棒，还是我去打工让哥去上吧。学文说你估的分数高，你有前途你去上吧。学武说要不上大学你的女朋友就和你吹了，还是你去吧。兄弟俩让来让去的，谁也不松口，可让王兴礼作了难，最后王兴礼说那就抓阄吧，谁运气好谁去吧。学文进屋写了两个纸条，团起来让学武先抓。学武把两个纸条都抓起来了，展开一看，上面写的都是“上”。学武要重新写，学文不让，说这样吧，咱俩谁的通知书先下谁去上。

学文去了村里的砖瓦厂干临时工，学武跟着村里的建筑队干活。一天，邮递员把学文的大学录取通知书送到了砖瓦厂。学文买了十来块冰糕给一起干活的同伴，要他们替自己保密，他想让弟弟去上大学。回到家，学武就问，听说你的通知书下了，这回，你没啥说的了吧？学文说没有的事儿，你听谁说的？学武要搜学文的身，学文不让。学武让爹说话，王兴礼让学文把通知书拿出来，学文却哭了起来。学文一哭，王兴礼和学武也哭了。正哭着，支书大林来了。大林说都别哭了，你们家的事儿乡里知道了，乡领导说了，兄弟俩都得去上，有困难乡里给解决。他这一说，这爷仨都不哭了。学文就把通知书拿出来了，王兴礼双手捧着通知书，激动得又哭了起来。

学文要学武注意点，估计他的通知书也快下了。学武不好意思起来，说我的通知书昨天就下了，我是在路上碰到邮递员的。学文使劲擂了学武一拳，又使劲抱住了学武。临到开学的时候，乡里的王乡长才送来五千块钱，说是乡里的财政很困难，干部的工资都发不下来，这五千块钱也是乡里的几个领导给兑的。支书大林给了两千，亲戚朋友们凑了两千，王兴礼把粮食几乎全卖光了，总算是把学费凑齐了。

学文并没有去上学，而是到南方去打工了。学武的学校在南方一座大城市，消费水平很高，学武拿的钱一缴学费就剩下不多了，以后的日子怎么过呢？学文想自己是哥哥，应该做出牺牲，让弟弟体体面面地上完大学。学文打了一个月工，估计弟弟的钱快花完了，就给学武写了一封长信，给他寄去了一千块钱。过了几天，钱和信都被退了回来，原因是查无此人。学文赶紧去了学武考的那个大学，找到学武报的那个系的负责人一问，才知道学武根本就没有来报到。学文如同傻了一般，半天也没有说出一句话。

不约而同的爱

赏析／陈艳芳

这是一个美丽的谎言，又是一首动人的诗……

学武没有去大学报到，他去哪了呢？我想他也像学文一样去打工了吧。兄弟二人都考上了大学，然而都没有去学校，这仅仅是因为家里贫困吗？不，更重要的原因是那一份兄弟深情——千方百计地为了对方而牺牲自己的前程。试想一下，如果学武也知道了学文没有去上学，他会怎样？兄弟彼此见到面后会怎样？父亲王兴礼知道后又会怎样？不管他们会怎样，我坚信他们所做的一切都是源于那一份浓浓的亲情。

如此深厚的兄弟情，真的让很多人泪颜。曾经目睹过让我触目惊心的一幕：一对孪生兄弟，为了一辆残旧的自行车而大打出手，可怜的母亲看到自己的骨肉相残，老泪纵横。

自古以来，从宫廷到闾巷，无数的兄弟之间要么为了争权要么为了夺利，而不择手段。在权与利的诱惑之下，人性中自私的一面如一把锐利的剑，深深地刺伤自己的亲人。“人不为己，天诛地灭”，人都是自私的。而在这个故事里，我看到了暖人心房的一幕。他们的爱几乎超越了人性的本能，甚至让人觉得他们是爱傻了。

我想他们是不幸的，因为与大学生活失之交臂。他们又是幸运的，在爱的围绕下成长，知道什么是爱，懂得如何去爱，而且用同样的方式不约而同地去爱。

亲情就像一把伞，随时打开你都可以获得一方温馨的空间。

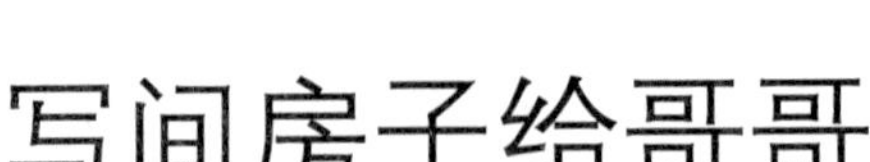

写间房子给哥哥

●文/周凡恺

那是三年以前，我和妹妹约好共同出资给我们的胞兄买间房子。

我们作出这个决定的时候，虽然觉出了肩上的压力，但心情毕竟还算轻松，尤其是看到母亲少见的舒展的笑脸，我们便感到了一丝安慰，那种心情是做儿女的终于能够为母亲承担了一点什么才会有的。况且还有人所不知的一点，即我们可以有一千个理由拒绝给哥哥买房子，可这一个个理由纵使再堂皇，在哥哥的痴笑面前也会立刻土崩瓦解，因为我的哥哥在智力上存在着明显的缺陷。

的确，哥哥可以说是一个半傻不傻的人。

他虽非先天痴呆，但小时的那场大病却使他变得愚钝。从小学到中学，他所有的功课都不及格，因而也就成了被人戏弄的对象。譬如，他常常被人剥掉了裤子，光着屁股回家；再譬如，他的脸上总是被人画得一塌糊涂，要么是一副眼镜，要么是几根胡须，每天都脏兮兮的看了让人难受。有一次，他被几个同学押着，头上戴着一顶破钢盔，举着双手在操场上转圈儿，那时我的血就涌上来，操了一根铁棍冲入人群，闭上眼睛一通横扫。有一个时期，我与一帮流氓搅和到一起，四处寻衅，也多半是为了他的缘故。

我那时就已经知道，哥哥虽然从死神的魔掌中逃脱出来，但他漫长的人生将是屈辱的、孤寂的、黯淡的，我们虽有能力保护他，可终不能一辈子守着他，我清晰地记得，父亲临终之前，目光久久地凝在哥哥的身上，一滴混浊的泪从他的眼角爬出来，在散乱的阳光下抖动着，闪烁着。我从这滴泪中读懂了父亲对哥哥的牵挂，也读出了未来的生活对我们将意味着什么。

我和妹妹上大学时，哥哥已经谋到一份工作，在一家医院的传染科扫厕所，他干着最脏最累的活儿，拿着最低的工资，并且医院里的任何一个人都可以唤狗似的对他吆来喝去。即使如此，无论是母亲还是哥哥本人，都感到了极大的满足，因为他终于有了一个饭碗，可以自食其力了。偶尔，我和妹妹还可以接到他寄来的汇款单，虽然只有几元钱或者十几元钱，但我们却在他那歪歪扭扭的字迹中品出了其中的分量，心里颤颤的，不知该怎样将这一小笔血汗钱花出去。

大约三十岁的时候，在几个热心人的撮合下，哥哥结识了一个山里的残疾女孩，此时的母亲虽已改嫁，却仍旧倾其全力，为他们操办了婚事，然而新婚的喜气还没有过去，两人便平静地分手了，本已愁肠百结的母亲心力交瘁，病卧在床。我曾劝慰母亲说，散了也好，不然于人于己都不人道。母亲是有文化的人，在理论上完全可以接受我的想法，而实际上，她几乎是神经质地到处求告，拜托朋友为他的傻儿子说上一门亲事，她对我和妹妹说，你们从小跟着我吃了很多苦，我或许活不了几年了，趁着还有一点力气，我要把你哥哥的事情安排好，不能让你们去背这个大包袱。想想母亲这一辈子，我们的心中酸酸的，只能沉默不语。

终于有一个被人遗弃的女人同意与哥哥过，但她及她的家人提出了一个条件，而且是必须的，那就是马上给他们买一座房子，母亲的脸上立刻愁云密布，一夜之间白发。她说就算把她的老骨头榨了，恐怕也买不上两扇门窗，况且她是一个改了嫁的人，她不想因为自己的儿子去烦扰别人的生活。万般无奈之中，她只得电召我和妹妹回去，替她想个周全的办法。

那是一个寒冷的天，大雪下得铺天盖地，我和妹妹在雪地上，把积雪踩得吱吱作响，妹妹凝视着幽不见底的夜空，我也凝视着幽不见底的夜空，我们就那样嘴里喷着白气在寒夜中转着圈圈儿，看着不远处的火车一列列地开过去，看着一盏又一盏的红灯笼在新年气息已浓的冬夜中忽明忽暗。

后来妹妹就对我说：咱是该给哥哥买座房子！

后来我也对妹妹说：咱是该给哥哥买座房子！

后来我们就去与傻哥哥和新嫂嫂喝酒。

后来我们就在一张纸上签了答应给他们租房子，两年之内一定让新嫂子搬进属于他们自己的新居。

我们第一次从真正的意义上理解什么叫责任和沉重。

妹妹给我来电话说，她想放弃电台主持人这一工作，她要下海，开一家时装店，去掏女人和儿童钱袋。我说节目主持人是许多人梦寐以求的差事，不要因小失大，她便沉默了几天，然后又来电说她去炒股票了。她的心情当时很开朗，一个劲儿地和我开着玩笑，说假如她一不小心炒成了“资产阶级”，我们全家所有受苦受难的人都买幢别墅，我在心里笑着，仍旧平心静气地每晚去编书写字儿。我知道自己没有别的能耐，只能靠写字儿去给哥哥买那一砖一瓦，有一段时期，我的写作动机可能只有一个：挣钱。我也的确对得起良心对得起读者的情况下挣了一笔自认为很可观的钱，于是，我便给妹妹打电话，说两年的期限眼看快到，咱们该行动了，可妹妹说你知道不知道现在是熊市，不仅房子买不成就连股本也给套牢了，我叹息一声只得回到桌前继续写字儿。

然而，这种平静很快就被打破了。

先是妻子遗失了公家的一笔巨款，无论在办案人员还是其他人的眼中，妻子都是被怀疑的第一对象。为了洗刷这种耻辱，妻子多次企图以自杀来证明自己的清白，以致我每天必须对她实行二十四小时的“监视”。我如今已无意对此事以及赔偿作出任何评说，但我的直觉告诉我，那个至今仍隐蔽着的大盗，或许脸上依旧堆满了笑容，觊觎着，正在寻找着另一个倒霉蛋儿。

也就是在这之后，我上了一趟庐山，且抽得一签，曰：月落星稀，风生雨至。这是我平生第一次抽签，当时只是觉得好玩，并未仔细研究签中谶语，更未品出其中的宿命味道。然而半年后当我接到妹妹车祸罹难的消息时，这八个字就变得有些狰狞可怖了。

我不否认，在妹妹突然离去的很长一段时间里，我的精神几近崩溃。从小到大，我对她一直在行使着“父亲”的责任，她的每一步，都是在我的呵护中迈出的，在那些难熬的日子里，夜还未深，我便熄灭了那些曾经伴我静读的灯，在黑暗空落的房间里呆呆地坐着，直至天明。有时，我在微露的晨曦中睡上一会儿，便觉得很累，觉得身心已经成了一滩稀泥。我就这样断断续续地睡下去，被浓重的梦魇笼罩着。我的梦中总是飘荡着家乡的雪霁，就如日本画家东山魁夷笔下的那样明澈寒峻。一个阳光明媚的正午，我站在窗前望着楼下空寂的广场，那里每天都有一个老人在太阳底下坐着。他很老很老了，目光也像幽灵一样。他总是久久地凝视着天空，脸上的表情很神秘，他肯定是看到了什么，就如两千多年前楚国的屈子所看到的一样，只是他缄口不语。因而当他那弯曲的影子从这个广场上消失时，他也把他所看到的一切一同带走了。阳光依旧好。此刻，我知道在家乡那两株老榆树下还坐着我的老母亲和我的傻哥哥，他们在等着我去兑现我与妹妹所许下的诺言。

我开始清点我的所有，我知道我必须付上妹妹的那一份。妹夫冬波是个好人，他说等妹妹的抚恤金下来，就给哥哥买房子。可我怎能要这笔钱呢，那是妹妹的命啊！况且肇事的各方至今仍在扯皮推脱。冬波又说，那就等妹妹炒股的合伙人把钱送回来再买。我说你知道她的合伙人是谁么？人家若是有意，钱早就送回来了。于是冬波不语。于是冬波感叹：人呐！

我把买房款寄回老家的那天是个好天。我听着汇兑员在那几张单子上响亮地敲上邮戳时，心情一下子松弛下来。我看到妹妹坐着一架马车，回头冲我笑着，在烟尘中远去了。我在心里说：该歇歇了。

感动于浓浓亲情

赏析／谢春晖

我认为，本文的标题之所以用“写间房子……”而不用“买间房子……”是因为“写”更能表现出作者在作出决定时是带着一颗沉重的心，肩负一份沉重的责任的，而不是轻易而为的。从中我可以掂量出亲情在一个人心中的份量。

本文虽无华美的藻辞，却处处荡漾着浓浓的亲情。作者的母亲一直为女儿的幸福倾注心力，傻儿子的遭遇始终是控制她喜乐的暗线，尽管她自责让儿女跟自己吃了很多苦，但她所吃的苦又怎能为儿女轻易读懂，真是可怜天下父母心！

妹妹是文中另一个不幸的人，作为一个节目主持人，她本可以凭着这份工作的收入生活得很好，但她始终把哥哥的事当作自己的事，为了傻哥哥，她萌生了弃业下海的想法，为了傻哥哥，她冒险地炒股票。车轮无情，如花的生命瞬间纷纷落蕊，然而，她的牵挂没有离去，好心的冬波把她的芬芳继续传递。

经历了如此困境，作者并没有被打败，而是默默地承受痛楚，默默地实现曾经的诺言。是亲情，让他的生活依然阳光；是亲情，让他勇敢地担起一家之主之责。在他心中，他的血液已和母亲、妹妹、哥哥交融在一起，永不分离。

血浓于水，亲情是永远的，父母、兄弟的生命始终与你拥抱在一起，不会因你境遇的改变而离开；亲情是无私的，它只讲付出，不讲回报。你的拥有也代表亲人的拥有；亲情是纯洁的，利欲熏心的社会里，惟有它，像无暇的玉石；任金钱之刀镂刻，依然晶莹剔透。亲情是一种幸福，更是一种信任。我们在亲情的襁褓中长大，我们也有必要尽自己的能力，帮助保护自己的亲人。毕竟，人生路上风雨无常，只有相互扶持，才能渐行渐远。亲情就像一把伞，随时打开你都可以获得一方温馨的空间。连雨伞都丢掉的人，谁来怜惜！

感谢作者，他使我读懂了无私的爱，读懂了浓浓的亲情！

于是，不再孩子似的故意疏远这种本来就有的感情。我开始给夏琪写信，这些信，完全是以一种亲情的架势在祝福和问候她——虽然我仍没有称她表姐。

理解的幸福

岁月深处有一支歌

妹妹还在奶声奶气地唱：

洋娃娃和小熊跳舞，
跳呀跳呀一二一……
小熊小熊点点头呀，
小洋娃娃笑嘻嘻。

是第几遍的重复了，不知道。

那是为我而唱的，送给我的歌。

有句话说："有时候，解释是不需要的，因为敌人不听你的解释，朋友会理解你的解释。"所以，存在理解，就可以闻到幸福的芬芳。因为理解，所以温馨；因为温馨，所以幸福。幸福，就是这么简单！

有些人一生就为了一句话，有些人一辈子就为了一句承诺而生存，更有甚者是因为心中那份情而找到了自身存在的价值。

大　兵

●文/梁海潮

你参军那会儿，满脑子想的是要考上军事大学，或者立个三等功，捞个班长排长连长什么的，复员时好留在县城，不再回那个只长石头不长财富的穷山坳。

你奉命与部队赶来抗洪抢险。

你看到漫无边际的洪水心里吃了一惊。你从没见过这么大的洪水，村庄房屋树木庄稼，在洪水的肆虐下显得那么脆弱和无奈。你只见过大山里的洪水，你对洪水有着刻骨的仇恨。

那年你和五岁的小妹在村边黑龙潭摸螃蟹，刚下过雨的黑龙潭潭边石头下随处都有螃蟹可捉。山洪狼一样扑来，小妹便被“狼”吃了。你吓得哇哇大哭。从此，你对洪水产生了一种积怨和仇恨。

你在护堤中表现非常优秀。百十斤沙袋扛起来飞一样跑。并一连扛了百多次。傍晚的时候，你才觉得疲劳，兵们都困得挤在车底打盹，你刚眯上眼睛，就看见久别的小妹向你微笑着跑来，胖胖的小脸两个深深的酒窝，羊角小辫高高地翘着，你向小妹奔去，小妹却忽然淹没进洪水中，小妹的两只小手在洪水里摇摆，像风中招展的旗帜，周围溅起一圈圈浑浊的浪花。你疯了一样扑过去，却掉进了无底的深潭，你惊出一身冷汗，醒来是一个梦。

你怎么也睡不着，总觉得小妹就在身边的洪水里。你悄悄爬起来，从背包里拿出手电，照照脚下的堤，又朝水里扫视，耳畔是骇人的水啸。

就在这一刻，你发现二十米远的水面上有一只手在无力地挣扎，你惊呆了，你仿佛看到一面令旗，一面大声呼喊战友，一面跳进水中，来不及紧一紧身上的救生衣，你脑子里还是梦中落水的妹妹，你心里呼唤着：妹妹，哥救你来了，哥哥救你来了呵。

这儿的流水已不太湍急，你奋力划过去，却找不到那只手了，你哭一样死命地喊：“妹妹……”

突然，你看见一团漂动的黑发，你喊着“妹妹”游过去。

你抓住那团头发往上提，然而，你却被一双手死死地抱住，你怎么也挣不脱。你如坠了一块巨石一样，一点点往下沉。

是救生衣帮了你，是听到你的呼救赶来的巡堤战友救了你，你才没有和“妹妹”一起葬身水腹。

紧紧抱着你的，是一个赤身裸体的女子。

女子已经昏迷，战友用力掰开那一双洁白的手臂，一时无所适从。

你第一次看到女子的全部。你脸烫得发烧。你迅速脱下衣服裹在女子身上。你把女子头朝下扛在肩上，在战友们的护拥下，向临时搭起的帐篷诊所跑去。

战友们为你请功，你忽然泪流满面对班长和战友说：这是我妹妹，为不让妹妹今后的人生难堪，咱们谁也不要说……

一份爱，一辈子

赏析／陈观荣

有些人一生就为了一句话，有些人一辈子就为了一句承诺而生存，更有甚者是因为心中那份情而找到了自身存在的价值。

在《大兵》中体现的正是大兵对妹妹的一份深沉的爱。当五岁的妹妹被洪水夺走生命后，大兵的那份爱就转化成了对洪水的积怨和仇恨。当他奉命与部队赶来抗洪抢险，再次看到那漫无边际的洪水时，心里何止是“吃了一惊”。那时，对洪水的惧怕与打败洪水的决心相互交织着，对妹妹深深的爱与对洪水刻骨的仇恨夹杂着。从这，我们便可清楚：是什么力量使他扛起百斤沙袋能飞一样地跑？是什么力量使他能一连扛了百多次的沙袋？是什么力量，使他拖着累垮的身体摸黑来到坝上？是什么力量，使他不顾自己的安危而纵身跳入洪水中？就是因为他一直很深刻地体会到：亲眼目睹亲人被洪水夺走，那是一种什么样的心痛！作为哥哥不能保护好自己的妹妹，是一种怎样的负疚心理！正是他对妹妹的爱与疚，唤起了他心底深处的那份责任感。他对陌生女子的救助行为本是一个立功的好机会，如果上报了，也许就可以得到个官位，留在县城，永远离开那不长财富的穷山坳。但是，他为了能让他救上来的“妹妹”以后能好好生活，他放弃了这次机会。

人世间，有许许多多的情让人感动流泪，但最伟大的莫过于一种推己及人的爱。大兵对自己妹妹的恩爱，从而推及到对普天下“妹妹”的爱，这足以让我们为之感动。大兵的这一份爱，将会一辈子铭刻于心。用一辈子去感受和体验爱，我相信，我们的人生将会是一个充满阳光的幸福人生！

如果把成功比作罗马，那么我们就可以得出结论，成功之路不只有一条，人不需要固执地在一条路上挣扎。

沉重的夜色

●文/张鲁光

夜很静，宇宙也端庄起来了。

我陪着表弟默默地走在通往火车站的那条冷清而又狭长的柏油路上，心里很空旷。本来是可以坐车的，可表弟说想走走。于是就走走。

三天前接表弟电报，说是要来推销海蜇，还没等回话人就来了。表弟是很有出息的，十四年前我第一次见到他时，他刚满六岁，人长得不算周正，可很神气。令我欣喜惊诧的是，他小小年纪竟能画出不错的画，况且艺术感觉很好。当时我曾预言，将来的表弟一定是位画家……

心里想着，就感到空气有些凝重，就感到脚步与路面接触的刹那间产生出了一种预感，人和车辆就显得毫无意义……

"从这里还准备上哪儿去？"我终于先开了口。

"去黄山看看，然后去九江……"

"不是表哥不帮你忙，实在是无能为力，你知道……"

"这没什么，我主要是想来看看你。"

"回去好好画你的画，多学点东西将来对你有用。"

表弟笑了，借着昏黄的路灯，我觉得表弟笑得有些特别。

"常在外边跑，舅妈会放心吗？"

"没什么，又不是一次两次了，家里我请了个佣人陪她……你有空可到我那里玩玩……"

我知道表弟话里的含义，可我不愿往深处想。

"现在的钱也不是那么好挣的，再说挣多了也未必是好事。"我正要把几个案子讲给他听，话还没出口就让他打断了。

"钱挣多了也未必是坏事。君子爱财，取之有道。"

真没想到这话出自表弟之口。这两天表弟一直说话不多，眼里时常闪出一种怪异的目光。虽然从外表看是一米七多的大男人，但在我眼里他还不成熟。我终归比他大十八岁。

“会跳舞吗？”

“不会。”

“打麻将？”

“白天工作，晚上家务，哪有那么多闲功夫。”

“你也该解放解放啦，让灵魂自由些。你看你过的，十多年机关，大学毕业，连个科级都没混上，工资一百六，够干什么的……”表弟声调缓缓的，说完转过脸看着我。

我觉得这气势很逼人，周围的沉静挟裹着路边树丛中透过的夜风让我喘不过气，眼前突然变得浑浊起来。我闭上双眼走了两步，睁开。盯着星光灿烂的夜空，仿佛盯着一块色彩斑斓的怪幕。我时常感到活得很累，也许属于我的只有搭上车坐到站。我心里想着，很难受，便轻轻地说了句：“慢慢……混吧。”

“其实当时我也不想经商，觉得面子上抹不开。”表弟见我不快，转了话题。“父亲病故，弟妹又小，母亲一个人的工资刚够吃喝。顶工后，厂里又不景气，三天两头放假，就琢磨着干点什么。开始卖点衣服，后来什么赚钱就干什么，再后来工作也辞了……”

“就这样混下去，老了怎么办？”

“我入了保险。”

“那你可不能出格。”

“犯法的事咱不干，凭本事吃饭。”

二十岁的表弟使我释然了。二十岁当时我懂什么？如果我现在二十岁……

“买手镯吗？”一个十五六岁的小女孩从旁边突然问了一句，声音很恬淡。我愣住了，才意识到火车站就在眼前。我仔细瞧了瞧小女孩，衣着鲜艳，表情安然，目光愣愣地看着我和表弟。要是平时我定要多问上两句……表弟从小女孩手中拿过手镯，对着路灯看了看，没还价就要了一副。本来心情就沉重的我又添了一层迷惘。“这镯子最少赚八块。”表弟望着缓缓而去的小女孩对我说。我呆在那里……“走吧。”表弟拉了我一下。我和表弟又开始往前走。这时周身便有一种酥麻疲软的感觉。表弟要去看夜市，可我一点兴趣也没有……

来到售票口，我急走几步向前买票，表弟一把拽住我：“我来吧。”

“让我来，表哥这点钱还是有的。”

表弟笑了，退到一边。票买了，离开车还有段时间。表弟把我带到僻静处，从夹克衫里摸出一沓票子。

“这是给你的，两千块，给孩子买个电子琴、学习机……我想他应该成为艺术家或者画家……”

表弟动了感情，我心里也阵阵涌动，一种从未有过的感受传遍全身。我看着表弟真诚恳切的样子，眼里直发涩。

“这钱我不能要，你挣钱不易。”

“嫌少？”

“不是。”

表弟把钱硬塞在我手里：“说句实话，我现在挣的钱三辈子也花不完，再说我就你这么一个表哥……”

一声长鸣送走了表弟，列车渐渐驶入浓密的黑夜……回来的路上，我情愿走着。走着，又看到那个兜售手镯的小女孩。呆呆地看一会儿，又走……一个人默默走在这条冷清而又狭长的柏油路上。夜色沉重得像刚刚被湿墨渲染过，星星闪着清冷的光。我突然感到脚下的路如同自己，每时每刻都准备承载着什么。承载着什么？我一路思索着……

成功的路怎么走？

赏析／吴明远

条条大路通罗马。如果把成功比作罗马，那么我们就可以得出结论，成功之路不只有一条，人不需要固执地在一条路上挣扎。

文中的表弟并没有走传统中国人的成功之路，而是选择了一条与他表哥截然不同的另一条路，结果取得了比表哥更大的成就。

也许，多人走的道路，不一定就是捷径。

《财富》杂志的长期霸占者、闻名全球的微软主人比尔·盖茨，也走了一条与常人不同的成功之路，在他大学二年级的时候，不惜放弃了名满天下的哈佛大学毕业证而走上了创业道路。后面的故事就人尽皆知了。

所以，我们应该学会具体问题具体分析，不要拘泥与大多数人的经验。路不是从来就有的，而是人走出来的。那么，我们为什么不可以走出一条路呢？做一个行走在布满荆棘的道路上的开拓者，或许能更好地体现创造性的价值。

"三哥"为了家人,不怕劳累,甚至以自己的健康为代价换取家人、兄弟们的幸福,这种品质与精神是令人起敬的。

三哥

●文/董明武

我说,到了,三哥,这就是北京站。

三哥说,这北京站要比咱县里的客运站大多少倍?

此刻三哥的话只有我能听懂。我们兄弟八个当中只有我和三哥最合得来、最知心。

我说,三哥这就是前门,那是人民英雄纪念碑,那是人民大会堂,那是故宫,那是毛主席纪念堂……

三哥说,咱们先看毛主席去,你知道很早很早我就想见毛主席了。

三哥在毛主席接见红卫兵那年就把行李都准备好了,却没能来成。那时大哥、二哥都参军没在家,四哥体质弱,我和六弟七弟八弟又都小,在三哥要走的前夕,父亲突然害重感冒卧床不起,母亲去世得早,这样里里外外便全靠三哥一人张罗了。三哥哭了半宿也没能来成北京,看到毛主席。

三哥说,毛主席一点也没有变,还是和照片上一样的慈祥。

我说,毛主席永远不会变的,永远那么慈祥。

三环、四环的高速公路使三哥眼花缭乱。我们乘坐的出租车时速达到了一百五十码,害得三哥连连告饶。三哥说:这东西要比我那牛车快出多少倍?这路一层一层的这么高。要掉下去咋整?快停了去商场吧。

三哥从没出过县城,除了牛车马车驴车外只坐过两次手扶拖拉机。

我说,三哥,这就是燕莎商场。

三哥说,这楼梯怎么会走?

我说,这是电梯。

三哥说,这商场可真大!这石头人也能卖钱?还要一百元?买个碟盘才几十元,那有多大用处……

我说，这是秦始皇兵马俑，那不是一百元是一万元。

三哥说，那这个大石头王八是三万元了？咋这么贵？一个活王八才几元钱。

我说，那不是石头王八是玉龟，不是三万元，是三百万元。这些都是古董，是文物。如今一个活王八做成清蒸甲鱼也得上千元。

三哥说，这儿连个卖货的都没有让人偷了咋整？咱走吧，碰坏了赔不起。

我说，有程控电视监视着呢，偷不走。

父亲去世的第二年三哥险些和我来北京。因大哥和二哥在部队来信说，打完这场仗就会回来。三哥想这个家可以交给大哥了，可以上北京一趟了。三哥这一辈子最大的心愿就是来趟北京，可是那场战争结束后大哥和二哥却没能回来，双双牺牲在老山前线了。那时我家的条件还不好，四哥和六弟有了对象急着结婚，七弟八弟考上了大学要三哥供养。三哥却终身没娶，三哥说，弟弟们都没出手我怎能娶妻，怎能对得起死去的父母。三哥那次没能来成北京，只我独自一人来北京打工，后来挣了些钱寄回家给三哥，说安顿下家里来北京吧，我在车站接你。四哥却给我拍来了电报，说三哥病重要我赶紧回去。

第二天我和三哥只逛了八达岭、十三陵，三哥便说什么也不逛了，三哥说，这儿上哪儿都得花钱，进个门就是钱，吃饭住店都贼贵，一天就得好几百，得两三亩地的玉米钱，回家吧！我看到了天安门看到了毛主席就行了。

回家后我将装三哥的骨灰盒从皮包内捧出，看到三哥的像溢着满足的笑，我的泪流了出来。上次收到电报后三哥就已经走了，我知道三哥是为了我们这一家子累死的。四哥说，三哥临走时就一个心愿，想和老五去趟北京，看看天安门，看看毛主席……

手足之情

赏析／全　泉

读了这篇文章，心中顿时涌起一股经许久没有过的暖流。

在现代的社会，相当的一部分人心灵疲惫于追逐名利和奔走谋生，人与人之间的关系变得冷漠，几乎冷漠得让人几乎感受不到些许温暖。从此，人与人之间的真挚情感、人间的温暖、人性的光辉就黯淡失色。

但从《三哥》中，我却被文中那种纯朴而又伟大的兄弟之情深深感动。文中“三哥”为了家人，不怕劳累，甚至以自己的健康为代价换取家人、兄弟们的幸福，这种品质与精神是令人起敬的。并且,“我”心中也一直惦记着三哥的遗愿,仍然信守了诺言把兄弟之情长挂在心中。他们兄弟间的深厚情谊,令每一个人感动。

本文的表现手法也较突出,运用了特殊的叙事手法。文章开头就为读者设下了悬念,然后,全文几乎都只通过作者与三哥的对话及部分的回忆片段串连成整篇文章,直到结尾出,读者才通过这样一句:“回家后我将装三哥的骨灰盒从皮包了捧出来”明白全文的深层含义——一种在我们心间久违了的真情:手足之情。

时间未必能使我们黯然神伤，可纯真的年代一定“有”我们落泪的理由。

花姐姐

●文/匹　匹

我和花姐姐比什么都不行，我不会钩座套，不会织毛衣，不会掐苗儿。花姐姐手巧，有能力，还很俊俏。

上小学的时候，我在乡下做了半年插班生。花姐姐是班上的班长，也是我的表姐。这倒没什么稀罕的，这个班上我有一群的表哥表姐，就是出个把表姥爷也不是不可能。我家的表亲数不清。

最初最恨的人就是花姐姐。

那是个午后，知了叫得人心烦。睡不着又热，海边的小村子，潮潮的，简直要了我这个西北娃的命。

我在炕上又吵又闹的，姥姥就用一个芭蕉扇，一扇子拍在我背上，去，去河边捡嘎拉去。我就蹲到姥姥家房头的那棵芙蓉树下。树边就是一个水沟，我在沟边刻字玩。

一个背草筐的男孩子经过，看见我穿得和他不一样，斜眼看了我一会儿。看我挺老实的，就放下背筐坐在筐边的草上和我说话。

我就知道了，他是对面那排青砖房里住着的滕家的大孙子，叫志功。滕家是大户，住房有前后两排青砖房，街上有半条街的铺子，很有钱。

那天姥姥喊我吃饭，我都没听见。

吃饭的时候，姥姥告诉我，那个叫志功的男孩很好的：有钱人家的孩子，却知道用功；爱学习也爱劳动；花姐姐是他的小媳妇儿。小媳妇儿在当地就是定好的娃娃亲，打小儿就两家走动。

我听了，把一块蘸了虾酱的馒头扔到了汤面碗里，溅起的汤水落在了桌上。姥爷用烟锅敲一下桌沿说，吃饭也不老实。我站起来，拍拍屁股上的草屑说不吃了。

后来就开学了，我抱着一个矮板凳去上学，老师说凳子太矮，就让我和花姐姐挤一个长板凳。花姐姐、我还有志功就挤着一张桌子用。

我撇着嘴说过道里有人踩我的脚，花姐姐就让我坐在了中间——她和志功的中间。

可是志功老是隔了我和花姐姐说话，有时也问功课。

下课了，我去玩，玩回来一看，铅笔盒里的笔都削好了，还用小刀刮得尖尖的。我明知道是花姐姐削的，却要背了她红着脸对志功小声地说谢谢。

志功搞不清是什么事，见我一副娇羞的样子，也不由红了脸，说莫谢莫谢。

花姐姐每天下午来上课都带一个玻璃瓶，里面装了奶白色的液体。我尝过，那是面汤加了白糖，可花姐姐偏说是牛奶。

我就悄悄和志功说，花姐姐用面条汤冒充牛奶，她喝过牛奶吗？奶牛只有我们草原上才有呢！

志功不看我，却很倔强地说，我家就有一头，赶明儿我给你带一瓶牛奶来。

第二天，志功还真的带来了。我尝了一口，千真万确是奶粉冲的。他家根本没有奶牛。我说是奶粉冲的，花姐姐说是奶牛下的，一来二去吵了起来，吵到最后都别过脸去，趴在桌上了。我把脸别过去，看到志功木头一样的表情。

那天下午又要打扫卫生，是擦玻璃。我被分到了第二个窗户。站在窗台上，能看到教室外边，花姐姐和志功在扫花池边的垃圾。我低头看了一会儿，又看到窗台上志功的那个可恶的瓶子。就一脚把它踹下去了。瓶子摔在桌上，乳白色的液体流了一桌子，透过桌缝，又流到了桌肚里。我有点儿幸灾乐祸了——桌肚里可都是他俩的东西，我的书包在毛妮的桌子里呢，毛妮的桌肚大。

自习的时候，花姐姐发现了桌肚的秘密，一声尖叫，惊得四周都是眼睛，志功也抱出书包来，大呼小叫的。

我得意洋洋地坐在那里，看看这个，再扭过头看看那个。嘻嘻，我说，你们的奶牛咋乱挤奶呢。

秋天真正来的时候，我要回家去了。老师说要给我开个欢送会，我却一口气跑到小学校边上的粮仓上，对着空的粮窖哇哇大哭。

花姐姐和志功赶来，花姐姐把一个本子塞给我，说哭啥咧？再来嘛，要不寒假我去看你。是那种农村很少见的笔记本，封皮是外国一处美丽的风景，翻开封皮是花姐姐小小的字迹："分手时说分手，请不要说难忘记……"是一首现在看已经很老的歌。我看着它流了很多泪。

我展开本子哭着说："志功呢？为什么不写？"

志功笑笑，用一根不知谁丢在那儿的铅笔头写下了"祝佳佳学习进步，天天向上”几个字，然后签上自己的名字。

我满意地把本子合上，抱在胸前，笑了。

童年的记忆

赏析／卢洁芸

夏蝉快要鸣起来了，我期待着，把视线从《花姐姐》中游离到春末夏初堆满云团的天空，细细品味着心中缓缓弥漫开的清甜。

童年总是像夏天，像夏天一样的好动、单纯还有无忧无虑。那个夏天，有一条三人同坐在长板凳、有花姐姐削好的铅笔、有装着“牛奶”的玻璃瓶，还有漂亮的笔记本，琐碎简单的生活小事，单纯得像夏天中摇摆的碧绿小叶；夏天里还有优秀的小王子志功、有干坏事的小魔女，还有心地善良的小仙女花姐姐。所以，夏天成了一部无忧无虑的童话。童年浓缩在每一个鲜活的夏天，由每一个小故事串织起来，收藏在成长故事的百宝箱里，当成长的我们在惊慌失措地以为自己的童年已迷失踪影时，“我”用蜻蜓点水般的瞬间灵动描出几件小事，几个小伙伴，她的童年和我的童年一起被串了起来，像挂在风口起来的风铃，叮叮咚咚地响。

童年的恶作剧是能被夏天的艳阳蒸发掉，在“我”要离开的时候，老师说举行欢送会时，“我”竟然因为舍不得花姐姐他们，一个人躲起来哭了。对花姐姐的怨恨已被泪水浇灌成依依不舍的感情，看到这，那些熟悉的场景涌上我心头，我的嘴角微微地翘起，眼睛微微感到酸意，记忆的那些被感动升华成美好，像好友为我吹起的满天五彩的泡泡，一切都因为相似、熟悉而倍感深切。

还有那些小伙伴们，尤其是花姐姐，友好体贴又善良，小魔女的眼泪是她努力施展的魔法。一直都默默地对“我”好，纯粹的不含任何杂质的感情，当冰遇到温暖，她会流泪，不是吗？看着花姐姐的形象，仍然有熟悉的侧影，同样的感动。

记忆中的童年因时间的定格变得珍惜，虽然文中没有大情大圣，但是看着小作者发生过的事，不也是在看曾经的自己吗？时间未必能使我们黯然神伤，可纯真的年代一定“有”我们落泪的理由。

青春的瑰丽并不仅仅是腿脚灵活，嘴唇红润的外在表现，它更是一种坚强的意志，感情的充沛、生命之泉的清澈常新。

妹　妹

●文/银　河

家西有一道山，山上有杏树。杏花一开，满山白花花的，杏儿一熟，就更诱人了。

我和妹妹常去山上吃杏。山东有一山崖，崖边有一老树，年岁不辨，结的杏子又大又甜又水灵。妹妹爱吃那杏，我也爱吃。

后来，山脚下修一条公路，叫备战路，绕山而行，弯弯曲曲，不知伸向哪里。从那以后，上山，就得横过公路。

妹妹十岁那年，杏子熟透，我带她上山吃杏。杏儿很多，我们摘了很多，吃了很多，也剩下很多。便用褂子包着又大又甜又水灵的杏子，蹦跳回家。我前，妹后，妹妹喊着“哥哥”追我。过公路，我听到身后尖锐的刹车声。

妹妹失去一条漂亮的腿。

妹妹在阴影中长到十八岁，念完高中，就扔掉拐杖，再不出门了，整天关在屋里，看书。看累了，就从窗口看晴朗的天，看山崖边的老杏树；看阴阴的天，看模糊不清的西山。

爸爸叹息着，妹妹找不到工作；妈妈抹着泪，妹妹难以嫁人。好多好心人都为妹妹可惜着。

杏花开了又谢，谢了又开。妹妹的笑容谢了许多年之后，终于开了。

那是杏花怒放的时候，满山白花花的。妹妹微笑着，把我喊到她的屋里：“哥，给我做副拐杖好吗？我要那棵老树上的。”

“好好，我这就去。”

我爬上那山，那山崖，那老树，砍了两根带花的树枝，给妹妹做了一副拐杖。

妹妹拄着我做的拐杖，像鸟儿生了一副翅膀，在屋里来回扇动，白白的脸颊泛起了绯红色：“哥，你真好，真好。”

我的鼻子好酸好酸。“以后我挣了钱，就给你买手轮车。”

“不要。这就行了，谢谢哥。”妹妹对我一笑，就转过脸去，望窗外的天空。

第二天是个漂亮的雨天，妹妹早起，打扮得漂漂亮亮，在全家人的熟睡中，拄着我做的拐杖，去了那山，去了那山崖……

妹妹再没回来。

生与死的舞蹈

赏析／佚　名

妹妹死了。妹妹打扮得漂漂亮亮，在全家人的熟睡中，拄着哥做的花枝拐杖，选择了在满山杏花怒放的芬芳里，从山崖纵身一跳，划出一道凄美的弧线。

这一幕，我在哭。

这一幕，银河也在哭。

妹妹追求完美，追求瑰丽的青春。她没有郁闷地死在屋里，死在窄小的窗前；她选择了用惟美的消逝为生命的曾经存在缩放最后一朵灿烂的娇花，与银杏吐芬香。

哲人者，宁肯舍其事而成其心。三毛痛失所爱，没有如行尸走肉，苟且偷生，她选择了死亡。但她不是上吊或跳楼，而是她选择了有别于人的死法，用丝袜成就了她生命的最后一次迥异，在九泉之下与所爱之人再享天伦。文坛上一朵奇葩从此飘零。

妹妹，三毛，秋白在生的尽头用最惟美的方式让灵魂归依。这是她们的选择。然而，在我看来，死是迟早的事情，何须太急！史铁生在生命最旺盛的年龄失去了双腿，但他并没有被这个晴天劈雳击毙，他思索着生命的真谛，即使没有了双腿也走上了文坛之路。

青春的瑰丽并不仅仅是腿脚灵活，嘴唇红润的外在表现，它更是一种坚强的意志，感情的充沛、生命之泉的清澈常新。或许，妹妹的阴影太大了，青春的阳光照不到她的心房。她活得太累了，寻找了一种惟美的方式来解脱。让人为之感到痛心惋惜。妹妹，我想对你说，对待死亡，无须太急，走出那个阴影，或许可以找到一片艳阳天。

亲情的力量可以令最低落的人重拾希望，亲情的光辉是天地间万物的所有光泽都无法与之媲美的。

选　　择

●文/孙守仁

阎王爷已摸到他的鼻子，可他硬是不肯咽下最后一口气，怕是在等上大学的女儿。

女儿匆匆地赶到家，他仍没闭上眼睛。“爸爸，我回来了，有什么事情要交代的吗？”女儿一脸泪水地说。

只见爸爸微微睁开眼，说不出话来，他透过爸爸的眼神便知道他要说什么了。“爸爸，我毕业就和哥哥……”她刚说完，爸爸就安详地走了。

哥哥看着哭成泪人似的妹妹，劝说着：“别太伤心了，爸爸得的胃癌治不好的。你该上学就上学……”

哥哥比她大不到两岁，因小儿麻痹症左腿落下了残疾。他没考上大学，租了间房子，开了个家电修理部。爸爸住院，家里老底折腾光了，无钱供她上学，多亏哥哥鼎力帮助，要不是这样，她早退学了。

一连几天，哥哥老是躲着她。

临返校前，她去电器修理部找哥哥。“英子，还有事吗？”哥哥问。

这会儿，哥哥很忙，用万能表检测电路呢，根本腾不出工夫跟她聊天儿。等哥哥把活儿干完了，抬头看看一脸泪水的她，“哎呀，过年都二十二岁了，还像小孩子似的，有啥事你就说嘛！”

她还是抽抽搭搭的，白煞煞的脸，像得了一场大病似的。

插上电源，刚才修好的收音机唱起歌来，哥哥脸上呈现满足的笑。

哥哥一把拉过她，“明天该回校了，这笔钱是学费和零用钱，你拿去吧，别太苦自己了。”

她从中抽出两张，递给哥哥：“我用不了这么多。”

哥哥有些不高兴，脸像冰似的：“咋的，嫌少呀？”

“不，不少。”

“那你拿走吧，不够来信，我再给你寄。”

“哥哥，咱俩的事，等我毕业再办。”

“办什么？”哥哥有些不高兴，刮了她鼻子一下。“咋样，这个‘酸枣’舒服吗？”

她挪到哥哥跟前，一本正经地说：“爸爸临终时无声的遗嘱，你也看到了，放心好了，我不会忘恩负义的。”

哥哥吼了一声：“你瞎说什么呀？”

她还想说什么，哥哥忙把她撵走，“快回去吧，要不就赶不上车啦！”她向哥哥打过招呼，就匆匆奔向火车站。

坐了三天两夜的火车，下车正赶上是黑天，离学校还有两站地呢。

枫在检票口候她。

“丧事办完了，咋没多待两天？”

“课程都落下了，咋补呀？”

“我都帮你补好作业了，用啥谢我呀？”

她没吱声，只是深情地看了看枫。“有件事我不得不告诉你，我已经有对象了。”

“什么？他是谁？”枫有些失态，抓住她的手，刨根问底。

“我是父亲从厕所捡来的，家里还有一个哥哥，只是腿有残疾，父亲临死前，只等我答应跟哥哥成亲，他才咽下最后一口气……”

“你说什么？还有这等奇事？”枫有些愤怒，他摇着她的肩膀，“你就这样答应了？”

她泪眼婆娑，“这是命中注定的呀！”

“五一”放长假，她哥哥叫她务必回趟家。问他有什么事，他只是说到家就知道了。

哥哥叫自己回去是照订婚相，还是商量结婚事宜？一路上，她脑子里翻来覆去就这点事。对她来说，这可不是小事呀！

原来哥哥叫她回来参加他的婚礼。

过后，哥哥送她到车站，她问了这么一句：“咱俩不是订婚了吗？”

“谁跟你订婚了？”哥哥又刮了她的鼻子。

哥哥看她有些不解的样子，嗔怪地说：“亏你是大学生，连这个都不明白？”她瞅着哥哥开心地笑了。

“懂了吗？这叫自由选择！”哥哥突然冒出了这样一句话。

她在哥哥的额头上轻轻地吻了一下。

一抹芬芳

赏析／张凌霜

我是独生女，哥哥在我的脑里只是一个模糊的概念。我渴望在他的臂弯下快乐地成长。渴望那份兄妹间不寻常的爱。《选择》让一种别样的情深深地植根在我的心底，芳香四溢，荡漾在那方净土。

“父亲临死前，只等我答应和哥哥成亲，他才咽下最后一口气……”面对心爱的亲人，女孩的泪水无助地滚落，在唇边划过一道孤寂的弧线，然后浸进了脚下的泥土。女孩子深深地爱着她的哥哥，然而，此“爱”非彼“爱”。二十多年来，哥哥的汗水一滴滴洒在了女孩的心田。她明白，她现在拥有的一切都是残疾的哥哥用心血一分分换来的；她明白，也许，答应父亲的请求就是她这辈子对哥哥最好的回报，也是对父亲养育之恩的交代；她明白，这“爱”的债务可能倾其一生都还不清。于是，她选择了承诺，同时，对另一个人的爱在破碎的哭泣中缓缓冻结。

女孩的选择让我心酸，我分明听到她心碎的声音与那泪珠中的无奈。但女孩感恩的心唤醒了我心中的感动。

父亲去世后，哥哥的血汗钱更是全部给了女孩。她手中的钞票烙上了哥哥对妹妹的爱，女孩去火车站的路印上了哥哥一深一浅的脚印，女孩的鼻子上留下了被哥哥“刮酸枣”的痕迹。

然而有一天，出人意料——哥哥结婚了，还说是“自由选择”。其实，谁都明白，哥哥是怕自己拖累了花季的妹妹，便匆匆成了亲，卸下妹妹身上那个沉重的包袱。

在哥哥大喜之日，妹妹在哥哥额上留下轻轻一吻——至真至美的一吻，吻出了兄妹之间浓浓的亲情。

亲情的力量可以令最低落的人重拾希望，亲情的光辉是天地间万物的所有光泽都无法与之媲美的。爱悠悠，情深深，在人间的各个角落，喷吐芬芳。

因为理解，所以温馨；因为温馨，所以幸福。幸福，就是这么简单！

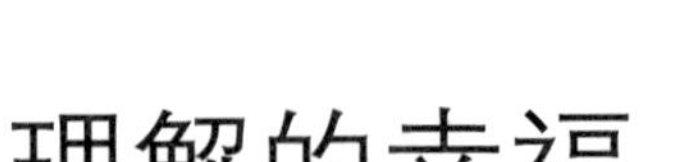

理解的幸福

●文/叶广芩

一九五六年，我七岁。

七岁的我感到家里发生了什么大事。

我从外面玩回来，母亲见到我，哭了。母亲说："你父亲死了。"

我一下懵了。我已记不清当时的自己是什么反应，没有哭是肯定的。从那时我才知道，悲痛至极的人是哭不出来的。

父亲突发心脏病，倒在彭城陶瓷研究所的工作岗位上。

母亲那年四十七岁。

母亲是个没有主意的家庭妇女，她不识字，她最大的活动范围就是从娘家到婆家，从婆家到娘家。临此大事，她只知道哭。当时母亲身边四个孩子，最大的十五岁，最小的三岁。弱息孤儿惟指父亲，今生机已绝，待哺何来！

我怕母亲一时想不开，走绝路，就时刻跟着她，为此甚至夜里不敢熟睡，半夜母亲只要稍有动静，我便哗地一下坐起来。这些，我从没对母亲说起过，母亲至死也不知道，她那些无数凄凉的不眠之夜，有多少是她的女儿暗中和她一起度过的。

人的长大是突然间的事。

经此变故，我稚嫩的肩开始分担家庭的忧愁。

就在这一年，我带着一身重孝走进了北京方家胡同小学。

这是一所老学校，在有名的国子监南边，著名文学家老舍先生曾经担任过校长。我进学校时，绝不知道什么老舍，我连当时的校长是谁也不知道，我只知道我的班主任马玉琴，是一个梳着短发的美丽女人，在课堂上，她常常给我们讲她的家，讲她的孩子大光、二光，这使她和我们一下拉得很近。

在学校，我整天也不讲一句话，也不跟同学们玩，课间休息的时候就一个人或在教室里默默地坐着，或站在操场旁边望着天边发呆。同学们也不理我，开学两个月了,大家还叫不上我的名字。我最怕同学们谈论有关父亲的话题,只要谁一提到他爸爸如何如何,我的眼圈马上就会红。我的忧郁、孤独、敏感很快引起了马老师的注意。有一天课间操以后,她向我走来,我的不合群在这个班里可能是太明显了。

马老师靠在我的旁边低声问我:“你在给谁戴孝?”

我说:“父亲。”

马老师什么也没说,她把我搂进她的怀里。

我的脸紧紧贴着我的老师,我感觉到了由她身上散发出来的温热和那好闻的气息。我想掉眼泪,但是我不想让别人看见我的泪,我就强忍着,喉咙像堵了一大块棉花,只是抽搐,发哽。

老师什么也没问,老师很体谅我。

一年级期末,我被评上了“三好学生”。

为了生活,母亲不得不进了家街道小厂糊纸盒,每月可以挣十八块钱,这就为我增添了一个任务,即每天下午放学后将三岁的妹妹从幼儿园接回家。有一天轮到我做值日,扫完教室天已经很晚了,我匆匆赶到幼儿园,小班教室里已经没人了,我以为是母亲将她接走了,就心安理得地回家了。到家一看,门锁着,母亲加班,我才感觉到了不妙,赶紧转身朝幼儿园跑。从我们家到幼儿园足有公共汽车四站的路程,直跑得我两眼发黑,进了幼儿园差点没一头栽倒在地上。进了小班的门,我才看见坐在门背后的妹妹,她一个人一声不吭地坐在那儿等我,阿姨把她交给了看门的老头,自己下班了,那个老头又把这事忘了,看到孤单的小妹一个人害怕地缩在墙角,我为自己的粗心感到内疚,我说:“你为什么不使劲哭哇?”妹妹噙着眼泪说:“你会来接我的。”

那天我蹲下来,让妹妹趴到我的背上,我要背着她回家,我发誓不让她走一步路,以补偿我的过失。我背着她走过一条又一条胡同,妹妹几次要下来我都不允,这使她感到了较我更甚的不安,她开始讨好我,在我的背上为我唱她那天新学的儿歌,我还记得那儿歌:

洋娃娃和小熊跳舞,
跳呀跳呀一二一。
小熊小熊点点头呀,
小洋娃娃笑嘻嘻。

路灯亮了,天上有寒星在闪烁,胡同里没有一个人,有葱花炝锅的香味飘出。我背着妹妹一步一步地走,我们的影子映在路上,一会儿变长,一会儿变短。两行清冷的泪顺着我的脸颊流下，淌进嘴里，那味道又苦又涩。

妹妹还在奶声奶气地唱：

洋娃娃和小熊跳舞，
跳呀跳呀一二——……

是第几遍的重复了，不知道。

那是为我而唱的，送给我的歌。

这首歌或许现在还在为孩子们所传唱，但我已听不得它，那欢快的旋律让我有种强装欢笑的误解，一听见它，我的心就会缩紧，就会发颤。

以后，到我值日的日子，我都感到紧张和恐惧，生怕把妹妹一个人又留在那空旷的教室。每每还没到下午下课，我就把笤帚抢在手里，拢在脚底下，以便一下课就能及时进入清理工作。有好几次，老师刚说完“下课”，班长的“起立”还没有出口，我的笤帚就已经挥动起来。

这天，做完值日马老师留下了我，问我为什么要这么匆忙。当时我急得直发抖，要哭了，只会说：“晚了，晚了！”老师问什么晚了，我说：“接我妹妹晚了。”马老师说：“是这么回事呀，别着急，我用自行车把你带过去。”

那天，我是坐在马老师的车后座上去幼儿园的。

马老师免去了我放学后的值日，改为负责课间教室的地面清洁。

恩若救急，一芥千金。

我真想对老师从心底说一声谢谢！

是平平淡淡的生活，是太一般的小事，但于我却是一种心的感动，是一曲纯洁的生命乐章，是一片珍贵的温馨。忘不了，怎么能忘呢？

如今，我也到了老师当年的年龄，多少童年的往事都已淡化得如烟如缕，惟有零星碎片在记忆中闪光……

简单的幸福

赏析／林常凝

当有人陷入困境的时候，旁边的人能理解并给予帮助，是一种幸福。《理解的幸福》一文，马老师对“我”的一系列关心和帮助，就给读者演绎了一种人与人之间的被理解的幸福。

"我"在最困难的时候得到了老师的温柔、煦暖的关怀和体谅。经过父亲的变故,"我"稚嫩的肩上开始分担家庭的忧愁,人的长大也成了一夜之间的事。老师的细心关怀让"我"感动,老师无微不至的理解打开了我的心房。平时什么话也不说,沉默忧郁的"我"终于"放肆"地流泪了,就连父亲的死也因太伤心而没有流出的泪,"我"肩上的包裹也似乎轻了不少。师爱的光环,让"我"重拾生活的信心。

"我"接妹妹放学时因去得迟,三岁的妹妹最终只得孤独一人缩在墙角,不哭不闹,因为她知道姐姐会来接她。感动!才三岁的小孩也有一颗理解和信任的心,有体谅姐姐的心。"我"因自己的过失和内疚是把妹妹背在背后,而妹妹也体谅地为"我"唱起儿歌,一遍又一遍。妹妹爱她的姐姐,为了讨姐姐开心而唱着儿歌,多么淳朴的感情,浓情更胜于血缘。当看到这里时,我的眼眶湿润了,小小年纪,就会体谅别人,理解别人了,相比之下,有的人因自身的心胸狭窄而产生妒忌,误解……使人与人之间都像戴着一层面具,心与心都被排斥在灵魂之外,可怜的人,可怜的灵魂,连一个三岁的小女孩也不如。

有句话说:"有时候,解释是不需要的,因为敌人不听你的解释,朋友会理解你的解释。"是的,既然是朋友,就会有理解的幸福存在。所以,存在理解,就可以闻到幸福的芬芳。

因为理解,所以温馨;因为温馨,所以幸福。幸福,就是这么简单!

生命的孕育是一场美丽的巧合，所有的过程都充满无数的可能性，不知不觉间人就被这些可能性定格。

常想起黄土地上的弟弟

●文/周　强

生活中，每个人都有自己崇拜和爱戴的对象，我也有，除了那些伟人、英雄之外。还有一位极其普通的农民——我的弟弟。不论时间过去多久，弟弟稚嫩的肩上扛着一架笨重的耕犁，赶着老黄牛，行走在乡间小路上，吃力地扶着犁耙，艰难地翻着祖辈们不知翻过多少遍的黄土地的情形，永远不会在我脑海中消失。

我家住在南方一个偏僻的山村里，闭塞贫穷。弟弟小我四岁，天资聪明，爱学习，老师和村里的人都夸他学习好，长大一定有出息。然而，弟弟的梦却早早地结束了。

那年，高考榜上有名，这对我是人生的一大转机，而对弟弟意味着灾难的开始。我上大学后，父亲来信说，弟弟不再学习了。这消息虽然在我的意料之中，却让我感到不安。在省城上学，有钱的同学买吃、购衣，随心所欲，毫不吝惜，可我不能，我知道我口袋里的钱来之不易，那是亲人的血汗呀。记得那年寒假开学，父亲把家里所有的积蓄三十几元钱给了我，并说等有了钱再给我寄去。我知道父亲是在安慰我，含着泪点了点头，一边收拾东西准备上路。就在此时弟弟送来了，他从衣兜里掏出一叠钱来送给我。母亲说这是弟弟上山挖药挣来的十一块五毛钱，原想年前给弟弟买块布料，做件新衣服过年穿，可弟弟不要，说有旧衣服穿就行了，非留着给我上学用，此刻，我的心好似万针穿刺，猛地将钱掷回弟弟，拎起包走了。

“哥哥……”出门不远，身后传来了呼喊声，我一回头看是弟弟赶来了，他那双粗糙无比的手攥着那十一块五毛钱。我再也抑制不住感情，一把将弟弟拥进怀扎，许久许久舍不得放开。

弟弟转身走了，我定定地站在那里，任寒风吹打，直到弟弟瘦小的身影消失在我的视野中。

有时候，我竭力不让自己想弟弟凄惨的情形，拼命去读书，不让自己有闲静的时候，但我做不到，脑海里不由自主地映现弟弟稚嫩的肩膀扛着坚硬笨重的农具下地干活的画面。弟弟辍学后，先是在家里干些力所能及的活，后来便像成年人一样下地干活了。学耕地，赶马车，庄稼人能干的活，他样样能干。天天如此，月月如此，年年如此，十几岁的孩子俨然一个“老农民”。再后来弟弟病倒了，大口大口地吐血，医生告诉家人是给累的，以后要注意让孩子歇歇。当家里写信把这一切告诉我，我哭了，好伤心，好后悔啊，如果那个暑假我多个心眼儿，给父亲提醒一下，弟弟也许不会像今天这样。那天，我同家人下地干活，太阳火辣辣的毒，锄了一会儿，父亲和母亲硬推我到地头那棵桐树下乘凉，说我常坐学堂，经不住日晒。我去了，可坐在的荫凉下的我，心里不是滋味，觉得父亲有点偏心眼儿，同是儿子，况且弟弟还小，就因为我是读书人，便要我休息。正想着，一件叫人心碎的事发生了。正在锄地的弟弟突然摔倒在地上。我飞快地跑过去，将弟弟抱到桐树下，很显然弟弟是因为过度劳累加之天热休克了。

父亲惊呆了，母亲用拇指狠劲地掐着弟弟的人中，好大一会儿弟弟才苏醒过来。这时，我猛然发现弟弟的嘴角渗出了一丝鲜红鲜红的血。这血让我热血沸腾，仿佛血要爆炸一样。我发疯般地抓起锄头，疯狂地刨着黄土地，恨不得把所有的活干完，让弟弟能像我一样，坐在明亮的教室里读书。对那血丝我没有冷静地去思去想。

大学终于毕业了，我被分到空军某部当了一名军官。这时我想为我付出忍耐、心血和劳作的弟弟做点什么，实际上，这也是弟弟辍学供我上大学时，我在心中发过的誓愿。我跑前忙后，托人说情，总算在部队给弟弟找了个临时工。我想，一来能让弟弟像城里人一样生活，二来抽时间教他学些文化知识。我将喜讯告诉了弟弟，满以为弟弟会高兴得跳起来，谁知没有引起弟弟的一丝欣慰，他表情倒显得冷漠。我大惑不解。晚上，我和弟弟并头睡在炕上，我问弟弟为何不想去。沉默了一会儿他说：“哥，我想去哩，可爸和妈年龄都大了。身体又不太好，咱哥俩走了，丢下他们在家谁照料呢？再说去部队，会影响你的工作，人家要怪你哩。”

我的一切努力，被弟弟的一席话付诸东流。实际上从我的感情上来讲，只不过是对一种负疚感的解脱和宽慰。尽管这样，我仍然没有忘记要为弟弟做点什么的心愿，因为我欠弟弟的太多了。后来，我又拿出自己的积蓄给弟弟，要他到外面闯一闯，做些小本生意。他答应了，也去了，但没干多久就干不下去了，一方面生意难揽，也因没有文化常被人欺，另一方面体力不支，还是回到了家，回到了那片祖祖辈辈生息的黄土地上。

弟弟，哥实在无力为你做什么，只能在脑海里经常浮现你的影子。夜深人静，草就这点文字，去吻你那颗善良、纯洁的心。同时祝福、祈祷那些农村孩子，能有书读，有学上，不再走你那样的路。

回报的另一种方式

赏析／阿　朱　庞春霞

《常想起黄土地上的弟弟》读后，一份浓浓的兄弟情在身旁萦绕，上帝爱人是平等的，它给了"我"职权，它也赐了土地给弟弟，生活在同一片天空下，阳光是大家共拥的。弟弟付出了，"我"似乎无从回报，但这文字的抒写不正是对弟弟深情的回报吗？只要我们还拥有一颗感恩的心对待我们的兄弟，对他们来说已经很满足。我要说的是，选择一种最合适的方式来回报你的亲人，那一种方式可以不是金钱和权利，但却要最好的！

在《常想起黄土地上的弟弟》一文中，"我"崇拜和爱戴的对象竟是黄土地上的弟弟。其中的原因跟两兄弟的成长历程密切相关。"我"上学，弟弟辍学；"我"花钱，弟弟赚钱；"我"休息，弟弟劳动；"我"当了军官，弟弟还是农民。这些，似乎成了他们固定的命运。弟弟他从不要求，也许是他觉得扶助哥哥是在自己应有的责任。但是，责任是沉重的，弟弟的付出让"我"无以回报，只能于心谨记而已。同时，"我"所为弟弟做的又恰恰是弟弟所不能接受的，"我"为弟弟给我的付出而内疚。

然而，生命的孕育是一场美丽的巧合，所有的过程都充满无数的可能性，不知不觉间人就被这些可能性定格。其实，一个人不是不想掌握自己的生活航标，只不过有时也会失控罢了。

一幅画，色彩是它的外衣，思想才是灵魂。而生命外的独特为它披上朦胧的轻纱，只有生命的独特美才会支起一个美丽的世界。黄土地很普通，但有了像弟弟这样的点缀，却也意义非凡，成为"我"心中一幅永恒的画。

爱情是一泓清淡而甜润的泉水，滋润人的心灵；它能让你在平淡中找寻到满足，找寻到幸福的感觉。

姐姐，你如莲的爱情盛开了

●文/飞小猪

我在广州上大二的时候，大学毕业的姐姐已在深圳一家国有企业当会计。母亲逢人就说，我家两个孩子都在广东赚钱哩！

只有我知道姐姐想去北方，因为那里有她的恋人——她大学时的学生会主席，现在北京一家银行工作。姐姐常把他的信藏起来看，信上的字迹很优美，文字也很动人。

深圳的那份工作并不如意，姐姐没有抱怨，因为有一份远方的爱在召唤她。她常说："快了快了，小猪，姐姐就要去北京了，离开这个热死人的地方。"

我一直在想像姐姐做新娘的样子：那个像骑士一样的男子来娶她，给她披上婚纱。

姐姐常来看我，带我去吃麦当劳，我吃三包薯条、两杯草莓冰激凌加一个巨无霸，把我喂得又高又壮。有一段时间，我看到姐姐站在校门口穿浅黄色裙子等我，立刻有一种激情飞扬的感觉。

在广东呆久了，你就会爱上"钱"这个东西，因为它的魅力无法抵挡。虽然知道姐姐的男朋友在北京，但在嚼薯条的同时抱怨姐姐为什么不找一个有钱的男人，好让我可以随心所欲地花钱，通宵玩游戏。

可她总是笑眯眯地看着我，陶醉在一种幸福之中，姐姐的工资不高，每月只有一千多块钱。但那个北京的男孩子是姐姐在深圳煎熬两年的惟一希望。

两个月后，姐姐去了北京，我去车站送她，姐姐的脸上洋溢着春天里油菜花般馨香的神色。

两个星期后的一个下午，同学说有个男人找我。我正奇怪，看到姐姐的男朋友一脸沮丧地坐在我们宿舍的楼下，他第一句话就是："你姐没事吧？"

我的心立刻沉了下去。他说姐姐应当回来很久了，但他打电话到她单位别人说她还没有上班，就买了机票飞过来。

我一把抓住他的领带。他结结巴巴地说："我结婚了，是银行行长的女儿，而且就要做爸爸了。"

我揍他，他没有躲闪，只抱着头说："小猪，你还太小，长大了你就知道男人也要低头的。"我想不通，一个女人在千种诱惑之下都没有低头，男人为什么要低头?！我仿佛看到莲花般的姐姐流泪的样子，心疼得无以复加。

姐姐太镇静，让人忘了要去表示同情，她从来就信奉一个理念：她对人家好，人家也会对她好。这个世界绝对不是一个温柔的等待你成熟的果园啊！

接下来的几个星期，我一有空就跑去深圳看姐姐。姐姐长得很美，围在她身边乱七八糟的人很多。失去了爱情的支持，我担心她会对自己失望透顶。不知道从哪本书上看到：女人在脆弱的时候容易爱上一个不该爱的男人，何况是一个心碎的女人。

我担心姐姐会随意把自己嫁出去。当时我已二十岁，已经是个男子汉了，爸爸妈妈不在身边，我要保护姐姐，像一只猎狗一样守护着她，竖起耳朵，一有风吹草动就扑过去，先把来人放倒再说。那段时间我有点病态地四处收集《南方都市报》上关于外来妹被骗的报道给她看，让她保持冷静。

姐姐凄然一笑，说："小猪，姐姐比你大，懂的比你多呀！"不久，姐姐应聘到一家著名的香港公司，工作忙起来，心情也就好多了。一个周末下午，我来到姐姐的出租屋，楼下停了一辆黑色本田，里面坐了一个看起来温文尔雅的男人。我松了一口气，姐姐至少没有选择一个戴粗金链的大黑胖子。

姐姐介绍说他是她的上司，香港人。那家伙像日本人一样彬彬有礼，身上弥散着香水味，是那样的有风度，衣服是那样的整洁，让我只得打消恶作剧的念头。

此后，姐姐不用再去排队挤"灰狗BUS"到广州，而是坐他香喷喷的黑本田来学校。他带我们姐弟俩去花园酒店喝茶，坐在精致玲珑的木船里面，吃精致玲珑的点心，教我品酒和品茶。我甚至学会了吃西餐和奶油味很重的意大利粉。我彻底投降了——因为他谈到可以送我出国读书。

他谈他的工作：公司、股票，甚至谈到了他要买一套金海湾有海景的单元房，姐姐显然被这个设想迷住了，眼里闪烁着神往的光芒。

他说话很温柔，学问修养也不错，花钱也很大方，只是，他看姐姐的眼神让人不安；他那么急于让我们相信他是个正直的男人，急于表现他有钱但不花心。我私下警告姐姐：不是表演出来的吧！

一种男人的直觉让我决定，姐姐来看我还是住我们学校的招待所，不要住酒店。

后来事实证明我是正确的，那家伙在香港有老婆。

姐姐又丢掉了工作，我们的钱所剩不多，但我们不能告诉家乡父母，我写信扯谎：我们两个在这里很快乐！我学会了节省每一个铜板，减掉了玩游戏的癖好，学会了吃馒头和榨菜，去批发方便面。每隔一两个星期我和姐姐见一次面，我们相互激励，说一些激动人心的话，她要我好好读书，我祈祷她快点找到一个好工作。

等车的时候，我们姐弟俩坐在火车站的台阶上，周围是熙熙攘攘的人群，人声喧哗，我们感到万分的孤独和无助。姐姐靠着我，说："你长得太快了，小猪，爸爸妈妈让我照顾你，反而你来照顾我，我让你操心了，对不起！"

我只想放声大哭，眼前浮现的就是"相依为命"这几个字。我发誓要挣很多很多的钱，让姐姐坐在"开满蔷薇花的窗前"写诗，让那些无耻的男人见鬼去！

时间又过了一年，姐姐隐约地说她有男朋友了。因为要大考，直到姐姐告诉我说她要搬家了，我才从学校赶到姐姐住处。楼下停着一辆小面包车，上面花哨地漆着一些关于某电子产品的广告，一个大个子男人正在卖力地扛东西，穿着一条很旧的牛仔裤，乱七八糟的头发好像从来没有梳理过。

我黑着脸走过去，远远地，他绽开了一脸诚实而憨厚的笑容，这种笑容很感人。他用他的大手拍我的肩膀大声说："你是小猪吧，快去扛东西！"奇怪的是，我乖乖地去了。世界上有一种人，你从他们的眼睛里就可以看出他们出众的品德，而不需要语言和香水的修饰。

一小时后，我们坐着他那辆四壁漏风的车来到华强北路，他招呼他的哥儿们将东西扛上楼，里面堆满了电脑和电子类等不整齐的物体。

只有我们两个人的时候，我像家长一样拦住他："嘿！你，就是那个电脑工程师？学理科的？"

"是，是，原来是学物理的，五年前从西部跑到深圳来的。"他说。牙齿比较白，看不出有抽烟的恶习。手臂也很有劲，估计是经常扛电脑的原因。

"你喜欢我姐吗？"

"嘿嘿……"他挠着他的后脑勺说："你看，我这里乱得很，我需要一个像你姐姐这样的人来管管我，顺便也管一下我公司的财务，报税那玩意儿，我怕死了。"

"你写诗吗？"

"诗？"这个大个子瞪大了眼睛，"为什么要写诗？"

这时，姐从窗户探出脸来，说："嘿！你们两个快上来，吃饭了！"

一阵风吹着她乌黑的头发，隔那么远我仍可以看到她那双明亮的眼睛和那张久违了的莲花一样洁白的笑脸。

现在，姐姐即将做"漂亮妈妈"了。我偷偷用姐夫的手提电脑敲出这篇文字，写完了我对姐姐的爱和姐姐的爱情，心里充满温馨的快乐和欣喜……

平淡而真实的爱情

赏析／陈蝶春

爱情，一个历久而常新的永恒话题。试问，哪个少男少女不渴望一份爱情？更何况一份“如莲的爱情”呢！

姐姐的那份“如莲的爱情”并非在一帆风顺中盛开，它经历了坎坷，经历了磨难，最终才在茫茫人海中找寻到属于她的真正爱情。“那张久违的莲花一样洁白的笑脸”才如此灿烂，如此阳光明媚。

曾听一个朋友说“爱情来了，挡也挡不住！”这话让我更多想到的是爱情的甜蜜。它让我忘记了爱情也有伤人的时候。姐姐的初恋就是如此。因为有一份远方的爱在召唤她，她为此忘记了工作的不如意，忘了生活的艰辛，总会陶醉在那份幸福中。她在爱情中沉迷的时候，哪里知道她的恋人已要结婚并快成为爸爸了。姐姐美丽的爱情在恋人超现实的爱情观中横遭厄运，最后夭折。失去了爱情的姐姐之后又遇到了新的追求者——她的上司——“一个看起来温文尔雅的男人”。如果这也算是一段爱情的话，那是一个用金钱、蜜语和香水修饰出来的虚伪的爱情。虚假被揭开，姐姐的爱情如吹破了的气球般没了踪影。

有句话说的是“一朝被蛇咬，十年怕草绳。”姐姐虽被爱情狠狠地伤害过，但她并没有在爱情的追求中低头亦或心灰意冷，而是勇敢地寻求一份可以给她带来安定带来幸福的爱情。姐姐是勇敢的也是幸运的，一份“如莲的爱情”姗姗而至。那是一个大个子男人带来的，“穿着一条很旧的牛仔裤”；当“我”黑着脸走向他，他却毫不在意，“绽开一脸诚实而憨厚的笑容”；一见面就毫不客气让“我”去扛东西；当问及是否爱姐姐时，回答又是如此真实。他并没有很多钱，但他不会矫饰，他真实得可爱，能给予姐姐她苦苦追求的真正爱情的幸福感觉。这就已经很足够。

爱情应该是一泓清淡而甜润的泉水，滋润人的心灵；它能让你在平淡中找寻到满足，找寻到幸福的感觉。是的，真正的爱情就是这样平淡而真实的。祝福天下所有拥有真爱的人们！

这种爱是伟大的，她无需言明，只需一个个温热的鸡蛋，一口口甜蜜的咀嚼，就能甘在心田。

不吃鸡蛋的姐

●文/马 光

我比姐小四岁，整个童年是趴在姐的背上度过的。姐姐让我回忆的事很多，但是，最让我不能忘记的是姐不吃鸡蛋。

我家兄弟姐妹多，经济条件差，在那抓政治的年代里，艰难程度尤为突出，吃了上顿没下顿，一年到头总是为生存而忙碌。那时，庄户人家都养几只鸡，你别小瞧了这几只鸡，那可是家里的银行，将下的蛋卖掉，买油盐酱醋柴的钱全靠它。因此，不到特殊时候，是不允许我们吃鸡蛋的。只有过生日，打破头，得了病才能吃到一至两个鸡蛋。那时，我为了吃上鸡蛋，有时不惜装病或将头弄破。

记得有一年夏天，姐带我到外边玩耍。突然，下起了大雨，姐拉着我向家猛跑，因为只顾我未留心脚下，姐一下子摔倒在地，前额立时血流如注。姐一手捂着伤口，一手拉着我跑回了家，弄得满脸满手都是血，把我吓得直哭。母亲大惊失色，急忙抓来一把白面捂到了姐的伤口上，又用布带缠住，还给她煮了两个鸡蛋让她吃下去。

姐接住母亲剥好的鸡蛋，咬了一口细细地品尝着。不懂事的我看着姐姐手中的鸡蛋，真是羡慕极了，我吞了一口涎水说：“好吃吗？”姐一愣，没回答，但停止了咀嚼。待了一会儿，姐直吵肚子疼，她对妈说：“我不能吃鸡蛋，吃了肚子疼，让小弟吃了吧！”我暗暗地为姐不能吃鸡蛋而庆幸，于是，迫不及待地接过鸡蛋，一口一个吞到肚里。

从那时起，姐不再吃鸡蛋，此事在我脑海里也打上了深深的烙印。后来，姐出嫁了，我也大学毕业，参加工作，娶妻生子，整天忙忙碌碌，很少见面。突然有一天，外甥打来电话。告诉我，姐得病住院了。我马上驱车前往，看着姐满头白发，满脸的皱纹，佝偻的身躯，我心里一紧，这就是看护我长大的姐姐吗？我找到医生请求用最好的药，不惜一切地治疗，花钱多少没关系。医生说：“是癌症，没法子，趁现在还能吃,多吃点好东西养着吧!”听了医生的话,我的心酸楚极了。回到病房,我安慰了姐几句,然后问:“想吃点什么?我给您弄去。”姐说:“别的不愿吃,就是想吃点鸡蛋。”我一愣,以为听错了,这时外甥从外边端来了一碗鸡蛋,看着姐香甜地吃着鸡蛋。我纳闷地问:“您不是不吃鸡蛋吗?”姐细声细语地说:“傻兄弟,那么难的日子,哪允许我吃啊?……”

不吃鸡蛋的姐

赏析/陈雪敏

艰苦的年代姐姐给了弟弟一个“富裕”的生活,平凡的姐姐给了弟弟不平凡的爱。雨后的那一刻,弟弟贪婪的眼睛,使她从此忍痛割舍了她的爱,只有眼睁睁地看着弟弟享受美味。不过她仍高兴,她爱弟弟,希望弟弟多吃一些营养品快些长大。为了不让弟弟起疑心,她每次都以吃鸡蛋会肚子痛为由而推搪,弟弟吃蛋也吃了个心安理得。

这篇文章,作者运用平实的语言来描写记叙,通过人物语言来传达姐姐对弟弟不可置疑的爱,平白的文字蕴含着深沉的爱。如第四段写姐对妈说“我不能吃鸡蛋,吃了肚子痛,给小弟吃吧”和最后一段中的姐说“别的不愿吃,就是想吃点鸡蛋。”原来,姐姐一直都想吃鸡蛋,只不过生活的艰苦让她无从开口,只好割爱。也许,她曾为弟弟吃鸡蛋而自己不可以吃而悄悄流过口水,总算熬过来了,她终于可以心满意足地吃曾经最爱的鸡蛋了——原来鸡蛋是这般滋味!

姐的这种爱是伟大的,她无需言明,只需一个个温热的鸡蛋,一口口甜蜜的咀嚼,就能甘在心田。

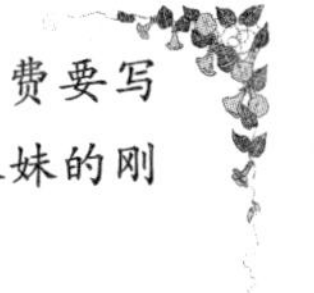

为了让妹妹以后能够立足社会，她狠下心来，给妹妹钱交学费要写下借条，“逼”着妹妹要自力更生。正是姐姐的“无情”，才造就了妹妹的刚强与自立。

因为爱你，所以逼你

●文/凡　娘

坐了九个小时的火车，提着简单的行李，我从小县城来到成都的一所大学报到。

在新生报到处我见到了早已等候在那里的姐姐。两年没见到姐姐了，看上去她洋气了许多，举手投足落落大方，和城里的白领丽人没什么区别。姐姐初中毕业后就到广州打工，父母早已下岗，靠做点儿小生意维持生活，是姐姐寄回家的钱支撑着我读书读到现在。去年，她从广州到了成都，在一个广州人开的酒楼里当上了大堂经理，工作得比较顺心。姐姐递给我三千五百块钱说：“这些钱加上从家里带来的够了吧？快去注册，我在旁边等你。”握着她递过来的还带着体温的钞票，我心里有说不出的感动，我想我今后一定要好好报答姐姐。

办完手续已是中午，我和姐去学生餐厅吃饭。吃饭时，她掏出五十元钱给我：“这五十元是你这个月的生活费。”一个月五十元的生活费，她当我是神仙？我吃惊的表情还没展开，姐姐又递过来一张纸一支笔：“写个借条吧。”“什么借条？”“你今天借了我三千五百五十块钱呀。我要告诉你的是，我已经供你读了六年书，我不可能再供你读书了。你十八岁了，我也已经二十三，我也得为自己存点钱了，对不对？”姐一脸平静地看着我，然后将纸又向我这边推了推。我不相信似的看着面前这个人：这就是我的亲姐姐？十多年来和我同吃一锅饭同睡一张床，一颗糖也得分两半儿一同分享的姐姐？在我上大学的第一天，她就送给我一份这样的礼物！可我的确也没资格要求她再供我读书了。我用颤抖的手拿起笔写下了平生第一张欠条，签下自己名字的那一刻我的泪水奔涌而出，一滴滴地打在纸上。姐姐拿过那张纸，看了看揣进了口袋，冷漠而鄙夷地对我说：“这么大个人了还流什么泪呀。人家外国那些大学生，家里再有钱也是自己掏学费，广州的好多大学生也是半工半读。我已经给你找了份勤工俭学的工作，吃完饭，我带你去看看。”和姐姐见面时的那份激动在这一瞬间突然消退了，我即将开始新生活的兴奋也一下子被击得粉碎。

吃完饭，我跟着姐姐进了学校餐厅的大厨房。她通过朋友给我找了份在厨房打杂的工作，主要是午饭和晚饭后收拾餐厅，洗碗碟并进行消毒。报酬是包两顿饭，还有很少的一点补助。她把我介绍给厨房的领班就走了。看着洗碗池里堆成小山似的油腻腻的碗碟，我真有种要呕吐的感觉。我家虽然不富裕，可我也是爸妈的小女儿啊。在家里，除了读书，父母基本上不让我干任何家务。高三一年，我的内衣裤都是妈妈洗。妈妈说，这些小事你就别管了，只要考上大学就好……正在我犹豫不知如何是好时，领班朝我喊："别愣着，干完了还有别的事儿呢！"我一咬牙，挽起袖子干起来……

当天晚上，我打电话给妈妈报平安。妈妈说："见到姐姐了吧？要听姐姐的话呀，在外面人生地不熟，姐妹俩要相互照顾啊。"我嗯嗯地答应着，眼泪禁不住又要滴落下来。我怎么能告诉妈妈，一见面，那个被我叫作姐姐的人就让我写下一张借条，然后将我推进一堆油腻的碗碟中再也不管我了呢？

靠在厨房打工，我一个月的生活是不成问题了，可还要挣更多的钱应该怎么办呢？那张沉甸甸的借条，下学期的学费，都让我感到了无比的压力。

周末，姐姐打电话让我去她工作的酒楼。原来她又替我找了份工作，为她老板上四年级的一对双胞胎儿子补习英语和数学。每周半天，一个月六百元，老板当即就把这个月的钱点给了我，接钱的时候我手都有些发抖。补完课我回校时，姐姐问我："你从学校怎么来的？""当然是坐公交车。""来回两元，一个月八元，你不觉得太奢侈？"难道五站路让我走过来？"能挣钱，更得节约钱。"姐姐说了这么一句就转身忙自己的事去了。

望着她的背影，我的心比以前更寒了一层：为了让我早日还上她的钱，她是什么招数都想出来了，不但给我介绍工作，还让我将消费减少到最低。可她说的也不是没有道理。回校后，我用五十元钱买了辆不知倒了几手的自行车，每个周末骑着它来来回回。

一个月后的一个周末恰恰是姐姐的生日，看在她供我读了几年书的份上，我特意买了束花和一个小蛋糕去看姐姐。本以为她会欣喜异常，可她接过花眉头却皱了起来："才来大城市几天啊，本事没学到，这气派倒是一学就会。真有钱就先把欠我的钱还了，别指望用这个来抵债！"我气得一句话也说不出来，骑上车就走，我发誓没还她的钱之前再也不见她！

眼界一旦打开，我发现只要不怕吃苦，拉得下面子，挣钱的门道其实很多。我搞推销、发广告，还批发了各类饮料卖给本幢楼的同学。除了那对双胞胎外，我又兼了两份家教。第一次站在街上发放广告时，我一直低着头，总以为全世界的人都在笑话我，只想逃到无人的地方去。可一想到那张借条，我知道自己已没有别的选择，只能咬牙坚持。后来，我越来越坦然了，同学中自己养活自己的人大有人在，大家还以此感到自豪呢。为了更自由地安排时间，也为了赚更多的钱，我辞去了学校餐厅的那份兼职。姐姐打电话来骂我冲动，我冷冷地说："你放心，你的钱我会一分不少地还给你。"

放寒假前，我揣着三千五百八十块钱找到了姐姐，将钱一张张地数给她说："本金加上利息，全还给你。"姐姐笑眯眯地看着那叠钱说："一个学期能有这样的收获简直超出我的想像。不过，你把钱给了我，你下学期的学费咋办呢？"还掉姐姐的钱，我口袋里只有三十元钱了，那是我假期里的生活费。我准备寒假不回家，找份事做，至于能挣到多少钱我心里并没有底，可在姐姐面前我却很硬气地说："这我自有办法，不要你管。"姐姐一笑，数了十张钞票出来，将其余的钱塞回我手中说："先还我一千，剩下的以后再还。"可我坚决地把钱还给了她，要回了那张借条，当着她的面撕得粉碎扔在地上，凛然地说："现在我们两清了。"然后骑上车飘然而去。那一刻，我心里真有说不出的痛快。

可寒假的打工生活才开始几天，我就病了。我以为只是小感冒，自己买了点儿药吃，又继续去打工。可第三天，我发起了高烧，浑身一点儿劲都没有了。我便加大了药量，心想睡一觉也许就好了。不曾想，一睡就再也起不来了……

当我醒过来时，第一眼看到的是双眼红肿的姐姐。原来室友见我一整天都没动静，就打电话叫来了姐姐，把我送进了医院。看我醒来，姐姐的泪一下滚落下来："你怎么这么傻……"我说："你放心，医药费我会还给你的。"姐姐一下愣住了，叹了一口气，半天没说话。

人毕竟年轻，输了三天液我好了大半，就坚持出了院。又到了为双胞胎补课的时间了，我不想丢掉这个差事。

这天补完课，老板递给我八百块钱，说是这个月的家教费。我说您多给了。老板笑笑说："这学期我儿子成绩提高好快，早应该给你加薪了。"可是，这也太高了点儿吧？据我所知，我的师姐师兄教一个学生一个月最多也就收三百，像我这种才当家教的当然就收得更少。我另外兼的那两份家教加起来一个月也才四百元。

老板把钱塞进我手里，犹豫半天才说："也不知道该不该给你说——我答应你姐要保密的……其实我原来每月付给你的只有三百，那三百是你姐拿的，说是你第一次找到工作，她想给你一份信心……"我的脑袋里嗡地响了一声，老板接下来的话我一句也听不清楚了。我的脑海里浮现出自己撕碎借条时的情形，我能和姐姐两清吗？且不说她供我读了六年书，这半年来她又是怎样在默默帮我？我拿着那叠钱找到了正忙碌着的姐姐，当着那么多人的面，我叫了一声"姐"，扑在她的怀里哭出了声……

那天,在姐的宿舍我和姐说了好多话。原来,我曾写信给姐姐说,知道家里没钱,我决定读省内的大学。姐姐接到信后,当即就决定回四川,她要在我身边好好照顾我。可当她接到妈妈的电话后,却改变了决定供我到大学毕业的念头。妈妈对她说,你妹妹从来没出过远门没离开过我们,除了读书啥都不懂,买火车票都不知道咋买,你这当姐的要好好照顾她呀。姐姐说:“我当时一听妈这话头都大了。你这样子,即使以后书读出来了,还不是废人一个?这些年打工的经历让我明白了,一个人肚子里有知识很重要,可更重要的是有闯荡社会的勇气与能力。我遇到好多大学生,因为胆小什么都不敢尝试,只得呆在一个小厂里做自己不喜欢的事,那有什么出息?所以我想,只让你一门心思地读书,不是爱你是害你。我能十六岁出来打工,你十八岁了为什么不能养活自己?我管得了你一时,管不了你一世啊,所以,我得逼你自立!”

说着姐掏出一个写着我名字的存折递给我:“你挣的钱,姐都给你存着呢。看你这么能干,姐也放心了。下学期起,你只兼一份工就行了,另外的钱,姐来付。”

可我拒绝了。首先,我已经享受到了自己养活自己的快乐,其次,我再也不愿成为姐的负担了。姐姐想了想说:“也好,我早看中了一套房子,再存点儿钱我就按揭下来,然后把爸爸妈妈接来。在这里做生意比小县城强,我们一家人也终于可以团聚了,不用再相互惦记。”

看着一脸憧憬的姐姐,我百感交集:姐啊,你啥时能为自己想想呢?

超乎寻常的爱

赏析/容文炳

我并不是一个容易被感动的人,但读罢这篇文章,我却有一种想落泪的感觉。生活中,我们都提倡爱,称颂爱,认为应该更多地给予爱。同时,爱,是不能分等级的,但读完这篇文章后,我却不由自主地脱口而出:爱,也有超乎寻常的!

爱固然需要给予,然而爱却不能仅仅是给予。比尔·盖茨曾多次表示自己不会给儿女留太多的财产。难道他不爱自己的孩子吗?不!恰好相反,正是因为爱,才不能让过多的金钱腐蚀他们。爱,要授之以渔,而非授之以鱼。文章中的姐姐正是这样做的。

为了让妹妹以后能够立足社会,她狠下心来,给妹妹钱交学费要写下借条,

“逼”着妹妹要自力更生。正是姐姐的“无情”，才造就了妹妹的刚强与自立。

这足以称颂了吧？然而，彻底感动我的是姐姐的牺牲精神。姐姐的做法、动机，妹妹并不理解，甚至认为姐姐冷血无情。然而为了妹妹，她宁愿自己被误解、被憎恨。立借条时，妹妹落泪了，姐姐内心是酸的，但她仍抛出一句“没出息”；在自己生日时，妹妹给自己送礼物，本来应该是十分高兴的，但她却皱起眉头来批评妹妹讲气派；当妹妹将她打工赚来的钱还给姐姐时，姐姐很高兴，因为妹妹可以自力更生了。但此时她仍惦记着妹妹的学费，为此妹妹对姐姐的误解越来越深，以至于撕碎了借条，甚至在她病后抛出了“你放心，医药费我会还你的”的一句话。此时，姐姐似乎应该为自己澄清了，然而，姐姐没有，只是叹了口气，仍然充当着无情的角色，为了妹妹，甘愿承受被误解的委屈。这爱，深得超乎寻常！

作为善于感恩的人类，是否应该为这种超乎寻常的爱喝彩呢？

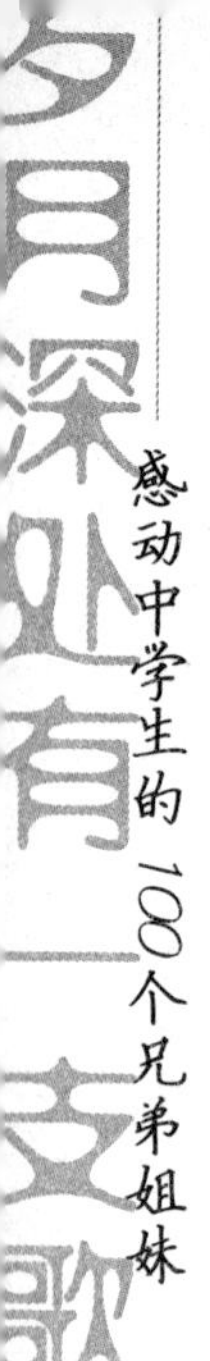

正确而远大的理想是航标，指引你到达美好生活的彼岸！

军　装

●文／史公峰

大哥寄回的第一张穿着军装的照片被母亲放在玻璃柜里挂在墙上，穿着军装的大哥笑得很英俊。我立在屋的中央，仰着脖子看那张挂得高高的相片，想像着那套绿军装和军装上的红五星。一身威武气的大哥成了我的偶像。我拉着所有的孩子去看大哥的照片，给他们讲述我幻想出的大哥的故事。很长的一段时间里，我都企盼着大哥的来信，央求着父亲一遍遍地读，直到可以把那些信倒背如流。

过了两年，大哥寄照片回来，跟上回一样，也是穿着军装，只是军装上的兜儿由两个变成四个。照片上的大哥很严肃。这张照片让村里很热闹了几天。村里人都说，大哥准能当将军。母亲用新照片换下了旧照片，将它用布包了，放在箱子底。我趁母亲不注意，拿了那照片，把它藏在枕头下，一遍遍地看。我觉得大哥笑起来好看，不像新照片上那样让人觉得陌生。此时的我，已经能够借字典读懂大哥的来信。我将那些信拿了去读给所有的伙伴儿听，同时向他们讲述我想像出的穿着军装的大哥的形象。

穿着军装的大哥头一回出现在村口的时候，全村人都涌了出来。穿军装的大哥魁梧而帅气，绝对有带兵打仗的派头。叫惯了大哥小名的村里人竟然不知道如何称呼大哥。大哥见了长辈们刷地抬起手臂敬礼，那种威武让我羡慕得不得了。在家门口，大哥向迎出门的父亲敬礼，父亲忙不迭地朝屋里奔，边走边叫母亲。母亲从屋里出来，看着眼前穿着军装敬军礼的大哥，竟然愣着不敢走上前去。

大哥在家里呆了很短的时间。屋里天天被来看大哥的人挤满。那套吸引着村里人的绿军装让我魂不守舍。趁大哥睡着的时候，我溜进屋细细地摩挲那套军装。想像着自己穿上它的模样，但是却不敢把它拿来穿在自己的身上。我曾经好多次地对着镜子模仿大哥敬礼，但是镜子里的我总让人气馁，瘦瘦小小的，一点也没有大哥的魁梧英俊。

大哥又回部队去了，村里人一直送他到村口。我躲在村口的大树上，看着大哥的那身绿军装消失在尘土飞扬里。我给大哥写了第一封信。信寄出去之后便担心大哥收不到。接下来的日子便天天去镇上的邮局，问是否有我们家的包裹。

父亲带回大哥寄来的包裹是在夏日的黄昏。我垂头丧气地从镇上的邮局回来，见到父亲骑着自行车，穿过斜阳照耀的土路，一只手扶着车后座上捆得结结实实的小纸箱。我迎着父亲的车跑过去，一把夺过父亲手里的包裹。房门被我牢牢地锁上，镜子里穿着军装的我，显得很瘦小。大哥的军装对我而言显然太大了。但我觉得自己从来没有那样威武过。

那套军装让村里所有的孩子羡慕。我趾高气扬，成为所有孩子的领袖。二哥羡慕极了，和我抢着穿军装。两个人比赛似的，谁起得早谁就穿军装上学，最后索性半夜爬起来把军装套在身上。于是两人商量，一人穿一天，没有军装穿的那一天日子总过得很慢。

大哥原来是打算在部队待一辈子的。但是他当兵的第十五年，部队裁军，大哥便转业了。后来，二哥去当了警察，也有了自己的制服。那张被我拿去的旧照片一直跟着我，和大哥寄给我的照片一起，藏在我的衣箱里，直到有一天，我真的有了属于自己的军装。

我寄了一张穿军装的照片给大哥。大哥说我穿军装的样子很帅。

理想是航标

赏析／黄诗婷

生活在和平年代的我们，对军人的感触不会太多，也许仅仅了解军人艰苦的生活、纪律的严明、庄严的使命等等，对他们只有一种尊敬之情。可生活在战乱、动荡年代的人们，对军人却有着一种更深的认识与体会。

从文章的描写中，我们可以感受到军人不一般的形象以及人们对军人的尊敬、崇拜的迷恋。军人是威武的，为了人民和祖国的安危，他们过着艰苦的日子，接受严格训练，遵守铁一般的纪律，成为人们心目中无比崇拜的英雄！人们深深感激军人，热爱军人，充分肯定军人的价值！

军人不仅成为人们的“偶像”，成为人们生活的目标，影响着人的成长。从文中“我”的身上，就看到了作为一位军人对他人成长的影响。“我”从看到大哥寄回的第一张穿着军装的照片后，就视大哥为偶像，从此军人的形象就开始影响“我”的成长。“我”着迷于军人的生活，着迷于军人们的故事，不断地读“大哥”的来信，甚至可以倒背如流。“我”收藏了哥哥的旧照片，还一遍遍地看，慢慢地坚定了自己长大要成为军人的理想信念。“我”多次地对着镜子模仿大哥的敬礼，也想像自己穿上军装的样子，可见“军人”这个词也深深地印在了“我”的心中。陪伴“我”长大。最后，大哥转业了而“我”真的成为了一名光荣的军人。由此，可体会到“偶像”对一个人的成长很重要，理想与追求对个人的成长有重大的影响，因此，我们从小就应有正确而远大的理想，找准“偶像”，找准目标，找准方向，用努力来实现自身的理想。时时提醒自己，激励自己，坚定理想信念。

正确而远大的理想是航标，指引你到达美好生活的彼岸！